À PROPOS DE L'AUTRICE

Autrice très appréciée des critiques, régulièrement dans les meilleures ventes du prestigieux *USA Today*, Caitlin Crews a écrit plus d'une centaine de livres. Diplômée en littérature anglaise, elle pense que tout le monde devrait lire de la romance, et est toujours disponible pour échanger au sujet de ses héros favoris.

Un Viking pour geôlier

CAITLIN CREWS

Un Viking pour geôlier

Traduction française de
FLORENCE BELLOT

Les Historiques

HARLEQUIN

Collection : LES HISTORIQUES

Titre original :
KIDNAPPED BY THE VIKING

HARPERCOLLINS FRANCE
83-85, boulevard Vincent-Auriol, 75646 PARIS CEDEX 13
Service Lectrices — Tél. : 01 45 82 47 47 - www.harlequin.fr
ISBN 978-2-2804-6428-4 — ISSN 1159-5981

Composé et édité par HarperCollins France.
Imprimé en février 2022 par CPI Black Print (Barcelone)
en utilisant 100% d'électricité renouvelable.
Dépôt légal : mars 2022.

FSC www.fsc.org MIXTE Papier issu de sources responsables FSC® C159065

Pour limiter l'empreinte environnementale de ses livres, HarperCollins France s'engage à n'utiliser que du papier fabriqué à partir de bois provenant de forêts gérées durablement et de manière responsable.

Chapitre 1

« … elle fut déchue de toute autorité et conduite dans le Wessex. »

La vie d'Aelfwynn, fille de l'unique reine des Merciens, telle que rapportée dans la *Chronique anglo-saxonne.*

An de grâce 918

L'homme du Nord se tenait au milieu de la route, tel un terrifiant bloc de pierre, et barrait le chemin qui traversait la forêt obscurcie.

Tout d'abord, Aelfwynn crut avoir une vision. Elle avait chevauché durant un nombre d'heures incalculable dans des conditions inconfortables depuis son départ de la cité fortifiée de Tamworth, où elle avait pleuré le décès de sa mère, la reine bien-aimée des Merciens, survenu six mois auparavant.

Ils avaient pris la route avant les premières lueurs de

l'aube et adopté une bonne allure en dépit du brouillard hivernal. Aelfwynn n'avait que trop bien ressenti chaque ornière glacée, traîtresse et boueuse, en partie à cause du vieux cheval concédé de mauvaise grâce par son oncle pour ce dur et long voyage vers son grand royaume du Wessex.

Mais elle avait aussi le cœur lourd, et cela ne faisait qu'amplifier tous les tourments occasionnés par le voyage.

Elle n'avait pas voulu envisager ce qui l'attendait dans la nouvelle vie paisible qu'elle commencerait bientôt à l'abbaye de Wilton. Son cœur s'attardait sur ce qu'elle laissait derrière elle, ce qu'elle perdait, et n'aurait jamais plus.

Et il était apparu, tel un cauchemar.

Un cauchemar qu'Aelfwynn avait fait à de nombreuses reprises, à la fois éveillée et endormie, en raison des nombreuses batailles auxquelles elle avait assisté, ou qu'on lui avait relatées lorsqu'elle était contrainte d'attendre dans la plus grande appréhension de savoir qui reviendrait et qui ne reviendrait pas.

Elle était la petite-fille du tout-puissant roi Alfred de Wessex. Et l'enfant de la fille aînée d'Alfred, Aethelflaed. L'unique progéniture de celle-ci. Repousser les tentatives répétées de tous les sauvages qui avaient tenté de leur prendre leurs terres et leur pouvoir les avait consumés depuis aussi loin que l'on pouvait s'en souvenir.

Aelfwynn tenait pour responsables de la perte de sa mère, au mois de juin précédent, et de son père âgé, sept ans auparavant, les fléaux permanents que représentaient les hommes du Nord tels que celui-ci, ou les terribles Danois et les Norvégiens sanguinaires. Ces hommes hostiles, avides de combats. Leurs ravages, leurs raids et leurs conquêtes n'avaient jamais réellement cessé. « Qu'on les neutralise à l'ouest, ils resurgiront à l'est », disait toujours sa mère. Puis au nord et au sud.

La seule constante de tout cela était le sang versé à chaque fois.

Le bain de sang, encore et toujours, qui souillait la terre sous les pieds d'Aelfwynn.

Mais aucune de toutes ces souffrances subies ne lui garantirait le passage ce soir-là.

Cet homme du Nord était grand et imposant, vêtu de laine et de fourrures qui ne cachaient rien de sa carrure. Le fait qu'il soit un guerrier était évident vu son attitude, silencieuse mais clairement menaçante.

La neige éparse qui était tombée depuis le milieu de cette journée glaciale recouvrait ses larges épaules, blanchissant sa chevelure et sa barbe sombre, mais il semblait ne pas s'en soucier. Pas plus que des montures des deux hommes de l'escorte de l'oncle d'Aelfwynn accordée à contrecœur, qui se cabraient mais étaient loin d'être des forces de la nature.

Son regard, une force sombre et puissante à lui seul, frappa Aelfwynn tel un coup de poing, la rendant heureuse d'avoir rabaissé la capuche de sa cape pour se dissimuler tant bien que mal. Alors même qu'elle savait fort bien qu'aucun malandrin ne la prendrait pour une roturière, même sans son escorte. Tout d'abord, elle était à cheval, et pas à pied. Et ses vêtements étaient bien trop raffinés. Sa cape et la coiffe entourant sa tête et son cou étaient en laine, et elle espérait de tout son cœur que le guerrier ne verrait pas les jolies broches travaillées qui maintenaient cette coiffe en place. Celles-ci prouvaient à elles seules qui elle était aux yeux de tout le royaume.

— Écartez-vous ! ordonna l'un des hommes de son oncle.

Un peu tard, se dit Aelfwynn.

Le Viking ne broncha pas. Il prêta aussi peu d'attention à cette injonction que les troncs des arbres bordant la route.

— Nous voyageons sous la bannière du roi Edward de Wessex ! renchérit l'autre garde. Oseriez-vous encourir son courroux ?

— Pourtant je ne vois aucun roi devant moi, répondit le Viking d'une voix grave et rauque qui manqua faire défaillir Aelfwynn, à tel point que son cheval capricieux se dirigea vers la forêt, où il valait mieux ne pas s'aventurer.

Il n'y avait d'ailleurs rien de bon nulle part, semblait-il, songea-t-elle non sans un sentiment d'apitoiement sur elle-même qui lui fit honte tandis qu'elle scrutait ce géant sur la route.

Elle serra les rênes de sa monture et s'efforça de ne pas se plonger dans ses pensées, alors qu'elle sentait le regard de ce guerrier qui ne la quittait pas.

Aelfwynn n'avait qu'un désir, se débarrasser de lui, comme avaient essayé ses hommes, même si ce n'était qu'avec de malheureuses injonctions trahissant leur manque de courage évident. C'était d'ailleurs ce qui avait à n'en point douter incité son oncle à les choisir pour cette tâche peu glorieuse. Elle aurait voulu se laisser aller à sa propre inclination grâce à la dague qu'elle portait dissimulée sous ses vêtements, tout comme les armes du Viking l'étaient, pensa-t-elle.

Mais si Aelfwynn avait appris une bonne chose lors de cette longue et pénible année, c'était comment se dissimuler. Si elle s'était abandonnée à ses pulsions, quand bien même cela lui aurait fait du bien, elle n'aurait pas survécu.

Elle avait été élevée à la cour de son père et, après la mort de celui-ci, avait tenu le rôle de première dame de compagnie de sa mère durant les sept ans du règne d'Aethelflaed. Jusqu'à l'année précédente elle ne se faisait aucun souci pour sa position. Sa mère n'avait eu peur de rien, d'aucun homme ni d'aucune armée. Aethelflaed avait repris par la force la région des Cinq Bourgs composée de Derby, Leicester, Lincoln, Nottingham et Stamford qui avait été conquise par les Danois, pour l'annexer ensuite à la Mercie. Cette région faisait partie du Danelaw, le vaste territoire du nord et de l'est de l'Angleterre dont les Vikings s'étaient emparés avec férocité quelque cent ans plus tôt. Cette dernière année, la dame de Mercie avait mis à sac Derby, tenue par les Danois, accepté la reddition de Leicester, et s'était vu offrir la loyauté des dirigeants chrétiens de York.

Mais elle était morte avant de pouvoir l'accepter.

Laissant Aelfwynn poursuivre seule sa tâche.

Mais Aelfwynn avait depuis longtemps reconnu qu'elle n'avait pas l'envergure de sa mère. Elle était trop craintive, et cela ne se voyait que trop. Redoutant les hommes et les armées, les Danois, les Vikings, les Saxons et tous ceux qui s'étaient précipités à ses côtés, lui chuchotant à l'oreille ce que devait faire la Mercie pour se démarquer de son allié du Sud, le royaume de Wessex, dirigé par son oncle Edward. Celui-ci d'ailleurs se considérait moins comme un allié que comme le roi légitime de Mercie, qui avait gracieusement permis à sa sœur d'exercer le pouvoir de par son bon plaisir.

Une faveur dont il n'avait pas l'intention de gratifier sa nièce, d'autant plus qu'il ne pouvait pas s'assurer de sa loyauté aussi facilement que de celle de sa sœur.

« Je pourrais te marier à un allié », lui avait-il dit quand il était venu réclamer Tamworth, jetant aux orties ce qui restait des rêves d'indépendance de la Mercie et incarnant ainsi toutes les craintes d'Aelfwynn. Les alliés n'ont-ils pas la terrible habitude de se transformer en ennemis ? s'était-elle interrogée.

Si Aelfwynn avait écouté ceux qui lui chuchotaient à l'oreille, si elle avait agi comme ils l'imploraient, ou s'était même ouvertement exprimée devant son oncle comme sa mère l'aurait fait sans ambages, il l'aurait aussitôt traitée comme l'un de ces ennemis.

Et personne ne le lui aurait reproché.

Ô combien elle le savait ! Son silence l'avait sauvée, ainsi que l'humilité dont elle s'enveloppait telle une épaisse cape de laine quels que fussent ses sentiments et leur intensité.

C'était exactement pour cela qu'elle était en chemin afin d'aller finir ses jours dans une abbaye, alors qu'il aurait été bien plus facile pour son oncle de la tuer purement et simplement.

Personne ne le lui aurait reproché non plus.

« C'est de la mansuétude, ma nièce », lui avait-il dit quand il lui avait fait part de sa décision en l'effleurant d'un regard étincelant qui n'était ni méchant ni affectueux. « Cette vie qui t'attend est mon présent pour toi, en mémoire de ma sœur. »

Aussi Aelfwynn avait-elle incliné la tête alors qu'une partie d'elle-même se languissait de suivre l'exemple téméraire de sa mère et de se battre. Conduire des armées. Raser des villes. Contrôler des royaumes. Mettre ses ennemis à terre et les faire trembler devant elle… mais il y avait eu une seule dame des Merciens.

Aelfwynn n'avait été que trop consciente qu'elle ne serait qu'une déception pour tous si elle lui était comparée. Et cela avait été le cas.

Et pas uniquement parce que ce qu'elle désirait au plus profond d'elle-même n'était pas ces jeux de guerre, mais la paix.

C'était ce qu'elle recherchait en cet instant, comme toujours, avec l'aide des pauvres outils dont elle disposait. Elle se fit toute petite et prit une attitude pieuse, puis se mit à égrener dans son meilleur latin d'église des prières, les laissant s'élever dans le crépuscule en une jolie mélopée.

— Je suis venu chercher votre lady, déclara le Viking aux hommes de son oncle, d'une voix qui n'était ni charmante ni mélodieuse, et dont l'effet était cependant tout aussi puissant.

Il ne bougeait toujours pas, comme une statue de pierre.

— Je ne vous cherche pas querelle, reprit-il. Cependant opposez-vous à moi ou essayez de m'arrêter, et je peindrai les arbres de votre sang.

Sa voix était si calme et grave, et son injonction si clairement menaçante qu'Aelfwynn en eut aussitôt la chair de poule. Elle fut parcourue d'un frisson des pieds à la tête. Cependant, elle ne put faire que ce qu'elle faisait invariablement depuis la mort de sa mère : rester tête baissée et espérer qu'une fois encore les forces qu'elle ne pouvait combattre prendraient pitié d'elle.

Quoi que cela demandât pour rester en vie.

Le Viking jaugea les deux hommes qui l'escortaient, comme s'il lisait la lâcheté inscrite sur leurs visages.

— Si vous partez maintenant, vous ne vous en montrerez que plus sages.

— La lady doit se rendre à Wilton, répliqua l'un des gardes, d'un ton plus hésitant qu'affirmé. Elle doit prendre le voile, par ordre du roi.

— Ces routes sont traîtresses en hiver, répondit posément le guerrier.

Mais lorsque Aelfwynn lui jeta un coup d'œil, elle remarqua que son regard était intense. Et s'attardait de nouveau sur elle.

— Les bandits et les loups abondent dans cette contrée, et les denrées précieuses y sont rares, ajouta-t-il. Qui pourrait dire quelle tragédie s'abattrait sur pareille créature délicate, le long de ce chemin bien vite obscur ?

Aelfwynn suffoqua aussitôt. Elle cessa de feindre de prier, parce que les hommes de son oncle se regardaient, puis observaient le Viking avec une terreur évidente.

Quant à elle, ils ne lui jetaient pas un regard. Comme si elle n'intervenait pas le moins du monde dans leur décision.

— Mon oncle est un homme puissant, et la Mercie lui appartient désormais, leur rappela-t-elle, en espérant que le géant terrifiant devant eux le comprendrait également. Oserez-vous lui désobéir ?

Le guerrier la regarda fixement comme si la nuit qui tombait autour d'eux n'avait pas d'importance. Comme s'il n'avait pas non plus remarqué la neige.

Comme s'il savait déjà comment tout cela se terminerait.

— Mieux vaut vous demander si vous allez oser me contrarier, répliqua-t-il d'une voix rauque et grave.

Aelfwynn retint son souffle, étrangement bouleversée. S'adressait-il aux gardes de son oncle ou, pire, à elle-même ?

En silence, elle pria avec ferveur pour qu'une aide vienne du ciel sur ce chemin pour mettre un terme à tout cela, alors que l'escorte de son oncle en était incapable. Même si elle ne savait que trop bien que seuls des inconscients ou des monstres seraient sur les routes par un temps pareil, si loin de tout abri à la nuit tombante.

Et comment espérer une issue favorable sur cette ancienne route déserte ? N'était-elle pas la plus stupide de tous d'avoir imaginé qu'elle pourrait sortir indemne du chagrin et des bouleversements de cette année épouvantable ? En fait, elle n'aurait pas été surprise que les deux hommes, qui ne daignaient même pas lui accorder un regard, rebroussent chemin avec force cris et encouragements à leurs montures pour bien vite retourner d'où ils venaient. Des couards, du début jusqu'à la fin.

Aelfwynn rassembla vite son courage et éperonna sa pauvre vieille monture.

Mais il était toujours là, ce géant viking, sans la moindre intention de bouger. Il prit ses rênes et le contrôle de son cheval en un éclair. Puis il attendit, la toisant avec ce même calme impitoyable, comme s'il la défiait de l'affronter alors que son escorte s'en était bien gardée.

Elle avait bien sa petite dague, attachée à sa cuisse, dissimulée sous son sous-vêtement chaud, mais comment pourrait-elle s'en emparer alors que le guerrier se tenait juste à côté d'elle ? Elle doutait fort qu'il restât impassible si elle fouillait sous sa cape de laine et le manteau en dessous, bordé de fourrure. Et encore moins si elle continuait sous sa jolie robe brodée, ornée des colliers de sa mère, et sa chemise en coton, avant de pouvoir atteindre son arme, tout en restant en selle.

Il était trop grand, trop près. Il l'arrêterait comme il venait de maîtriser ce cheval inutile, et un éclat dans son regard sombre lui fit se demander s'il ne se doutait pas qu'elle avait un couteau sur elle.

Aelfwynn n'en fut que plus consciente de sa puissance et du danger qu'il représentait, même sans qu'il brandisse les armes qu'elle distinguait sous sa cape.

— Laissez-moi partir maintenant, dit-elle avec toute la dignité qu'elle put rassembler alors que ses mains tremblaient. Et je vous promets qu'il ne vous sera fait aucun mal.

Il la dévisagea un long moment.

— Mais que valent vos promesses alors que vous ne pouvez les défendre ? Ni vous défendre vous-même ?

Aelfwynn enfouit ses mains dans les plis épais de sa cape afin que le Viking ne les vît pas trembler. Elle mourait d'envie de descendre son voile plus bas sur son visage mais n'osa pas. Elle savait trop bien combien la peur enflammait les plus sombres passions des hommes, et se dit qu'il valait mieux qu'elle se garde d'attiser ces flammes elle-même.

Elle pensa à sa mère, toujours prête à batailler et sûre d'elle, puis s'inclina.

Son estomac se serra à l'idée que le guerrier était bien plus grand et large d'épaules que la plupart des hommes, et qu'elle n'avait pas vraiment à baisser les yeux pour croiser son regard.

— Mes hommes vous l'ont dit. Mon oncle est Edward, roi du Wessex.

Aelfwynn attendit une réaction d'admiration ou de crainte, au cas où il n'aurait pas compris le sens de la bannière que portaient ses hommes et le nom de son oncle. Mais ni l'une ni l'autre ne se manifestèrent dans l'attitude du guerrier, comme s'il avait été taillé dans la pierre.

— Il est arrivé à Tamworth tout récemment, à une journée de cheval d'ici, et il sera courroucé s'il m'arrive quoi que ce soit de fâcheux.

— Vraiment ? dit-il d'un ton presque amusé, même si rien sur son visage ne le laissait paraître.

Il ne la quittait pas des yeux.

— Votre oncle ne vous tient pas en grande considération, Lady Aelfwynn. Sans cela il ne vous aurait pas privée de vos droits en vous prenant la Mercie, si je ne me trompe ?

Elle fut parcourue d'un frisson glacé, puis brûlant. La terreur la paralysa, même si elle se persuadait que c'était à cause du froid de la neige.

— Comment se fait-il que vous me connaissiez ?

— Et qui ne vous connaît pas ? répliqua-t-il d'un ton menaçant quoique toujours très calme, l'éclat de ses yeux indéchiffrables toujours aussi vif.

Mais Aelfwynn eut l'impression qu'il posait ses mains sur elle.

— Vous avez plus de droits sur la Mercie que l'homme qui la revendique, cependant vous êtes ici.

Elle en était certaine, elle n'avait pas imaginé l'emphase qu'il avait mise sur ces deux derniers mots.

Elle resta impassible, en essayant de ne pas s'affoler. Elle aurait voulu descendre du cheval qu'il maintenait sans peine, comme si l'animal et elle lui appartenaient. Si elle osait sauter rapidement, elle pourrait tenter sa chance en se dirigeant vers les bois tout proches. Mais le Viking ne s'était pas trompé en parlant de cet endroit. Ces routes étaient dangereuses, même à la pleine lueur d'une journée d'été. Et ce soir-là, on était à trois semaines du milieu de l'hiver. Elle ne trouverait rien entre ces arbres austères, si ce n'était une variété de morts brutales possibles.

Un loup hurla au loin, et Aelfwynn ne put réprimer le frisson qui la parcourut en entendant cette plainte sinistre.

— Vous feriez bien de vous demander ce que votre oncle a prévu pour vous, reprit le guerrier.

Il lui montra les bois puis la route d'un vague signe de la main. Il restait à peine une pâle lumière au ras des arbres, comme un avertissement de mauvais augure.

— La nuit vient, et vous êtes bien loin du moindre abri. Si vous aviez été agressée, quelle défense aurait fournie votre escorte ? Je les ai fait fuir sans même montrer une arme.

Mais j'ai été agressée, se dit Aelfwynn, le cœur battant. *Par un Viking.*

Quel genre d'homme était-ce, à lui parler calmement par énigmes alors qu'il aurait pu si facilement l'achever ? Alors qu'elle lisait la violence sombre dans son regard et l'évaluait tel qu'il était, un homme si différent de ceux de son escorte qui l'avaient abandonnée sans remords.

Un homme qui pouvait dominer à son gré les bois, les loups et toutes les menaces éventuelles.

Un Viking barbare qui n'hésiterait pas à faire couler le sang, s'emparer de ce qui lui plairait et piller selon son bon plaisir.

— À quoi cela sert-il de dire la vérité ? réussit à murmurer Aelfwynn, espérant que ce vieux dicton utilisé sans cesse par sa mère la réconforterait.

Mais le froid, son angoisse et le regard dénué de toute pitié de cet homme l'affectaient profondément, en dépit de tous ses efforts pour y résister.

— Joli dicton, dit le Viking en retroussant les lèvres, ce qui eut pour effet immédiat de la brûler intérieurement. Croyez-vous que cela vous sauvera ?

Aelfwynn le dévisagea, plongeant dans ce regard intense, à la recherche d'une pitié inexistante. Et d'aussi près elle ne put s'empêcher de noter des détails qui semblèrent se graver en elle en dépit de sa volonté.

Ses cheveux étaient sombres, malgré la neige qui les recouvrait, et nattés pour lui dégager le visage. Sa barbe était de la même nuance, couverte elle aussi de neige alors qu'il ne semblait pas s'en soucier. Son regard était sombre également, et perçant, alors que ses yeux avaient la couleur de minuit, un bleu intense très foncé.

C'était un guerrier expérimenté, c'était évident, mais il était loin d'être hideux comme Aelfwynn l'eût préféré.

Au contraire, il lui était difficile d'en détacher son regard. Il se mouvait avec tant d'aisance, en dépit de sa corpulence… Et il arborait une posture comme peu d'hommes le faisaient, comme s'il était une grâce apparue sur Terre au lieu d'en être un simple produit.

Il était magnifique, terrifiant.

Et Aelfwynn était entièrement en son pouvoir.

Sa mère avait été formée aux tactiques militaires transmises par son propre père, le roi Alfred, qui avait eu à gérer tout au long de sa vie le fléau des Vikings, des Norvégiens et des Danois.

Aethelflaed s'était toujours préparée à commander un jour des armées en étudiant l'histoire, et elle savait qu'ayant eu une enfant unique dix ans après son mariage elle ne se risquerait pas à une nouvelle maternité.

Elle aurait conseillé à sa fille de comploter, pas de s'affoler.

Oh ! comme elle manquait à Aelfwynn !

Mais ces mois désagréables passés à gérer la politique en prétendant être ce qu'elle n'était pas étaient derrière elle désormais.

Il ne restait que cet homme, les bois, les hurlements des loups, et le fait de se retrouver ici en pleine nuit, qu'elle l'eût désiré ou non. Elle ne pouvait pas effacer tout cela avec des prières. Ni s'en échapper.

Le Viking l'avait capturée sans même sortir son épée. Ce serait là la honte qu'elle devrait assumer.

Si toutefois elle devait survivre, seule dans l'obscurité avec une dague qu'elle ne pouvait utiliser, un cheval qui ne pouvait galoper, l'escorte de son oncle disparue, et la sécurité devenue une vague fiction que l'on se racontait à la veillée devant le feu.

Elle avait laissé tout ce qu'elle connaissait derrière elle, et ce qui restait, c'était… elle-même.

Seule, et pour toujours. Elle seule.

Mais Aelfwynn sentit un élan en elle. Un plan, peut-être. Et non cette panique aveugle qui la glaçait autant que la route devant elle.

Je suis la fille de ma mère, se dit-elle. *Que je le veuille ou non.*

Et pour le prouver, elle ne se recroquevilla pas devant l'homme qui la scrutait si intensément.

Au lieu de cela, elle sourit.

— Je doute fortement que vous vous attardiez dans des bois au crépuscule, couvert de neige alors que le temps empire, pour simplement jouer au sauveur. Vous me sauverez ou me tuerez comme il vous plaira, et le ferez donc savoir aux loups.

Elle avait dit cela froidement alors qu'elle brûlait intérieurement. Mais elle ne se départit pas de son sourire, car dans ses veines coulait un sang royal, et elle se battrait, comme ses ancêtres.

Les yeux du Viking scintillèrent, et Aelfwynn ne détourna pas les siens.

— Dites-moi simplement ce que je dois faire pour rester en vie, et je le ferai.

Chapitre 2

Eigi fellr tré við it frysta högg.
« Un arbre ne tombe pas au premier coup de hache. »
Saga *Njáls*, dicton populaire.

Elle n'était pas ce à quoi il s'était attendu.

Thorbrand avait passé la dernière moitié de cette longue année à préparer ce jour. Son frère Ulfric, leur cousin Leif et lui-même avaient été chargés de cette entreprise par rien de moins que leur tout-puissant roi Ragnall, haï et craint de ces Merciens depuis une éternité.

Tous les trois étaient à peine des hommes quand les rois irlandais avaient expulsé leur peuple de Dublin. Ils étaient devenus des adultes farouches et loyaux, s'étaient forgés au feu impitoyable des batailles, les unes après les autres pendant ces années interminables et sanglantes. Ils étaient parents, et aussi bons amis et frères d'armes expérimentés. Guerriers craints et redoutables, ils s'étaient battus pour la gloire, l'honneur et la conquête de territoires aux côtés de Ragnall depuis l'île de Man jusqu'à la Northumbrie. Puis ils étaient retournés en Irlande réclamer ce qui leur avait été pris quinze ans plus tôt, pour revenir ensuite sur ces terres austères et prendre part à des escarmouches aux frontières avec les Écossais retors au début de cette année-là.

La dernière bataille, à Corbridge, avait aiguisé l'appétit de Ragnall pour la ruse : la colonne qu'il dirigeait s'était embusquée jusqu'à ce que les Écossais aient cru les avoir vaincus, pour ensuite surgir par surprise et les terrasser sans peine.

Ragnall avait alors commencé à moins penser à écraser de ses poings ou trancher de sa hache, et à se livrer à d'autres jeux plus subtils pour arriver à ses fins.

Et pour lesquels il pouvait se fier à ses hommes d'une loyauté éprouvée afin de réussir à mener à bien ses stratagèmes les plus intelligents.

Ce n'était rien de moins qu'un honneur, s'était rappelé sans cesse Thorbrand pendant cette longue saison de préparation et de mise au point de ce complot, de servir de la sorte son roi dans son projet de longue haleine. Pas dans le feu d'une bataille, dans le fracas des épées, mais avec ce qu'il s'apprêtait à faire sur cette route.

Cependant les dieux savaient que dans son cœur il ne s'était pas senti honoré de se voir assigner cette mission.

De plus il s'était attendu à ce que cette Lady Aelfwynn tremble de peur et se mette à geindre comme le faisaient les aristocrates saxonnes, tout en priant fanatiquement leur dieu chrétien avant de s'évanouir dans la boue quand il ne répondait pas à ces prières.

Mieux valait disposer d'une variété de dieux, avait toujours pensé Thorbrand. De peur qu'un seul se montre inefficace à apporter son aide, comme le faisaient si souvent les dieux inconstants.

Aelfwynn avait prié dans son langage ancien, mais il n'avait vu aucune peur en elle. Au lieu de cela, elle l'avait regardé droit dans les yeux. Et il en avait eu les sangs échauffés.

Thorbrand était un guerrier, pas un courtisan fragile rompu aux artifices de la cour, et ses appétits le portaient vers les femmes puissantes, téméraires et guerrières de son peuple. Pas vers ces chrétiennes sinistres et froides et leur piété sans vie.

Et pourtant cette femme, cette princesse mercienne qu'il devait prendre quoi qu'il pensât d'elle méritait un second regard. Elle lui rappelait presque…

Mais il n'alla pas plus loin dans ces pensées. Son passé était hors de propos ici. Ce qui avait été fait ne pouvait être changé par les souvenirs.

Thorbrand ne le savait que trop bien.

— Vous offrez-vous à moi ? demanda-t-il d'une voix à peine audible et rauque.

Il restait les yeux fixés sur son joli visage caché sous son voile et la capuche qu'elle avait rabattue très bas à cause du froid, à la recherche de la peur qu'il s'attendait à y lire.

Mais il ne vit rien.

Ce qui ne voulait pas dire qu'elle n'était pas sans crainte, seule dans l'obscurité avec un homme qu'elle prenait selon toute probabilité pour un monstre. Il était désormais assez près pour constater qu'elle tremblait légèrement, quoique ses yeux, qui brillaient d'un éclat doré, ne quittassent pas les siens. Quel homme n'était pas sensible à la couleur de l'or, où qu'il se trouve ?

Elle est brave, songea alors Thorbrand, et cela lui plut.

Et c'était bien trop tentant d'imaginer ce que serait ce genre d'offrande. Et la sensation de trouver l'apaisement entre ses cuisses.

— Une femme peut-elle offrir ce qui lui a déjà été réclamé par la menace de la force, au milieu d'un bois sombre ? répliqua Aelfwynn avec une trace d'humour désabusé dans la voix.

Ce qui surprit de nouveau Thorbrand. Et suscita aussitôt en lui une nouvelle vague de chaleur.

— Une femme peut toujours offrir. Qui n'apprécie pas un cadeau donné librement ?

— J'avoue avoir une certaine prudence en matière de cadeaux, rétorqua-t-elle, le regard toujours direct.

Elle était assise bien droite sur sa selle, ne ressemblant en rien à la femme qu'il avait découverte au premier regard. Celle qui avait incliné la tête puis marmonné ses prières. Thorbrand était de plus en plus intrigué, et son sang répondait à cette fascination en pulsant en lui tel un feu qui venait de naître.

— J'estime que plus le cadeau est important, plus on attend d'obligations en retour. N'est-ce pas ?

Elle lui rappela par ces paroles le même genre de discours qu'il avait entendu dans les maisons longues de son enfance. C'était troublant. Il n'avait pas imaginé qu'elle lui ressemblerait en quoi que ce soit, cette presque reine qui avait plus de valeur pour ce qu'elle représentait que pour toute autre chose.

On l'avait dépouillée de ses terres, de son peuple.

Elle avait été exilée de la cour de son oncle et aurait pu facilement s'évanouir dans l'obscurité d'un monastère, pour devenir une histoire qui serait rarement évoquée. Absente des chants et des récits à tout jamais, ne représentant plus une menace pour quiconque.

Il ne s'attendait pas à ce qu'elle fût autre chose qu'une créature féminine qu'il emmènerait sur les rivages lointains qui le faisaient rêver, et avec qui il finirait par trouver un moyen de cohabiter. Ici ou là, selon la volonté des dieux, mais il vivrait avec elle, paix ou non.

Quoique Thorbrand ne fût pas expert en matière de paix.

Ou peut-être la reconnaîtrait-il si elle lui tombait dessus comme un coup de hache.

— Il est peu probable que l'ordre du monde soit changé ici, dans ces bois, grommela-t-il.

Mais il se parlait autant à lui-même qu'il s'adressait à elle. Il ne pouvait pas s'oublier ici, même si elle l'attirait plus qu'il ne l'aurait jamais imaginé.

Même si elle faisait surgir en lui d'une certaine manière des souvenirs qu'il avait fait de son mieux pour bannir de sa mémoire.

Il savait ce qu'il devait faire avec cette femme, et l'aurait fait même si elle avait chu de son cheval de terreur et avait gémi devant lui sur le sol glacé à ses pieds.

Ses ordres suivaient les désirs de son roi, pas les siens. Jamais les siens.

Il n'aurait pas dû s'attarder en accomplissant cette tâche, cependant il ne bougeait pas. Il la regarda s'asseoir devant lui. Presque fièrement, songea-t-il, comme la reine qu'elle aurait été.

Et qu'elle avait failli être durant les six mois précédents, à la grande fureur de son oncle.

— Dites-moi, Aelfwynn, que m'offririez-vous en échange de votre vie ?

— Est-ce moi qui détermine ce que vaut ma vie ? dit-elle en inclinant à peine la tête, ou celui qui voudrait la prendre ?

Thorbrand connaissait ces jeux. Et il ne les aimait pas. Des mots pareils à des épées, la substance vitale et essentielle d'une cour royale, où les murmures pouvaient empoisonner et les rumeurs être mortelles.

Il était bon de se rappeler qu'elle disposait de ces armes, même s'il leur accordait peu de valeur. Pas quand il pouvait se mesurer au monde avec les moulinets de son épée.

Ce qu'il faisait d'ailleurs.

— Quelles paroles empreintes de philosophie, milady ! rétorqua-t-il.

Il vit sa mâchoire se contracter alors même qu'elle tremblait, et en conclut que c'était positif. Mieux valait qu'elle le craigne, plutôt qu'elle s'imagine qu'elle pourrait le neutraliser avec de belles paroles.

— Et pourtant la neige tombe toujours. Les loups hurlent toujours. Où croyez-vous que vous allez poser votre tête cette nuit ? reprit-il.

Aelfwynn éclata de rire et il en fut surpris, alors qu'il était si endurci qu'il aurait juré aux dieux eux-mêmes que rien sur cette terre sombre et sinistre ne pouvait le prendre par surprise.

Quel rire merveilleux ! Tout d'abord, qu'elle osât rire était merveilleux, et ensuite, sa façon de le faire. Cela rappela à Thorbrand un torrent glacé descendant des montagnes dans cette nouvelle terre appelée Islande, cet endroit loin vers l'ouest qu'il avait découvert l'été précédent, et qui le hantait depuis, comme si ces montagnes tels des dragons endormis et ces rivages de sable noir l'avaient ensorcelé instantanément.

Alors que c'était lui qui avait l'intention de se les approprier.

Parce qu'un jour ou l'autre tous les hommes avaient besoin d'une terre.

Le problème était que toutes les terres que Thorbrand avait jamais foulées étaient détrempées de sang. On s'y était battu, encore et encore, aucune épée ne s'étant jamais montrée assez puissante pour repousser ceux qui remettaient en cause le droit d'un homme de s'installer quelque part et d'y prendre racine.

Aucune guerre n'était jamais réellement terminée, aucune trêve n'avait été assez stable, à moins de durer cent ans. Ou même plus.

Thorbrand n'avait jamais eu de foyer à défendre du rempart de son corps, avec son épée, la force de ses bras et la volonté de son cœur.

Et il savait trop bien ce que pouvait perdre un homme quand il trouvait plus fort que lui, meilleur à l'épée, et que la simple volonté ne suffisait plus.

Oh ! comme il se rappelait cette matinée sanglante à Dublin quand il avait échoué !

Échoué, oh, par tous les dieux, et d'une manière monumentale !

L'expression du visage de sa mère était encore trop vivace dans ses souvenirs, quand elle s'était effondrée sur le sol devant lui ce jour-là. Quand il ne l'avait pas protégée comme il l'aurait dû. Quand l'ennemi l'avait repoussé tel un enfant alors qu'il avait quinze ans, puis l'avait assaillie tandis qu'il regardait et n'avait rien fait.

La honte le hantait encore à ce jour.

Sa mère était brave et courageuse, belle et intelligente. Elle avait donné des fils à son père, et ne craignait pas grand-chose. Alors que d'autres femmes auraient supplié d'être épargnées, sa mère s'était jetée sur son assaillant comme si elle avait voulu lui arracher les yeux.

Elle s'était battue pour son foyer, qui avait été incendié ensuite.

Thorbrand n'avait jamais dit à personne ce dont il avait été témoin. Ce qu'il n'avait pas réussi à faire ce jour amer où les rois irlandais avaient chassé son peuple des seules terres sur lesquelles il eût jamais vécu, en lui ordonnant de quitter l'Irlande. Ou de mourir.

Il s'était convaincu qu'il ne cherchait pas de foyer, alors qu'on lui avait pris le sien en le réduisant en cendres avec la mère qu'il n'avait pas sauvée. Il s'était convaincu que toutes ces années vécues depuis avaient été son expiation. Car le lendemain de ce drame Thorbrand avait appris à se battre, bien plus durement et bien mieux que lorsqu'il était enfant.

Se battre. Gagner. Se mettre en péril, encore et encore.

Réussir ce à quoi il avait échoué jadis, alors que cela avait compté plus que tout au monde.

Il avait longtemps cru que tel était son lot, sa pénitence, et son devoir pour faire preuve de sa valeur devant les dieux. Afin de se faire pardonner pour ce qu'il n'avait pas fait ce jour-là.

Et cependant, en ces temps de désespoir, il s'était parfois demandé s'il y avait plus dans la vie que cette marche sinistre conduisant à tant d'escarmouches sanglantes. Les cris pendant les batailles, le fracas de l'acier contre l'acier. Il aspirait parfois à la vie de foyer. Un vrai foyer, pas une tente dans un campement anonyme, trop près d'un nouveau champ de bataille.

Un endroit où il pourrait vivre au lieu de se battre, libre et sans conflits.

Tout en sachant que cette histoire était sa plus grande honte, dont il était seul responsable. Un homme se battait jusqu'à ce que les dieux le prennent, tout en rêvant du Valhalla pendant le combat. Un homme n'espérait que l'honneur que l'on trouvait dans le combat. Et en ce jour maudit, il y avait des années de cela, Thorbrand s'était juré qu'il ne cesserait jamais de se battre comme cela lui était arrivé. Plus jamais.

Il n'était pas un cœur tendre qui voulait une ferme et une vie rythmée par les saisons, convoitant des terres et un beau troupeau. Thorbrand s'était relevé des cendres ce jour-là et était devenu une arme.

Il avait honte de vouloir parfois plus que cela dans cette vie monotone.

Cependant cette lady saxonne avait ri, comme si elle n'avait pas peur. Comme si elle s'amusait du péril dans lequel elle se retrouvait.

Exactement comme sa mère en ce jour horrible.

— Je suis heureux de vous divertir, dit-il à Lady Aelfwynn quand elle cessa de rire, et il ne se dissimula pas combien sa poitrine se serrait en cet instant.

Il ajouterait cette réaction au reste de sa collection,

avec la honte et les reproches qu'il se faisait. Son fardeau personnel, pas aussi chargé qu'un navire marchand, mais lourd de regrets.

— Cela n'en rendra nos rapports que plus faciles, ajouta-t-il.

Elle fit glisser son regard doré sur lui.

— Donc vous n'avez pas l'intention de me tuer. Cherchez-vous à obtenir une rançon ?

— Une rançon ?

Il ne rit pas, mais les coins de sa bouche se relevèrent et un nuage de buée s'éleva devant lui.

— Je crois que vous surestimez votre valeur aux yeux de votre oncle, continua-t-il. S'il avait voulu vous protéger, vous aurait-il envoyée sur les routes de la sorte ? Deux couards en guise d'escorte, de gros sacs comme appâts évidents pour des bandits, et vos seules prières pour vous protéger ?

Même si ses joues s'empourprèrent légèrement, Aelfwynn ne se rembrunit pas pour autant.

— Ce n'est pas mon rôle de critiquer les décisions de mon oncle. Il est aussi mon roi.

— Alors je les remettrai en cause pour vous, et avec joie. Il n'est pas mon roi.

Elle ne broncha même pas, alors que Thorbrand attendait qu'elle se mît à sangloter. À se lamenter. Et non pas parce qu'elle était une femme, car il avait été nourri aux mythes des femmes guerrières et des valkyries dans son enfance. Sa mère lui avait enseigné le courage, et lui avait prouvé le sien au-delà de tout.

Mais les rumeurs sur la fille décevante de la dame de Mercie s'étaient amplifiées depuis juin. La reine des

Merciens avait été une ennemie redoutée, et qu'importait son titre car elle n'avait pas été réellement reine, mais épouse royale d'un homme de haut rang, ayant toutefois commandé des armées telle une vraie reine.

Sa fille, disait-on sans cacher le mépris qu'on y mettait, n'avait rien fait d'autre qu'incliner la tête et s'abîmer en prières alors qu'on attendait la main ferme d'une dirigeante.

Tout aurait été différent si elle avait été un fils. Tout d'abord, Thorbrand n'aurait jamais été choisi pour cette mission, car elle n'aurait pas eu lieu d'être. On l'aurait envoyé combattre, et pas de cette manière.

Mais il existait différentes façons de gagner les guerres, il ne l'ignorait pas.

— Ne vais-je donc pas connaître mon destin ? demanda-t-elle avec brusquerie, comme si elle avait suivi la direction de ses pensées.

— Nous l'apprenons tous lorsque cela nous échoit, répondit-il. Et aucune de vos prières ne changera ce qui va arriver, milady. Tout est déjà décidé.

— Cependant j'ai l'impression que la décision concernant mon destin est entre vos mains, répliqua-t-elle avec ce sang-froid qui à la fois attirait et exaspérait Thorbrand.

— Je ne demanderai pas de rançon à votre oncle, si vous voulez réellement le savoir, continua-t-il tout en regardant sa cape raffinée se blanchir de neige. Vous devez certainement désormais comprendre qu'il vous a envoyée à la mort en organisant ce voyage.

— Je crains de n'être qu'une simple femme prise dans le filet des affaires royales, rétorqua-t-elle après un moment, alors même que la façon dont elle soutenait toujours son regard lui indiquait qu'elle mentait.

Elle présentait sans doute de nombreuses facettes, cette princesse saxonne, mais la simplicité n'en faisait pas partie.

— C'était ma mère qui se mêlait de politique avec tous ces hommes belliqueux. Je préfère des arts plus paisibles. Je trouve qu'il est moins sanglant de filer ou broder.

Thorbrand se déplaça légèrement, sa main toujours sur l'encolure du cheval. Il aurait pu s'avancer s'il le souhaitait. Et porter la main sur elle, puis lui enseigner que c'était folie de lui mentir.

Soudainement un pur désir se manifesta avec violence, mais il ne broncha pas.

Parce qu'un homme sage n'utilisait pas un marteau alors qu'une plume suffisait.

— Le monde est façonné par le sang, lui dit-il abruptement.

Dont le sien, qui avait coulé généreusement, et celui qui avait entaché ses mains.

— Et votre sang fait de vous un prix pour quiconque le rechercherait. Car tant que vous vivrez il restera un doute sur le fait qu'Edward soit légitime pour contrôler la Mercie, précisa-t-il.

Aelfwynn tressaillit, mais le dissimula bien vite.

Et Thorbrand réalisa que cela ne lui plut pas comme il l'aurait imaginé.

Tu ne veux pas effrayer cette femme, lui intima sa voix intérieure, comme si elle venait directement des dieux. *Tu la veux allongée sous ton corps, emplie de joie et épanouie.*

— En effet, cela ne fait pas de doute, répliqua-t-elle, se raidissant davantage lorsque l'inquiétude sur son visage se répandit dans toute son attitude. Je vais prononcer mes vœux, et je ne me prosternerai plus que devant Dieu. Je laisserai ces royaumes livrés aux caprices de ceux qui voudront les diriger.

Distingua-t-il une once de nostalgie en elle à cet instant ? Comme si elle avait désiré pareille vie ? Thorbrand ne décelait pas en elle la moindre vocation. Quelle était l'utilité d'une vie dédiée à Dieu si elle devait se dérouler dans un silence contraint, cachée à la face du monde ? Pour Thorbrand, c'était tout sauf une vie.

Mais cela avait peu d'importance en ce qui la concernait, car elle n'était pas destinée à ces vœux, sanctifiés ou non.

— Vous ne seriez jamais arrivée à votre abbaye, Aelfwynn. Je vous le dis en tant qu'ami.

Son visage s'anima alors. D'un éclat de rage, pensa Thorbrand, et cela lui plut bien plus que d'y voir de la peur. Ou la nostalgie d'un couvent. Il avait toujours aimé le feu et la glace conjugués, les tempêtes et la haute mer. Les tempéraments forts l'échauffaient. C'était la faiblesse qu'il ne supportait pas.

Cela lui rappelait ce qu'il avait perdu. Ce qu'il aurait dû sauver. Sa mère qui était prête à se battre, et qui avait été aussi son unique faiblesse.

Thorbrand ne voulait pas se souvenir de sa douceur. Il préférait se remémorer sa férocité, quand elle s'était jetée sur le guerrier irlandais qui l'avait attaquée comme si elle était une guerrière au bouclier. C'était plus facile de se souvenir d'elle avec ces images.

Même si la honte qu'il portait en lui de l'avoir perdue, douce ou féroce, ne s'atténue jamais.

Il prit une mine renfrognée envers sa proie, comme si c'était la faute de la jeune femme, alors qu'il savait très bien que c'était la sienne. Puis il se rappela qu'il y avait un instant à peine il avait parlé d'amitié.

Souviens-toi du jeu que tu joues ici, se tança-t-il, *et plus encore, de qui en tire les ficelles.*

Il chassa alors cette expression de son visage.

— Un ami ? Vraiment ? lança Aelfwynn en haussant légèrement le menton. Mais vous êtes celui qui m'a bloqué la route.

— Je ne suis pas le pire obstacle sur cette route, je vous l'assure.

— Alors que je suis avec des couards pour me protéger. Que des loups s'approchent, ainsi que la nuit. Et que des guerriers en embuscade m'attendent au tournant. Comme vous l'avez dit.

Ses joues s'étaient colorées, l'or de ses yeux avait foncé, amenant Thorbrand à se demander de quelles autres manières il pourrait faire s'éveiller la passion en elle. Il n'avait pas imaginé que ce genre de choses interviendrait dans sa mission. Ou dans sa vie, purement et simplement.

Il avait depuis longtemps troqué la passion contre le devoir, et s'était persuadé que c'était le meilleur choix. Mais… mais…

Aelfwynn pinça les lèvres, comme si elle voulait en

dire plus et se retenait. Ou comme si elle avait lu dans ses pensées. Mais elle ne le pouvait pas, c'était impossible !

— Il n'y a aucune route sûre dans aucun royaume aujourd'hui, je le crains. C'est une époque traîtresse, déclara-t-elle.

— Dans votre cas, la traîtrise va bien plus loin que de simples aléas de voyage, rétorqua-t-il.

Il lui était de plus en plus difficile de ne pas la toucher, mais mieux valait ne pas mordre à un piège qu'il aurait posé lui-même.

— Ne vous êtes-vous pas demandé pourquoi vos hommes ne se sont pas arrêtés au dernier village ?

Il lut quelque chose sur son visage qui lui suggéra qu'elle s'était en effet posé la question.

— Nous voulions voyager rapidement. Il y a une grande distance à couvrir, et l'hiver empire de jour en jour, se justifia-t-elle.

Thorbrand se remémora que ce qu'il faisait ici n'était pas… cela, cette joute verbale. Qu'elle fût plus séduisante que ce qu'il aurait cru était une aubaine, certainement. Rien de plus. Et il n'y avait aucune raison de rester planté là dans la neige en la désirant.

La femme elle-même. Et non ce qu'elle représentait.

Alors qu'il savait qu'il avait tout son temps pour rendre ce désir bien plus agréable.

Peu importait à qui elle lui faisait penser.

— Il y a des hommes embusqués à une heure de marche d'ici à peu près, lui révéla-t-il alors, sans plus prétendre ne pas être ce qu'il était : un guerrier tellement craint que ses ennemis tremblaient à sa seule vue. Si je ne vous avais pas arrêtée ici, vous auriez déjà été agressée. Vous n'auriez pas survécu à cette rencontre. La seule question, c'est la manière dont ils vous auraient tuée. Et le temps qu'ils auraient pris avec vous avant de vous laisser pour morte.

Il avait détaillé la dernière partie à dessein, afin de la choquer et de l'effrayer. Mais elle le surprit de nouveau, cette princesse délicate élevée dans des cours toutes plus raffinées les unes que les autres. Celle de son oncle, de son père, de sa mère, puis la sienne pour finir. Elle avait eu des serviteurs et une vie facile, tandis qu'autour d'elle les batailles faisaient rage, que les hommes mouraient pour des terres qu'elle aurait pu réclamer par en vertu de sa lignée et de son sang.

Mais Aelfwynn ne cilla pas.

— Il y a bien des façons de mourir. Comme nous l'apprendrons tous, un jour ou l'autre, persifla-t-elle.

— Je vous admire de pouvoir envisager la traîtrise de votre oncle avec si peu de craintes.

— Est-ce la traîtrise de mon oncle à laquelle je fais face ? C'est ce que vous affirmez, ici, dans une forêt déserte. Mais je n'ai pas vu ces hommes embusqués dont vous parlez.

Son regard scintilla, d'un éclat doré presque insoutenable.

— Pour ce que j'en sais, cela pourrait être des hommes à vos ordres. Des Vikings comme vous, ajouta-t-elle.

Thorbrand ne put s'empêcher de sourire à l'usage de ce mot pour le qualifier telle une insulte, alors que ce n'était que l'un des noms habituels dont son peuple avait été affublé depuis plus d'une centaine d'années, comme le racontaient leurs skalds, ces contes populaires à la veillée. Ils n'étaient pas des Danois. Plus tout à fait des Norvégiens. Parfois des Dubgaills ou Finngaills, c'est-à-dire hommes du Nord, selon qui racontait l'histoire, et choisissait donc l'appellation.

On les qualifiait presque toujours de monstres aussitôt.

Et plus souvent qu'à leur tour, à son grand plaisir, de rois.

Tant qu'elle le considérerait comme son maître, comme il savait qu'elle le ferait bientôt, elle pourrait bien l'appeler de tous les noms qui lui plairaient.

Il ôta ostensiblement sa main des rênes de la pauvre monture de la lady.

Il vit ses yeux s'écarquiller, ses mains se précipiter alors vers les rênes…

Puis elle s'arrêta, comme si elle s'attendait à ce qu'il empêche son geste.

— Quelle est donc cette manœuvre ? demanda-t-elle. Me libérez-vous ?

— Si vous le désirez, répondit Thorbrand.

Le vent tournoyait autour d'eux en faisant voleter la neige en tous sens, et il crut la voir réprimer l'émotion qui fit briller ses yeux dorés.

Il continua à lui parler tandis que ses mains gantées s'approchaient toujours plus des rênes.

— Devant vous, il y a dix hommes en embuscade. Ils ont quitté Tamworth la veille de votre départ. Appelez-les Vikings, si cela vous fait plaisir. Si cela vous est plus facile d'accepter ce qu'ils vont vous faire.

Il hocha la tête dans la direction d'où elle était venue.

— Derrière vous, il y a deux hommes qui se sont révélés les plus pleutres de tous, prouvant ainsi à votre oncle qu'ils ont réussi leur mission de ne pas vous protéger. Pensez-vous qu'ils seront heureux de vous voir si vous rebroussez chemin ? Et cela bien évidemment, si vous tous vivez assez longtemps pour que cette réunion malvenue ait lieu. Car les loups ont faim cet hiver. Cela les rend téméraires.

Elle fronça les sourcils, ce qui accentua le sourire de Thorbrand.

— Croyez-vous qu'une femme seule aurait la moindre chance contre ces ennemis, Lady Aelfwynn ? Si c'est ce que vous pensez, allez-y. Mais laissez-moi vous rappeler que votre mère commandait des armées. Elle n'a jamais eu à brandir une épée pour se battre.

Thorbrand attendit, se forçant à arborer un air impassible. Cela aurait été plus facile si la lady avait été une créature fragile. Elle aurait pleuré, il lui aurait ordonné quoi faire, et elle l'aurait accepté tout en sanglotant. Il l'aurait considérée comme pitoyable, et voilà tout.

Il se rendit compte qu'il n'était pas préparé pour cette Aelfwynn.

Sa reddition n'avait jamais été remise en cause, mais à présent il désirait une capitulation réelle.

Il voulait qu'elle le choisisse, ici, et maintenant.

Et pour toujours.

— Je n'ai aucune raison de croire la moindre de vos paroles, dit-elle après un moment.

Mais elle ne tenta pas de s'échapper au galop dans une direction ou une autre.

— Pouvez-vous avoir confiance en quiconque ? répondit Thorbrand sans la quitter des yeux ni broncher. Et quand bien même vous le pourriez, nous ne sommes que nous deux ici. Tenterez-vous votre chance avec moi ? Ou pensez-vous que vous pourrez vous défaire d'hommes belliqueux tout comme des loups affamés, par vos seules prières ?

Il l'observa alors, non sans pitié, tandis qu'elle inspirait profondément. Elle regarda de droite et de gauche, comme si les bois eux-mêmes pouvaient l'aider. Ou comme si elle venait tout juste de se rendre compte combien il restait peu de cette lumière qui sombrait avec indifférence dans le ciel d'hiver obscurci.

Il connaissait très bien les prémices de ce genre d'attente. Prêt à l'action. Et au combat. Tout en étant contraint d'attendre le signal l'autorisant.

Cependant ce savoir n'empêchait pas de rendre l'attente fébrile.

— Je suis honorée que vous m'ayez offert un chemin sûr, monsieur, dit-elle alors même qu'il se demandait si elle retrouverait jamais sa langue.

Elle scruta à nouveau les arbres qui les environnaient. Puis plongea son regard dans le sien, parce qu'elle était une petite créature bien brave, ce qui l'enchantait.

— Je l'accepte donc.

Thorbrand sentit aussitôt son cœur se gonfler. Un rugissement intérieur de triomphe, comme s'il était venu à bout d'un champ empli d'ennemis, alors que tout ce qu'il avait réussi avait été de convaincre cette femme de faire un choix très simple.

Qu'il aurait pu lui extorquer, très facilement, mais il était bien plus agréable de l'obtenir d'elle de la sorte.

Sa première reddition, songea Thorbrand avec plaisir.

Car il y en aurait bien d'autres avant qu'il en ait terminé avec elle.

Et elle serait dans son lit, avec lui, il le savait.

Il se déplaça, avec une souplesse inquiétante qui arracha un hoquet de surprise à la jeune femme.

Ce fut pour lui comme de la musique.

Comme il était enchanté qu'elle ressente la différence entre lui et ces mauviettes envoyées par son oncle pour la conduire à la mort !

Il s'élança derrière elle pour monter sur son vieux cheval, puis la serra contre lui. Il aima la façon dont son corps se moula contre le sien, tandis qu'il enserrait ses cuisses des siennes, son postérieur pressé contre la partie de lui-même qui la désirait. Sa cape et son châle avaient glissé et elle se pencha pour les réajuster, mais il eut le temps d'apercevoir ses beaux cheveux épais et blonds.

Bientôt, se promit-il, il enroulerait ces cheveux dorés autour de son poignet et lui montrerait ce qu'elle pouvait faire à genoux. Ces chrétiens aimaient tant s'agenouiller !

Thorbrand la ferait supplier de lui accorder le plaisir qu'ils pourraient prendre tous deux. Il recueillerait ses prières, ces paroles anciennes dédiées à ce dieu jaloux, mais lui seul les exaucerait.

Un désir plus violent que tous ceux qu'il avait connus bouillonna en lui.

Il maîtrisa le malheureux cheval d'une seule main, en maintenant Aelfwynn de l'autre, tout contre lui comme il le désirait. Il la sentait trembler, alors qu'elle gardait la même posture fière que lorsqu'il était à terre devant elle. Elle semblait réprimer peur et émotion, mais aucun sanglot ne s'échappait de ses lèvres.

Ni gémissement, ni marchandage, ni supplication.

Il aimait la sensation que lui procurait le corps d'Aelfwynn pressé contre le sien. Tout comme sentir le contour d'une lame de couteau le long de sa cuisse, suggérant qu'elle n'était pas qu'une faible et pieuse princesse de Mercie comme il l'avait cru. Encore un signe positif pour ce qui les attendait !

Elle n'avait utilisé aucune arme, cependant elle l'avait combattu, sans peur. Ou plutôt, elle avait affronté cette peur et n'y avait pas succombé. C'était mieux encore.

S'il pouvait ignorer l'accès de faiblesse qui lui faisait désirer changer le passé, alors qu'il savait très bien que c'était impossible, tout se passerait bien.

Il l'emmènerait dans cette île froide et lointaine, sur ces terres de neige et de silence où il voulait s'établir. Et ce serait ce qu'ils auraient, ces joutes verbales. Ce serait ce qui illuminerait leurs hivers tandis qu'il attendrait que Ragnall la fasse quérir, pour qu'elle vienne réclamer son royaume quand le Wessex s'effondrerait.

Afin de l'utiliser telle une arme dans cette guerre éternelle.

Mais tout d'abord, il se passerait ceci.

Thorbrand éperonna les flancs du cheval, quitta la route avec la captive destinée à devenir sienne, et s'enfonça avec elle dans la forêt sombre qui l'attendait.

Chapitre 3

Ðeah Þe earm friond lytel sylle,
nim hit to miccles Þances.
« Même si un ami pauvre ne peut te donner
que peu, prends-le avec force remerciements. »

D'après le *Disticha Catonis*,
traduit par Eleanor Parker.

Ils furent engloutis par la forêt.

Aelfwynn était maintenue fermement contre le Viking, et son bras puissant, tel de la pierre, la serrait fermement. Il n'y avait aucune faiblesse en ce corps vigoureux derrière elle. Sa poitrine était une vraie forteresse, et ses cuisses étaient aussi dures que des rochers.

Elle ne cessait de trembler de peur, tout en étant étrangement rassérénée.

Car elle savait quel destin l'attendait.

Cependant elle ne comprenait pas le discours de cet homme, qui jouait sur les mots et avec elle, alors qu'il aurait pu prendre ce qu'il voulait n'importe quand. Et l'aurait laissée mourir sur cette route, violentée et seule.

Qu'il ne l'eût pas fait ne rendit que plus vivace l'étincelle qui s'était déjà allumée en elle.

— Arrêtez de vous tenir aussi raide, ordonna la voix rauque et grave du Viking, que non seulement elle entendait tout contre son oreille, mais qui résonnait aussi au plus profond d'elle-même. Ou vous allez vous faire mal.

Aelfwynn imaginait à peine ce que cela signifiait. Et pourquoi cela résonnait ainsi en elle.

— Allez-vous garder cette posture pendant toute notre chevauchée ? insista-t-il, semblant amusé. Aussi rigide que les troncs des pauvres arbres dénudés qui nous entourent ?

Il fallut à Aelfwynn quelques instants pour comprendre ce qu'il voulait dire. Elle se tenait aussi droite que possible, faisant de son mieux pour se préserver de l'inévitable tandis qu'il la serrait contre lui. Cependant elle sentait… trop de sa présence.

Sa moquerie la vexa néanmoins et elle s'appuya un peu plus contre lui. À peine.

Et sa récompense, ou sa malédiction, fut son rire grave qui la traversa telle une onde de chaleur, et la lia à cet homme qui la gardait captive et l'emmenait au plus profond des bois. Où donc ?

Il aurait été bien plus facile pour lui de faire son affaire avec elle là où il l'avait trouvée.

Elle ne comprenait rien à ce Viking.

Elle réfléchissait à toute vitesse tandis que la nuit avançait et que la neige s'épaississait.

Il était bien triste pour Aelfwynn d'en savoir plus sur les hommes qu'elle ne l'aurait voulu. Quelle femme pouvait éviter cette fatalité ? Les hommes parcouraient la terre selon leur bon plaisir, mettant des villes à sac afin de les annexer, pour ensuite battre monnaie à leur effigie et tout commander sur leur passage. Et quand ils avaient terminé de mettre leurs ennemis en pièces et exigé que l'on chante en leur honneur tandis qu'ils levaient leurs chopes, ils voulaient tous la même chose.

Tous.

Il y avait eu trop de soirées ces six derniers mois où Aelfwynn avait été obligée de brandir la seule arme dont elle disposait au visage des hommes qui s'imaginaient pouvoir prendre ce qu'elle n'offrait pas.

Sa piété indéfectible, face à leur désir brutal.

« Prions, messire », avait-elle dit chaque fois, essayant de s'attirer le soutien des prêtres, qui bien que voués à Dieu ressemblaient fort à ceux qui l'auraient incitée à céder à leurs transports. Ce n'étaient que des hommes, eux aussi.

Mais ce guerrier qui la tenait n'était pas chrétien. Que signifieraient pour lui ses prières, ou les injonctions de ses prêtres ?

Aelfwynn était restée chaste, selon les ordres de sa mère, et avait continué à l'être après le décès de celle-ci. C'était la seule manière pour elle de rester en sécurité. Parce que tout homme avec lequel elle badinerait, surtout s'il n'était pas marié, pourrait aussitôt prétendre régner sur la Mercie à travers elle. Son oncle le lui avait dit. Ce Viking l'avait sous-entendu. Sa mère avait longtemps prétendu que si un homme quelconque méritait d'épouser la fille de la dame de Mercie, elle l'aurait trouvé.

Mais elle ne l'avait pas trouvé.

« Tout homme qui croit devoir être roi s'avérera un

bien piètre candidat », avait toujours dit Aethelflaed. « Et la Mercie a besoin de force, ma fille. »

Il y avait eu tant d'hommes après la mort d'Aethelflaed, tous se rêvant nouveau roi de Mercie, ou s'imaginant incarner le noble loyal qui délivrerait Aelfwynn de tout risque de révolte après la mort de sa mère, faisant allégeance à son oncle en remerciement de cette faveur. La mort d'Aethelflaed était survenue si brusquement ! Cela avait été un tel choc qu'Aelfwynn s'était demandé si elle y survivrait.

Mais cela ne les avait pas arrêtés, eux, les hommes.

Ils avaient défilé les uns après les autres. Des brutes pour certains, d'autres charmants. Tous avec un regard glacial et une bouche en cœur pour lui débiter des mensonges, chacun d'eux s'imaginant installé sur le trône à Tamworth, chef d'une Mercie désirant de nouveau affirmer son indépendance vis-à-vis du puissant Wessex au sud.

« Edward peut bien réclamer tout ce qu'il veut », avait déclaré l'un d'eux à voix haute, pour être bien entendu de tout Tamworth. « Mais il est occupé à combattre les Danois de tous les côtés, et sa sœur n'est plus là pour lier la Mercie au Wessex, n'est-ce pas ? »

Aelfwynn s'était bien gardée de céder aux rumeurs et de les colporter. Ainsi que de prêter l'oreille aux insinuations. Bien avant que la tête de ce même homme ait été détachée de son corps par la propre épée d'Edward, elle avait compris qu'il était dans son intérêt d'éviter ce genre de propos, sous peine de connaître un tel sort.

Sa mère lui avait appris à agir en permanence comme si les tapisseries accrochées aux murs pouvaient entendre ses paroles et les transmettre avec célérité à ses ennemis.

Il valait bien mieux parler de piété et de contrition, ainsi que des cieux. Ceux qui cherchaient à la mêler à leurs complots et projets comprenaient vite que tout ce qu'ils pouvaient faire en sa présence était de prier.

Cela l'avait sauvée.

« Conspirez-vous avec ces prétendants, ma nièce ? » lui avait demandé Edward dès son arrivée à Tamworth, semant l'effroi autour de lui. « Suivez-vous leurs instructions ? Sont-ce leurs voix qui prévalent à vos oreilles lorsqu'ils y murmurent ? »

Aelfwynn avait de nouveau utilisé la seule défense dont elle disposait.

« J'espère être bien trop abîmée dans mes prières pour entendre une autre voix que celle de Dieu, mon oncle », avait-elle répondu, soumise, humble, les yeux baissés.

Trop pieuse pour se rendre compte de toute menace. Trop pour accorder la moindre attention à tous ces hommes qui s'étaient crus assez dignes de prendre la place de sa mère. Ou s'étaient trahis comme étant assez téméraires pour défier son oncle, indirectement ou face à face.

Le Viking qui la serrait si fort contre lui ne leur ressemblait en rien.

Il y avait eu un écho de vérité dérangeant dans ses paroles.

Elle l'avait senti, et cela s'était amplifié sans cesse tel un feu qui couvait pour devenir un brasier.

Elle le sentait toujours en cet instant, alors que la vérité crue était qu'elle n'avait pas la moindre idée de ce qui allait advenir d'elle. Le guerrier pouvait faire ce qu'il voulait avec elle. Et elle ne doutait pas qu'il le ferait.

Tout comme elle savait qu'elle devrait inéluctablement l'accepter.

C'était là son lot dans la vie, et ça l'avait toujours été. Aelfwynn ne se leurrait pas au point de croire que si sa mère avait vécu elle aurait pris les sentiments de sa fille en compte. Elle ne l'aurait fait que si cela avait servi au mieux ses intérêts. Aelfwynn n'aurait pas reconnu sa mère sans cela.

Les filles des hommes et femmes de pouvoir étaient au mieux des instruments pour tisser la paix, des otages dans des familles belliqueuses, destinées à créer des liens entre ennemis, sous forme d'enfants. Les pères mariaient les filles à leurs ennemis. Les filles devenaient des femmes et partageaient la couche de ceux qui auraient pu tout aussi bien exterminer leurs frères.

Le cœur d'une femme était fort et loyal, car il devait surmonter le fait qu'il serait brisé à plusieurs reprises au cours d'une vie. Et chaque fragment restant devait remplir son rôle.

Aelfwynn avait très bien compris son devoir.

Le bras qui l'entourait restait toujours aussi ferme. La poitrine dans son dos aurait tout aussi bien pu être un mur de pierre. Elle s'autorisa un bref instant à imaginer la vie paisible qu'elle aurait menée à Wilton, ses journées passées en chants et en silence loin des exigences des hommes.

Puis elle abandonna.

Le Viking aurait pu la prendre à tout moment, cependant il ne l'avait pas fait.

Il lui avait donc ainsi offert un choix.

« Ah, si seulement j'avais connu le plaisir de choix

qui m'auraient été agréables ! », se serait sans nul doute exclamée sa mère avec l'un de ses rires tonitruants. « Si on te présente des options, choisis. Puis agis. C'est trop souvent le seul plaisir que l'on nous accorde dans cette vie », disait-elle souvent.

Il aurait pu la tuer immédiatement, mais il ne l'avait pas fait. Ou la tuer lentement, là où il l'avait trouvée. Au lieu de cela, il n'avait même pas levé le petit doigt sur elle et n'avait fait preuve d'aucune violence.

Aelfwynn choisit de le considérer comme une bénédiction.

Une grande faveur. Un cadeau, en vérité, même si elle n'ignorait pas que très peu de cadeaux en ce monde n'exigeaient pas une contrepartie.

Le vieux cheval avançait toujours avec peine, les conduisant vers un avenir incertain.

Son oncle avait-il réellement envoyé les hommes dont avait parlé le Viking pour l'agresser au tournant suivant de la route ? Pour la capturer et l'exécuter sur-le-champ, ou peut-être en prenant le temps et des plaisirs inavouables dans l'exécution ? Aelfwynn dut réprimer un grand frisson.

Edward aurait-il réellement pu condamner la fille unique de sa sœur à pareil destin ?

Elle en évaluait les probabilités tandis que les bois autour d'eux s'assombrissaient et devenaient de plus en plus sinistres. Jusqu'à être tentée de considérer la poigne de fer qui la maintenait autant comme un bouclier contre la nuit d'hiver qu'une arme qu'il pourrait utiliser contre elle. Et plus ils chevauchaient, plus elle se sentait obligée de penser que ce Viking menaçant avait raison.

Lorsqu'elle avait vu les deux hommes que lui avait accordés son oncle, elle s'était dit que c'était simplement le geste qu'il avait choisi pour lui montrer combien il se souciait peu de son sort, tant qu'elle disparaissait comme promis et ne venait plus entraver ses plans. Elle ne lui était pas précieuse, et il avait voulu qu'elle le comprenne sans ambages.

En fait, c'était une bonne chose.

Car si elle avait eu la moindre importance pour lui, il ne l'aurait jamais chassée ainsi. Il aurait pu très facilement la marier à un homme loyal envers lui.

Sa mère aurait certes prévu d'utiliser Aelfwynn stratégiquement le moment venu, comme elle en avait le droit, mais elle n'aurait jamais permis que sa fille soit maltraitée. Aelfwynn doutait fort que son oncle Edward se fût beaucoup soucié de la façon dont la traiterait l'homme qu'il lui aurait fait épouser.

Mais elle connaissait sa façon de penser, peut-être mieux qu'elle ne l'aurait voulu, d'ailleurs. En épousant une femme qui pouvait prétendre à un royaume, même le plus loyal des hommes pouvait s'imaginer devenir roi. Et Edward n'avait pas l'intention de livrer des batailles dans son propre territoire alors qu'il y en avait tant d'autres qui l'attendaient à l'extérieur de celui-ci.

Il était tout à fait possible qu'il lui eût permis de partir vers une nouvelle vie, en ne faisant ainsi rien d'autre qu'un geste à son égard, mais qui ne lui était pas réellement destiné. Il était plutôt fait pour les yeux du peuple de Tamworth et de ceux en Mercie qui avaient nourri de grandes espérances pour elle, et qui verraient la volonté d'Edward de l'installer à Wilton Abbey comme un acte de mansuétude de la part du frère de leur défunte reine.

Ensuite, pour supprimer toute menace dans l'avenir, il lui aurait suffi d'ordonner qu'elle soit tuée hors de vue, très loin, où l'on ne saurait jamais ce qui lui était arrivé.

Aelfwynn ne trembla pas à cette idée. Elle savait mieux que quiconque que les rois faisaient ce qu'ils voulaient.

Son oncle en particulier.

Edward lui avait toujours donné le sentiment qu'elle était sans valeur. C'était étonnant qu'il n'eût pas abordé la question de son mariage avant la mort de sa mère. Aelfwynn savait qu'elle n'était pas la seule à la cour de sa mère à s'être attendue à ces négociations pendant des années.

Mais quand bien même le Viking avait menti et que personne ne l'attendait à un détour du chemin, elle ne pouvait pas non plus s'imaginer pouvoir voyager seule jusqu'à Wilton après la fuite de son escorte.

La question n'était pas de savoir si elle serait attaquée ou non, mais simplement quand.

Bandits, loups, sangliers féroces, intempéries, villageois hostiles. Tout cela aurait pu avoir raison d'elle si elle avait continué seule. Le pauvre cheval tenait à peine encore debout au point où ils en étaient.

Aelfwynn ne cessait de repenser au fait que ce guerrier intimidant qui la tenait avec tant d'aisance aurait facilement pu massacrer son escorte. Ainsi qu'elle-même. Que son bras de fer et son corps de géant derrière elle fussent bouclier ou arme, il aurait pu la faire souffrir, pourtant s'en était abstenu.

Qu'il n'eût fait aucune des terribles choses qu'il aurait pu lui infliger n'était pas exactement un signe en sa faveur. Aelfwynn comprenait que cela ne l'en rendait que plus dangereux, d'une certaine façon. Imprévisible, certainement.

Mais elle avait choisi de se placer entre ses mains.

Elle se détendit légèrement. Mais à peine.

— Tout n'est pas une bataille, Aelfwynn, lui dit-il alors de sa voix grave, teintée d'un amusement qu'elle ne comprenait pas tout à fait.

Et elle comprenait encore moins cet embrasement qui naissait aussitôt en elle.

— Cela dit par un homme qui est habitué à les gagner, rétorqua-t-elle malgré elle.

C'était là une provocation, pas une prière.

Cela devait tenir à ces bois. À la neige sur ses joues. Au froid glacial dans l'air, qui pénétrait jusqu'à ses os, en conflit avec la chaleur qui irradiait de cet homme.

Pour tout dire, cela la rendait téméraire.

Elle se crispa, attendant un châtiment. Elle était entièrement en son pouvoir. Il pouvait l'écraser en un clin d'œil. Rien, nulle part, ne pouvait l'en empêcher, pas même les loups.

— Je suis enchanté que vous compreniez nos positions, milady, grommela le Viking à son oreille. Que la connaissance du nom du vainqueur illumine votre chemin.

Quand elle se mit alors à trembler, rien ne put l'arrêter. Mais cela ne dura pas si longtemps, car elle eut droit à une autre séance de son rire profond et chaud qui sembla rester ensuite tapi au fond de son ventre.

Elle se demanda alors ce que cet homme pouvait bien considérer comme une victoire.

Parce que sa mère lui avait appris à se battre avec toute arme dont elle disposait, et qu'elle avait obéi. Mais c'était Mildrithe, la vieille femme qui avait été sa dame de compagnie dans sa jeunesse, tandis qu'Aethelflaed s'occupait du père âgé d'Aelfwynn et des exigences de la cour, qui lui avait appris des règles différentes, pour des combats différents.

« Ta mère est une reine, mon enfant, même si elle se fait plutôt appeler la dame de Mercie que Majesté », lui avait expliqué Mildrithe il y avait des années. « Elle ne se préoccupe que des guerres qui font gagner ou perdre des royaumes. Mais la plupart des femmes se battent à un niveau différent. »

« Je n'y peux rien si mes points de broderie sont aussi laids », avait protesté Aelfwynn.

Elle était encore une petite fille à l'époque, maladroite et pataude alors que les doigts agiles de la vieille dame dansaient tels des éclats de lumière sur le tissu.

« Je ne parle pas ici de broderie », avait répliqué Mildrithe en s'arrêtant dans son ouvrage pour regarder Aelfwynn droit dans les yeux. « Ces guerres sont sans fin. Les hommes se battent et meurent tous les jours. Et toi, qui es de sang royal ! Si ta mère est aussi avisée que toi et moi le savons, elle te négociera pour gagner un royaume que sans cela elle devrait prendre par la force. »

Aelfwynn n'était qu'une enfant, cependant elle avait compris sa place dans le monde à cet instant. Son père avait déjà évoqué des contrats de mariage, et la meilleure façon d'en tirer profit pour la Mercie.

La question de savoir si elle serait mariée pour des raisons stratégiques ne se posait pas. La seule incertitude était quand cela aurait lieu.

Son père avait toujours été en mauvaise santé et sa mère avait souvent régné à la place de son époux, même de son vivant. Puis il était mort, et Aethelflaed avait concentré toute son énergie à repousser vague après vague ces Vikings sans foi ni loi et ces Danois sanguinaires.

Aelfwynn avait ainsi obtenu un sursis au mariage de raison qui l'attendait grâce à ces guerres qui se succédaient.

Mais si sa mère avait réclamé York comme elle était censée le faire l'été précédent, et avait trouvé un homme pour sa fille qui ne menacerait pas sa position, ni la férule de son frère, Aelfwynn se serait attendue au mariage peu de temps après.

Et tout cet avenir qui s'esquissait s'était écroulé au printemps.

Son mariage n'aurait pas été forcé, bien sûr. Quel besoin Aethelflaed aurait-elle eu d'utiliser la force alors qu'elle avait instillé le sens du devoir chez sa fille depuis toujours ?

Et ce devoir, cette arme en soi, utilisée à son détriment, était-il si différent que de se retrouver brutalement ramassée au bord d'une route ?

« Nous devons tous nous soumettre à une épée ou à une autre », avait expliqué Mildrithe en fixant Aelfwynn avec un regard implacable. « Cependant écoute-moi bien. Il est en ton pouvoir que l'épée te coupe en deux ou te laisse indemne sur tes deux pieds. »

« Si une épée ne pouvait trancher, quel genre d'homme la manierait ? » avait demandé Aelfwynn, certaine alors, en dépit de sa jeunesse et de son manque d'expérience, qu'elle savait déjà tout des hommes et de leurs épées. N'avait-elle pas passé son enfance à observer les hommes au service de sa mère, qu'elle le désirât ou non ? Jour après jour ils s'entraînaient à leurs pratiques guerrières dans toutes les avant-cours de tous les lieux où avait vécu Aelfwynn.

« Aucun homme ne porte une seule épée, mon enfant », l'avait avertie Mildrithe. « Celle qu'il tient dans sa main peut te tuer, mais c'est une bénédiction comparée aux ravages qu'il peut faire avec l'autre. »

Aelfwynn avait vécu à la cour de sa mère toute sa vie. Elle avait vu des choses qu'elle n'avait pas tout à fait comprises dans les alcôves des grandes salles, et même dans les jardins. Elle avait vu des hommes et des femmes s'unir et avait simplement compris que, tandis que sa mère l'exhortait à rester chaste, afin de négocier sa virginité plus tard, on s'attendrait à ce qu'un jour elle cède elle aussi à ces étreintes sombres et furtives.

Ce n'était qu'une question de temps.

Qu'importait si elle priait pour que cela soit différent.

« Cela fait-il mal ? » avait-elle osé demander à Mildrithe, consciente que sa mère ne permettrait pas pareille impertinence.

« Cela fait-il mal quand tu te piques le doigt avec une aiguille ? »

Aelfwynn avait grommelé en regardant son doigt criblé de piqûres. « Oui, cela fait mal. »

Le regard de la vieille dame s'était alors fait intense.

Aelfwynn s'en souvenait avec netteté, comme si cela s'était passé aujourd'hui, et non pas des années auparavant. Ainsi que des traits soudain tirés du visage de sa compagne. Sa mâchoire crispée. La compassion dans ses yeux.

« Cependant tu verras, quand tu auras appris à la manier, tes doigts chanteront au lieu de piquer. N'oublie jamais cela », avait ajouté Mildrithe.

La vieille dame n'avait vécu que trois hivers de plus, mais Aelfwynn avait fait comme elle avait promis. Elle n'avait pas oublié. Et en cet instant elle pouvait difficilement penser à autre chose tandis qu'ils cheminaient dans la forêt obscure.

Elle essayait de se représenter avec cet homme les mêmes étreintes furtives que celles dont elle avait été témoin. Ce géant tout contre elle. À la fois elle le pouvait, et ne le pouvait pas.

Quelle que fût l'idée, ces réflexions la laissaient le souffle court.

— Vous connaissez mon nom. Saurai-je le vôtre ? lui demanda-t-elle.

Parce qu'elle se dirigeait vers son trépas, comme elle en était persuadée, elle voulait savoir qui l'effacerait de la surface de cette Terre. Comme si cela lui conférerait une sorte de valeur… ou Dieu sait quoi, de se soumettre à pareil sort.

— Je m'appelle Thorbrand, répondit-il.

— Thorbrand.

Ce n'était qu'un nom, songea-t-elle. Il n'aurait pas dû résonner ainsi en elle.

Il avançait sans relâche, alors qu'on n'y voyait goutte. La neige s'épaississait. Il faisait de plus en plus froid. Aelfwynn se rendait compte que même livrée à elle-même, sans avoir été molestée, elle ne serait pas allée bien loin avec ce temps. Et que serait-elle devenue ? Elle était maintenant certaine qu'elle serait morte gelée sur un bas-côté de la route.

Et lors de leur chevauchée dans ces bois austères, elle le craignait toujours.

Mais alors même qu'elle avait commencé à s'abandonner au désespoir, Aelfwynn vit un éclat de lumière à travers les arbres. Elle retint son souffle. Thorbrand se mit alors à galoper vers la lumière en éperonnant leur monture d'une pression de ses cuisses.

Les pensées d'Aelfwynn à propos de son escorte ou de bandits la quittèrent. Frigorifiée comme elle l'était, elle se retrouva à penser qu'elle aurait aimé que leur chevauchée durât plus longtemps.

Et que ce qui l'attendait pourrait être retardé un moment. Juste un moment.

Mais ce ne fut pas le cas.

Thorbrand déboucha dans une clairière bordée sur trois côtés par des arbres, et sur le quatrième par un promontoire rocheux qui ressemblait à la muraille d'un château. Il descendit de cheval avec une aisance déconcertante et Aelfwynn dut user de tout son courage pour rester en selle sans le rempart de ce corps auquel elle s'était accoutumée, et sans lequel elle n'aurait trouvé aucun réconfort durant leur chevauchée.

Et plus encore pour ne pas réagir à ce qu'elle voyait.

Il lui fallut un moment pour accommoder sa vue à la lueur du feu. Et lorsqu'elle y parvint, elle repéra deux hommes aussi immenses que Thorbrand. Tous les deux des guerriers, de toute évidence. Et des Vikings, comme lui. L'un d'eux était aussi brun que Thorbrand, avec des yeux de glace et une cicatrice sur la joue. L'autre était de complexion claire, avec des tresses rousses, et un regard tout aussi impitoyable.

Elle avait eu peur sur la route, mais ce qu'elle découvrait était pire. Ce n'était pas le récit de ce qui risquait de lui arriver qu'elle s'était créé dans la tête.

C'était là la véritable histoire d'Aelfwynn, seule dans une forêt en plein hiver avec trois Vikings pareils à des géants.

Elle parcourut la clairière du regard avec frénésie, comme si le feu qu'ils avaient allumé ou les abris de fortune installés devant, de pauvres tentes de toile fichées sur des piquets de bois, étaient la preuve suffisante qu'ils étaient humains. Ils devaient sûrement être des monstres pour être si grands et terrifiants.

Cela la sauverait-il s'ils avaient tous le projet de l'utiliser de la façon dont les hommes utilisaient leurs esclaves ?

« Les femmes doivent endurer leur sort », lui avait expliqué Mildrithe autrefois. Un sentiment dont la mère d'Aelfwynn s'était fait l'écho, à sa propre manière. Mais c'était Mildrithe qui avait parlé de ces choses sans détour. « Les hommes meurent vite. Les femmes vivent, elles, et tu ne l'entendras pas dans les ballades, mais c'est un chemin plus ardu. »

Aelfwynn n'avait pas perçu le sens de ces mots, jusqu'à ce soir-là.

« Tout royaume peut être conquis », l'avait toujours mise en garde sa mère. « N'importe quelle reine peut devenir une esclave. Une femme dotée de sagesse imagine déjà comment elle survivra bien avant d'être confrontée à cette éventualité. »

Aelfwynn comprit alors que son imagination n'avait pas été suffisante quand Thorbrand se retourna pour la regarder de ses yeux sombres, farouches et bien trop perçants.

Il la regarda longuement. Puis il passa les mains autour de sa taille avec fermeté. Il la souleva avec autant d'aisance que si elle était une chope tenue négligemment lors d'une nuit de beuverie. Il la fixait toujours, d'un regard intense, interrogateur, quand il la fit descendre de son cheval et la déposa sur le sol gelé.

— Pouvez-vous vous tenir debout sans soutien ? demanda-t-il de cette voix rauque qui la transperçait toujours, même si son dos n'était plus plaqué contre lui.

Cette voix était encore plus sombre que la nuit autour d'eux, ou que les expressions de ses hommes.

— Mer... Merci, réussit-elle à balbutier, alors qu'elle ne savait trop comment répondre à cette question car ses jambes semblaient avoir du mal à la supporter.

Elle oublia le froid. La neige qui avait traversé son voile et s'était transformée en gouttes glacées qui coulaient dans son cou. Elle aurait dû être bleue de froid. Et pourtant elle se sentait bouillonner, comme si elle était restée trop près du feu tout ce temps, au lieu de chevaucher dans ces bois solitaires hantés par les hurlements des loups au loin.

Quelque chose changea dans le regard du Viking, et sa bouche se tordit en un vague sourire.

Pourquoi cela attisa-t-il les flammes en elle ?

— Lady Aelfwynn, dit-il en se tournant vers les hommes près du feu qui la dévisageaient avec des visages aussi durs que les rochers qui s'élevaient derrière eux, puis-je vous présenter Ulfric et Leif, à la fois mes parents et frères d'armes ?

Le ton moqueur qu'il avait pris n'échappa pas à Aelfwynn. Comme s'ils se trouvaient à la cour de son oncle et non en pleine nature sauvage, où son identité ne pouvait être qu'une arme contre elle.

Néanmoins elle disposait de ses propres armes.

— Bonsoir, les salua-t-elle avec toute la politesse nécessaire, assortie d'un sourire réservé. Je m'en remets à votre honneur, comme je l'ai fait à l'égard de votre compagnon d'armes, qui m'a amenée ici sans encombre. On ne peut avoir trop d'amis, n'est-ce pas ?

Chapitre 4

Kemst Þó hægt fari.
« Tu atteindras ta destination,
même si tu voyages lentement. »
Ancien dicton viking

Thorbrand se délectait de l'intrépidité pleine d'intelligence d'Aelfwynn. Il aimait sa vivacité d'esprit et plus encore qu'elle réussît à s'accommoder de ce qu'il aurait estimé inacceptable de la part d'un homme.

Même si cela ressemblait trop aux jeux de cour qu'il méprisait, cela l'intriguait qu'elle pût s'y livrer avec autant d'aisance en ces circonstances.

Il ne se délecta pas moins de la réaction de sa famille. Ulfric dévisagea la jeune femme avec un intérêt non dissimulé, comme si elle était une énigme qu'il renâclait à résoudre. Ou peut-être comme s'il essayait de comprendre qu'il fût possible qu'une princesse saxonne raffinée eût daigné s'adresser à eux. La réaction de Leif fut similaire, même si Thorbrand comprit sur-le-champ que son cousin, qui le matin même lui avait asséné des bourrades dans le dos en lui offrant ses condoléances pour le devoir qu'il était obligé de remplir pour leur roi, voyait désormais les choses selon un éclairage différent.

Tellement elle était charmante.

Durant la longue chevauchée à travers bois, Thorbrand avait été surpris par la façon dont il réagissait à la présence de la femme plaquée contre lui. La neige n'avait cessé de tomber, cependant elle était restée chaude entre ses bras. Sa virilité se ressentait encore de la pression de la chair douce d'Aelfwynn contre lui. Et tandis qu'il l'observait, au lieu de la voir hausser le menton ou montrer la défiance qu'il avait entendue dans ses paroles, il la voyait baisser les yeux et prendre un air soumis.

Était-elle réellement soumise ? Ou téméraire, comme elle l'avait montré parfois ? Comment était-il possible qu'elle semblât être les deux à la fois ? Thorbrand ne se souvenait pas d'avoir jamais rencontré une femme aussi difficile à déchiffrer. Il n'aurait pas dû le tolérer chez celle qui était sa captive.

Cependant il restait planté là où il était, à laisser son frère et son cousin détailler à loisir cette noble mercienne qu'ils seraient voués à qualifier de parente plus tôt qu'ils ne le croyaient.

Il ignorait s'il les testait, ou si c'était elle qu'il testait.

— Une femme remet-elle en question l'honneur d'un homme, dans votre pays ? lui demanda Ulfric, d'un ton aussi sinistre que son apparence rébarbative.

Cela ne lui était pas arrivé depuis que son esclave concubine, qu'il avait achetée lorsqu'il était encore à Dublin, l'avait balafré avec son propre couteau avant de s'enfuir.

— Je ne me permettrais jamais ce genre d'impertinence, murmura Aelfwynn, je voulais simplement vous présenter mes respects.

— Une réponse judicieuse, approuva Leif, détaillant sans vergogne la jolie silhouette d'Aelfwynn, ce que Thorbrand n'apprécia pas, à la réflexion.

Il ne s'abaisserait pas à toiser son cousin, par les dieux, mais il était contrarié d'avoir eu cette sensation et d'avoir serré le poing. Était-il donc un jouvenceau ?

Pour sa part, Ulfric émit une sorte de grommellement qui s'apparentait à une désapprobation.

Thorbrand ignora son frère. Il éloigna Aelfwynn des deux hommes et la fit s'approcher du feu qui avait été allumé sur la terre déneigée, sous un arbre.

Lorsqu'il vérifia l'établissement du camp par habitude, Thorbrand remarqua que les branches au-dessus du feu avaient bien été débarrassées de leur neige en excès afin qu'elle n'éteigne pas les flammes en fondant. De plus, les flocons avaient cessé de tomber.

Les étoiles commençaient à apparaître. Les dieux rappelaient ainsi à Thorbrand qu'il était sur la bonne voie.

— Réchauffez-vous, dit-il sans ménagement à sa captive. Nous ferons halte ici cette nuit.

Il pensa qu'elle allait protester, mais elle resta muette. Et ne se déplaça que pour s'approcher du feu comme on le lui avait ordonné.

Il pouvait distinguer les battements de ses cils sur ses pommettes. Et les contours de sa mâchoire rougie par le vent glacé, ou peut-être pour d'autres raisons. Sa cape bordée de fourrure s'enflait avec le vent, encore scintillante de traces de neige, comme si elle était elle-même composée d'étoiles brillantes.

La laisser là et rejoindre sa famille près des chevaux fut plus difficile pour Thorbrand qu'il ne voulut se l'avouer.

— La captive ne semble pas avoir été maltraitée, remarqua Ulfric en irlandais tandis qu'il ôtait les sacs d'Aelfwynn du cheval, pour les lancer ensuite à Thorbrand.

Thorbrand les rattrapa avec facilité. Il les soupesa et les posa sur son épaule.

— Elle a l'air résignée à son sort, continua Ulfric. A-t-elle accepté son nouvel avenir aussi facilement que cela ?

Ils avaient appris l'irlandais pendant leur enfance à Dublin et le trouvaient utile à pratiquer lorsqu'ils souhaitaient parler librement parmi les Saxons, dont la langue avait assimilé de nombreux emprunts aux envahisseurs danois et norvégiens depuis Lindisfarne. Ils les comprenaient dès lors bien mieux que beaucoup ne l'auraient souhaité en ces temps de conflits frontaliers et de disputes pour des territoires revendiqués, gagnés, pris, perdus, et regagnés.

Thorbrand observa attentivement Aelfwynn pour voir si elle réagissait ou prêtait l'oreille. Mais elle ne fit que tendre ses mains au-dessus du feu en s'approchant des flammes autant que possible, afin de faire fondre la neige de sa cape et de sa capuche.

— Tu as l'air content de toi, mon cousin, observa Leif en s'esclaffant.

— Alors, cette rencontre, était-ce un combat, ou une petite sieste ? le railla Ulfric.

— Je n'ai même pas sorti mon épée. Ses hommes

l'ont abandonnée sans demander leur reste, raconta Thorbrand en s'obligeant à ne pas regarder Aelfwynn. C'était bien ce que nous pensions.

Leurs espions à Tamworth les avaient bien informés sur les moindres faits et gestes d'Aelfwynn, et une fois découvertes les sombres menées du roi Edward, il leur avait suffi d'attendre. Ils avaient vu dix hommes armés partir la veille, à bride abattue. Leif les avait suivis jusqu'à leur position sur la route et était revenu avertir les deux frères de l'embuscade mise en place.

Puis ils avaient accompagné le voyage d'Aelfwynn dès l'aube, avec son escorte inconsciente du danger. Ils avaient chevauché telles des ombres entre les arbres, avaient rattrapé la petite troupe puis l'avaient doublée. Ils avaient ensuite trouvé un endroit sûr pour établir leur camp, à l'écart de la route.

Puis Thorbrand était parti accomplir le devoir qui l'attendait depuis longtemps. Et il n'en revenait toujours pas que cela eût été si facile.

Des lâches, songea-t-il avec dégoût et mépris.

— Allons-nous donner une leçon à ces hommes ? demanda Ulfric. Ils n'ont pas dû aller bien loin. Je pense qu'ils doivent s'être arrêtés au prochain village qui est le long de la route, enfin, s'ils ont survécu aux loups, bien sûr. Et les soldats qui attendent notre lady en embuscade, peut-être aimeraient-ils tâter de l'acier de nos épées ?

Thorbrand savait très bien que son frère n'avait d'autre désir que se déchaîner avec son épée. Plus il faisait couler le sang, plus il s'épanouissait. Cela faisait partie intégrante de sa personnalité de guerrier. Ulfric ne rêvait pas de paix, mais d'un combat éternel jusqu'à ce que les Walkyries le réclament. Mais Thorbrand fit un signe de dénégation.

— Ils devront rendre des comptes à leur roi, et je n'envie pas leur sort. Ils ne méritent pas le fil de ton épée.

Les deux hommes grommelèrent leur assentiment, Ulfric étant le plus véhément.

— Lui as-tu expliqué ce qui l'attend ? s'enquit Leif.

Thorbrand haussa les épaules.

— Elle le saura en temps voulu. Pour l'instant, mieux vaut la laisser s'inquiéter sur son sort.

— Les chrétiens sont très doués pour s'inquiéter, ironisa Ulfric. Ils se lamentent aussi bien que le chant d'une lyre.

Conscient qu'il souriait, Thorbrand alla rejoindre Aelfwynn près du feu. Ulfric se fondit dans les bois pour prendre le premier tour de garde. Leif partit s'occuper des chevaux, laissant Thorbrand se charger de la captive.

— Venez, dit-il avec brusquerie. Vous pourrez vous asseoir et manger. Vous avez déjà fait une longue route, et votre voyage est loin d'être terminé.

Aelfwynn lui lança un regard vif, les joues plus rouges encore. Était-ce le froid ou pas, Thorbrand n'aurait su le dire. Il la conduisit à l'entrée de la tente, sur les fourrures qu'il avait empilées à l'intérieur. Et il faudrait bien qu'elle supporte qu'il la touche, songea-t-il.

Elle l'amusait. Il était tenté de penser que c'était de la rouerie de sa part, mais il doutait qu'elle en fût consciente. Elle était bien trop absorbée dans sa contemplation du feu, comme si les flammes étaient des êtres vivants.

Il ôta les sacs de son épaule et les déposa aux pieds d'Aelfwynn. Elle sourit alors, à la surprise de Thorbrand.

— Je vous remercie, dit-elle de cette voix sereine qui semblait remplir le vide de la nuit glacée aussi infailliblement que le feu répandait chaleur et lumière. Je n'ai pas emporté grand-chose, car de quels biens terrestres une nonne peut-elle avoir besoin ? Voilà donc toutes mes possessions désormais.

Elle tendit la main pour effleurer le sac le plus proche d'elle, l'air nostalgique. Thorbrand en fut touché. Cela lui faisait désirer... des choses qu'il ne pouvait nommer.

Mais il y avait des considérations plus pratiques à envisager cette nuit-là que des désirs sans nom.

Il s'accroupit et sortit de sa tente le sac qu'il emportait toujours en voyage, rempli de nourriture facile à préparer et rapide à manger. Surtout pour les voyages en mer, ou comme ce soir-là durant un hiver inhospitalier, sans avoir le temps de chasser et avec un grand risque d'échec lors de toute tentative. Il prit une portion de viande fumée, une de poisson salé et du fromage sec qu'il avait préparés, puis les offrit à Aelfwynn. Elle hésita à peine un instant avant de les accepter.

Parce que même s'il ne la connaissait pas encore, il soupçonnait qu'elle était bien plus avisée qu'il ne s'y attendait.

Et il préféra ignorer la façon dont cela semblait l'affecter.

Thorbrand s'installa à côté d'elle, prenant peut-être plus de place que nécessaire à l'entrée de la tente. Aelfwynn se raidit tout d'abord. Puis, graduellement, tandis qu'il ne faisait rien d'autre que manger en contemplant le feu, elle respira de nouveau normalement. Ensuite elle commença à goûter la nourriture qu'il lui avait donnée.

Il fut saisi d'une étrange sensation, pas aussi simple qu'un désir physique ou une pulsion lubrique. Cela, il savait comment s'en dépêtrer.

— Où me conduisez-vous ? s'enquit-elle doucement après avoir fini de manger.

— Au nord, répondit-il sans la regarder.

Elle esquissa un mouvement, comme si elle allait parler, mais resta muette. Thorbrand se demanda si le moment était arrivé où elle allait verser ses larmes, mais un coup d'œil lui indiqua qu'elle regardait simplement le feu comme lui.

Et leurs capes avaient beau se toucher, sa cuisse étant presque collée contre la sienne, elle ne se rétractait pas.

Mais il était vrai qu'elle l'avait déjà senti tout contre elle, lorsqu'ils chevauchaient, à une lenteur inédite pour lui. Chaque pas du vieux cheval avait été un tourment autant qu'une tentation.

Thorbrand n'avait jamais entrepris de s'attirer l'intérêt et les faveurs d'une femme. Ce genre de jeu ne l'avait jamais intéressé. Il préférait les femmes simples et sensuelles, avec des cuisses musclées pour le chevaucher, et des seins généreux pour y plonger son visage. Il aimait que son plaisir soit aussi bruyant que long.

Cependant la femme présente à ses côtés n'était pas une serveuse de taverne.

Elle se tenait assise avec la même posture que lorsqu'elle était debout, toute en grâce et en fragilité. Lorsqu'il lui avait donné sa nourriture, il avait eu l'impression que ses mains étaient deux fois plus grandes que les siennes. Et en dépit de cette silhouette frêle elle n'avait pas perdu courage devant lui. Elle ne s'était pas évanouie. Et il lui semblait bien qu'elle n'avait pas laissé échapper la moindre larme.

Cette princesse mercienne lui plaisait, et il n'était que trop conscient que c'était pure folie. Il importait peu qu'elle lui plaise ou le répugne, car la fin serait la même. Elle était désormais à lui, tant qu'elle présentait une utilité pour Ragnall. C'était là son devoir, et accomplir son devoir était son réel plaisir dans la vie. Plus même, c'était tout ce qu'il avait. Comme le disait le dicton, « Bien nu est le dos d'un homme qui n'a pas de frère ».

Thorbrand se laissa envahir par le pouvoir du feu. Cela aurait pu être n'importe quelle nuit, n'importe quel feu, n'importe quel lieu de cette terre glaciale. Il avait passé sa vie à rêver de maisons chaleureuses tandis qu'il attendait devant des feux de camp, après une bataille et avant une autre. Et pourtant quand il se retrouvait cloîtré dans des maisons semblables à celles de ses rêves, il se languissait des feux de camp et du plein air. D'une nuit obscure dans une forêt plus sombre encore, pesante et oppressante, abritant ennemis et animaux sauvages.

Mais il savait qu'Ulfric veillait à leur sécurité, l'œil perçant et l'épée prompte à sortir de son fourreau.

Aelfwynn avait terminé son repas, mais demeurait muette. Elle ne détachait pas non plus son regard des flammes. Thorbrand resta assis encore un moment, jusqu'à ce qu'il réalise qu'elle tremblait.

— Votre cape est trempée, grommela-t-il. Enlevez-la.

Elle le regarda d'un air stupéfait, puis détourna les yeux.

— Je vous remercie, mais je vais très bien.

— Et quel bien me ferez-vous si vous êtes complètement gelée ?

De nouveau elle ne cilla pas devant lui, en dépit du ton autoritaire qu'il avait employé. Il se mit à l'étudier sous un nouvel angle. Car si l'humilité dont elle faisait parfois preuve était un masque, cela signifiait qu'elle l'arborait dans un but précis. La fille de la dame de Mercie ne faisait-elle que prétendre être faible et soumise ? Les rumeurs la concernant avaient-elles été erronées tout du long ?

Cela intriguait Thorbrand d'imaginer que la créature inutile qu'il croyait qu'elle était n'avait été rien d'autre qu'une création et une ruse de sa part depuis le début.

Parce que cela signifiait qu'Aelfwynn de Mercie était bien autre chose et bien plus qu'elle ne le semblait.

Cela plaisait beaucoup à Thorbrand.

Il s'enfonça plus loin dans la tente et attendit. Il contempla de nouveau son dos très droit tandis qu'elle restait assise à moitié dehors, à moitié à l'intérieur. Immobile. Regardant il ne savait quoi.

Mais il était très bien entraîné à l'art de l'attente.

Il ne lui redemanda pas d'ôter sa cape. Ni de le rejoindre à l'intérieur. Cependant il décela le moment où elle choisit de lui obéir. À la manière dont ses épaules frissonnèrent et semblèrent presque s'affaisser. Elle se retourna et rampa vers lui, en direction de ses fourrures.

Puis elle s'agenouilla devant lui, et il fut heureux que la lueur du feu pénétrât à l'intérieur, lui permettant d'admirer ses yeux, de constater à quel point ils étaient dorés. Grands ouverts, nullement circonspects. Elle le scrutait.

Thorbrand se demanda nonchalamment ce qu'elle y voyait.

Quel que fût le résultat, Aelfwynn se redressa lentement et ôta sa cape. Puis, avec une grande délicatesse, complètement déplacée dans une tente au milieu de la forêt, elle la déposa à côté d'elle.

Il la voyait mieux maintenant. Sans l'épaisseur et la bordure de fourrure de la lourde cape ou le capuchon sur sa tête. Son voile ivoire semblait humide, surtout devant. Il se redressa vers elle et tira sur l'épingle qui le maintenait. Une épingle qui lui aurait révélé son identité, avec son métal travaillé et ses pierres précieuses, s'il ne l'avait déjà connue.

— Cela aussi, ajouta-t-il.

Elle déglutit avec peine. Thorbrand comprenait qu'elle ne voulût pas s'exposer devant lui, et cela ne faisait qu'exacerber son désir de la découvrir. Il aurait pu lui promettre qu'il ne lui ferait aucun mal, quels que fussent les plaisirs auxquels ils se livreraient cette nuit-là. Il aurait pu en quelques mots soulager son inquiétude et lui assurer qu'il n'avait aucune envie de la violenter.

Peut-être avait-il envie de voir comment elle réagirait. Alors qu'il était la seule protection dont elle disposait à la ronde.

Mais de nouveau, Aelfwynn ne discuta pas. Elle ôta lentement l'étoffe, révélant une chevelure d'un doré inimaginable. Elle était tel l'éclat du soleil, tressée en cercle autour de sa tête.

C'était le cœur de l'hiver, loin de tout espoir d'été

ou même de dégel. Cependant, pendant un moment, Thorbrand, en la regardant, l'oublia.

Il se dit qu'elle pourrait faire oublier n'importe quoi à un homme.

Mais il n'avait pas l'intention de succomber à pareil ensorcellement.

— Enlevez encore tout ce qui est humide ou froid, Aelfwynn, lui ordonna-t-il, plus revêche encore. À moins que vous ne souhaitiez tomber malade. Vous serez déçue de savoir que je n'ai pas l'intention de vous laisser en arrière, que vous ayez un refroidissement ou non.

— Vous n'êtes que bonté et compassion, lança-t-elle en le foudroyant du regard.

Il n'avait jamais eu plus envie de poser sa bouche sur les lèvres d'une femme qu'en cet instant, afin de goûter à ce ton glacial qui faisait ressembler ses paroles à un coup de dague net et tranchant. Quelle jolie petite piqûre !

Aelfwynn défit en silence les lacets enroulés au niveau de ses chevilles et se déchaussa. Quand elle eut terminé, Thorbrand ôta sa cape à son tour et la suspendit à l'ouverture de la tente, afin de les protéger de la lumière. Puis il prit les vêtements mouillés d'Aelfwynn et les y accrocha également de sorte que le feu les sèche pendant la nuit.

Lorsqu'il se retourna, elle était à l'endroit où il l'avait laissée. Et maintenant, avec la faible lueur du feu à l'extérieur, il ne découvrit pas seulement à quel point elle était ravissante, mais aussi la réalité de son sang royal, même si ses vêtements n'étaient pas ornés. Ils étaient simples, mais élégants. Et les colliers qu'elle portait bien au-delà de ce qu'aurait pu se permettre une femme du commun.

Tout cela… Et dire qu'elle était à lui !

Thorbrand était extrêmement impatient de remplir son devoir dans sa totalité.

Il se débarrassa à son tour de ses vêtements mouillés et alla les ajouter à ceux déjà accrochés, les plongeant alors dans l'obscurité. Il ne garda que la chemise de laine et les pantalons longs qu'il portait par temps froid.

Tandis qu'il ordonnait ses affaires et se déplaçait dans la petite tente, Aelfwynn suivait chacun de ses mouvements de ses grands yeux dorés. Thorbrand en savait assez sur les femmes pour comprendre que la façon dont elle le regardait avait moins à voir avec la peur qu'avec le désir. Le regard de la jeune femme descendit vers sa poitrine. Puis plus bas.

Lorsqu'elle releva les yeux, elle avait l'air scandalisé.

Car son sexe était d'une rigidité presque douloureuse.

— Vous pouvez me remercier, Aelfwynn, de vous avoir sauvée d'une vie de labeur lugubre et de prières sans fin.

Il se réjouit de la manière dont sa voix la faisait frissonner, et du fait qu'elle essayait clairement de le cacher, sans succès d'ailleurs. Et de la façon dont ses lèvres s'entrouvrirent, à peine, lui donnant envie d'y glisser la langue.

Elle aurait le goût de miel. Il le savait.

— Je crois que vous n'êtes pas faite pour cela, ajouta-t-il.

— Vous vous méprenez, répliqua-t-elle doucement, même si elle semblait ne pas pouvoir s'empêcher de baisser le regard de nouveau. Si le choix avait été mien, je me serais déjà offerte à Dieu il y a longtemps.

Thorbrand s'étendit à côté d'elle, amusé, et la vit s'empourprer.

— Quel peut donc être l'attrait de cela ?

— La paix, répondit Aelfwynn sur-le-champ, toujours aussi calme.

Il songea qu'elle avait été trop protégée pour savoir ce qu'était réellement la guerre. Que la paix à laquelle elle aspirait ne ressemblait en rien aux rêves honteux qu'il en avait.

Même ainsi, qu'elle eût prononcé ce mot qui le hantait lui aussi fut pour lui douloureux jusqu'au plus profond des os.

C'était le froid de décembre, se persuada-t-il.

— J'ai vu vos monastères, continua-t-il.

Il en avait pillé quelques-uns, mais n'estima pas nécessaire de partager ces faits avec elle, de crainte qu'elle ne le prenne en grippe.

— Des cloches qui sonnent toutes les heures. Des paroles en latin, des mortifications de la chair. Je ne qualifierais pas cela de paisible.

— Chaque journée est identique, expliqua-t-elle, et l'expression nostalgique que Thorbrand lui avait déjà vue revint brièvement, différente de l'air soumis qu'elle adoptait à volonté.

Cela lui fit se remémorer des jours plus heureux, et les chansons que chantait sa mère quand elle travaillait. Il serra les dents à cette pensée.

— Les nonnes accomplissent leurs tâches et leurs corvées, elles mangent et dorment, par-dessus tout elles prient. C'est une vie simple et digne. Il n'y a pas de voyages dans le sillage de la cour royale, toujours soumise aux caprices des dernières rumeurs ou paroles qui ont atterri dans les oreilles du roi. Il y a de l'ordre, et de la régularité.

Thorbrand éclata de rire.

— Il n'y a pas de sécurité derrière les murs des abbayes, Aelfwynn. On le prétend, mais c'est facilement démenti par n'importe quel guerrier qui se lancera à leur assaut. Et que vous imaginez-vous que votre ordre de femmes pourra faire pour vous protéger ?

— Il me garantirait assez de paix pour faire face à ce qui arriverait avec équanimité, j'ose l'espérer.

Et voilà que revenait son regard fier dont l'or le défiait. Le séduisait. Et le tentait presque au-delà de tout contrôle.

Cela valait mieux, car il chassait cette nostalgie qui le désarmait.

— Croyez-vous réellement pouvoir vous cacher derrière vos prières et cependant repousser une armée ? demanda-t-il.

— Je ne peux pas vous répondre, répliqua Aelfwynn en inclinant la tête, cachant l'expression de son regard.

Comme si elle savait trop bien ce qu'il y verrait.

— Les murs de l'abbaye derrière lesquels j'avais l'intention de me cacher ne me sont plus accessibles. N'est-ce pas ?

— Ce n'est pas votre destin de servir votre dieu en tant que religieuse, Aelfwynn.

Il avait envie de l'attraper, de la faire tomber dans son tas de fourrures et de lui montrer de bien meilleures manières de servir, mais il n'en fit rien. Il voulait qu'elle ait une bonne opinion de lui, et soit peut-être même, d'eux deux, celle qui choisirait. Même s'il lui était difficile en cet instant de se rappeler pourquoi il avait décidé que c'était le chemin le plus intelligent, alors que son odeur était partout autour de lui. Cela lui avait paru bien plus logique, plus tôt dans les bois, que dans cette tente où elle portait beaucoup moins de vêtements.

— Même si cela vous trouble, je vous le promets, vous connaîtrez bientôt bien assez de plaisirs pour vous en remettre.

Thorbrand avait toujours désiré des fils, comme tout homme. Il avait longuement réfléchi à ces fils, et à la façon dont il les élèverait, en guerriers accomplis, afin de se distinguer lors des batailles. Mais il avait peu réfléchi à la femme qu'il prendrait pour engendrer ces fils. Pour porter son nom et le chanter dans les épopées longtemps après sa mort.

Mais le mélange de force et de douceur chez cette femme l'avait fait penser à sa mère et ses nombreux sacrifices, dont l'ultime, le sien. Comment sa mère s'inquiétait quand son père était au loin, car il y avait toujours une bataille à mener, et on ne savait jamais si un guerrier reviendrait du combat. Comment elle soignait ses blessures quand il revenait, meurtri et couvert de boue. Comment elle avait pleuré la mort de ses deux fils aînés, les frères de Thorbrand, partis pour un raid ou un autre comme tant d'autres, et comme tant d'autres jamais revenus.

Il comprenait maintenant qu'il avait passé son temps

à penser à la mort glorieuse qu'il trouverait au combat, et non à ceux qui restaient.

Pas à la femme qui aurait à raconter à ses fils qui il était pendant ses absences, encore et encore parti servir son roi.

Ce soir-là il était bien plus intéressé par le chapitre femme de son histoire qu'il ne l'avait jamais été.

D'autant plus qu'Aelfwynn se mit à respirer un peu plus fort. Ses lèvres tremblaient. Et même ainsi, elle gardait son regard fier fixé sur lui.

Comme si elle ne se permettait qu'une once de peur.

Thorbrand n'était pas certain d'aimer le fait qu'elle l'intriguât autant.

— Si vous avez l'intention de me frapper, déclara-t-elle alors, je voudrais que vous le fassiez maintenant. Attendre est pire, je crois.

— Attendre n'est pas pire, la corrigea-t-il en éclatant de rire. Je n'ai pas prévu de vous battre ce soir. Êtes-vous déçue ?

— Je voudrais seulement savoir à quoi me préparer.

Il se réjouit de la voir s'empourprer aussitôt et de la façon dont elle se tordait les doigts, à son avis pour une raison autre que de l'agitation.

Soudain, elle sembla suffoquer.

— Vais-je devenir votre… ?

Mais elle ne termina pas. Et Thorbrand fut aussitôt anxieux de savoir ce qu'elle imaginait de sa situation. Et quel mot elle aurait choisi. Esclave ? Concubine ?

Au lieu de cela elle regarda ses mains, aux doigts croisés.

— N'ayez pas peur, dit-il comme s'il n'avait pu s'en empêcher.

Ce qui était peut-être réellement le cas.

— Si vous m'obéissez, je vous récompenserai, ajouta-t-il.

— Me récompenser ? répéta-t-elle.

Il se déplaça alors vivement, plaqua sa paume sur la nuque de la jeune femme et approcha son visage tout contre le sien. Elle n'opposa pas de défense. Elle se plaqua contre sa poitrine avec un léger soupir qui lui fit serrer les dents pour se retenir de baisser ses pantalons et prendre ce qu'il voulait.

Ici, et tout de suite.

Sans considération pour les sentiments d'Aelfwynn.

Ses lèvres frôlaient les siennes, et son odeur chaude l'enserrait tel un poing, mêlée avec celle froide de la neige et de la fumée du bois à l'extérieur.

Elle sentait comme le goût qu'elle aurait, douce tel du miel. Tout en elle était doux, même l'expression effarée de ses yeux dorés. Même la façon dont elle se fondait contre lui, comme s'il ne lui venait pas à l'esprit d'agir autrement.

Et Thorbrand avait beau être plus que prêt, quelque chose en lui le retint.

— Vous êtes innocente, réussit-il à balbutier.

En dépit de l'obscurité, dans ses fourrures, il distinguait néanmoins nettement son visage. Elle finit par hocher la tête.

Il avait toujours la main posée sur sa nuque. Il sentait la chaleur de sa peau et la soie rêche de ses cheveux de lin. Elle respirait à petits coups, très vite, et il avait envie de l'embrasser à chacun de ses souffles.

Le mot « mienne » pulsait en lui sans cesse et tournait dans sa tête sans relâche.

Il n'avait jamais jusque-là accordé de valeur à une femme sans expérience. Il avait déjà assez peu de temps comme cela pour s'accorder les plaisirs de la chair. Pourquoi alors le passer à apprendre à une vierge comment le satisfaire ? Mais il y avait quelque chose en Aelfwynn. Quelque chose dans son innocence qui le touchait.

Il voulait qu'elle soit sienne de toutes les manières possibles, cela, il en était certain.

Et il ferait en sorte qu'elle le devienne.

Mais il était lui-même un homme brisé et abîmé, comme tous les hommes qui avaient fait du champ de bataille leur foyer. Il ne connaissait que la guerre et ses mains étaient plus souvent ensanglantées que propres. Comment pourrait-il toucher pareille créature, qui n'était que rayons de soleil et miel ? Il ne pourrait lui faire que du mal.

Et il n'en avait pas l'intention.

Pour des raisons purement égoïstes, se persuada-t-il, parce qu'il valait mieux qu'elle acquiesce plutôt qu'elle se défende, lorsque le moment serait venu, mais… Était-ce bien cela ?

Son innocence semblait encore plus douce et lumineuse au cœur de cette nuit noire.

Alors que Thorbrand s'était attendu à ce qu'elle soit aussi corrompue que toute femme ayant vécu trop longtemps à la cour. Dans n'importe quelle cour. Il faudrait qu'il procède ici avec prudence. Un homme qui se précipitait tête baissée dans des relations avec une femme qu'il avait l'intention de garder payait toujours pour son choix.

Tôt ou tard.

Sa mère le lui avait appris.

— Vous feriez mieux de dormir, lui dit-il.

Il attira Aelfwynn contre lui, sur sa poitrine. Puis il la prit dans ses bras et attendit qu'elle cesse de trembler. Ensuite elle exhala un long soupir.

Et Thorbrand la garda dans ses bras, pressant son menton sur le sommet du crâne de sa captive.

Il resta éveillé le temps qu'elle s'apaise. Jusqu'à ce qu'elle se détende contre lui et se blottisse plus près, afin de puiser dans sa chaleur.

Il la tint ainsi jusqu'à ce qu'il entende le sifflement sourd à l'extérieur qui lui signalait que son tour de garde était arrivé.

Thorbrand s'habilla rapidement, puis la laissa enfouie dans ses fourrures, profondément endormie.

Et il accueillit avec joie la morsure du froid à l'extérieur, parce qu'il lui rappela qui il était.

Et ce qu'il faisait ici dans cette forêt solitaire, avec la fille de l'ennemi.

La douceur n'avait rien à voir avec tout cela.

Chapitre 5

Wif sceal leohtmod wesan rune healdan,
rumheort beon.
« Une femme devrait être chaleureuse,
garder les secrets et avoir un cœur généreux. »

Maximes I, *Livre d'Exeter*,
traduit par Eleanor Parker

Lorsque Aelfwynn s'éveilla, elle était seule.

Elle s'assit et regarda frénétiquement autour d'elle, comme s'il y avait la place, pour un homme très grand, de se cacher dans une petite tente, mais elle était vraiment seule. Tant mieux, car son cœur tambourinait avec une telle violence qu'elle dut rester un moment sans bouger. Elle posa la main sur sa poitrine, et s'efforça de contrôler son souffle. Elle vérifia aussi que tous ses vêtements étaient bien là où elle les avait laissés. Son couteau toujours fixé à sa cuisse, ses hauts bas de laine toujours en place.

Sa vertu écornée, peut-être, mais toujours intacte.

Car elle doutait fort qu'une femme pût dormir pendant

les attentions de Thorbrand. Et cela bien qu'elle eût entendu toute sa vie les femmes bavarder entre elles sans discrétion, dont certaines clamaient avec insolence qu'elles dormaient pendant que leur homme prenait son plaisir.

Aelfwynn n'avait jamais réussi à relier les étreintes qu'elle avait vues aux histoires que les femmes racontaient à propos de fil et d'aiguille.

Et maintenant qu'elle avait passé cette nuit indécente avec Thorbrand, elle comprenait encore moins.

Pourquoi lui avait-il demandé si elle était innocente ? Pourquoi l'avait-il tenue ainsi, la main sur sa nuque pendant ce qui lui avait paru une éternité, avant de l'attirer contre sa poitrine ?

Elle s'était préparée à la précipitation, aux contorsions, mais il n'y avait rien eu de tout cela dans la façon dont il l'avait tenue contre lui. C'était plus comme s'il avait été un lit sur lequel se reposer, et rien de plus.

Elle avait entendu résonner ses propres battements de cœur, mais, à son étonnement, réalisé qu'elle entendait aussi les siens.

Juste là, à côté de son oreille.

Et pour Aelfwynn cela avait paru de la magie, une magie brute et merveilleuse.

Elle aurait voulu ne pas s'endormir, mais il était si chaud, et les fourrures si douces. Et elle avait eu froid si longtemps !

Mais aujourd'hui était un nouveau jour.

Elle distinguait les faibles lueurs d'un matin gris aux bords de la tente et à l'entrée où ses vêtements étaient toujours suspendus. Elle frissonna à leur vision, cette fois très différemment.

Aelfwynn s'était toujours imaginé que si elle était enlevée, quoiqu'elle n'eût jamais envisagé un ravisseur aussi grand et impressionnant, elle se soumettrait à son sort si gracieusement que l'homme en aurait les larmes aux yeux et serait aussitôt calmé dans ses ardeurs. Ou mieux encore, elle se présenterait comme un noble sacrifice, avec toute la force de ses plus belles prières.

Celles qui ne pouvaient pas manier épées ou haches, ni apporter les coupes et les chopes dans les grandes salles pour apaiser les cœurs des hommes pouvaient quand même faire leur part et mourir dignement, dans la piété.

Aelfwynn était plutôt troublée de se sentir… parfaitement bien ce matin-là.

Elle ne savait trop que penser de ce pseudo-enlèvement. Ou de ce Viking sauvage et terrifiant qui n'avait rien fait d'autre que la serrer dans ses bras sans la toucher. Dans tous les récits qu'elle avait entendus sur ces barbares, chacun d'entre eux plus horrible que le précédent, elle n'avait jamais eu vent de… fourrures douces et de détente paisible.

Cela doit être des jeux auxquels il se livre pour se distraire, se persuada-t-elle.

C'était bien plus logique. Il la connaissait. Il l'avait suivie. Et il l'avait enlevée à cause de son identité, pas simplement parce qu'il l'avait croisée sur la route. Même s'il n'avait pas estimé approprié de partager son plan avec elle, Aelfwynn était certaine qu'il en avait un.

Un plan qu'il suivrait sans doute selon son bon vouloir

tout en la laissant dans l'ignorance, également selon son bon vouloir.

Cela la calma, car elle ne connaissait que trop bien les plans des hommes. Impossible de les modifier, quoique avec des mots doux et des sourires une femme pût se frayer son chemin.

C'était un soulagement, songea-t-elle, de se rappeler que même si Thorbrand était un sauvage païen, il n'en restait pas moins un homme. Elle s'était déjà confrontée à toutes sortes d'hommes. Quelle femme ne l'avait pas fait ?

Aelfwynn entreprit d'arranger sa tresse en l'enroulant du mieux qu'elle put. Puis elle reprit ses bandes de toile pour s'en envelopper les jambes, et remit de même son voile sur la tête. Au fur et à mesure qu'elle se vêtait, elle se sentait redevenir elle-même. Même si elle sentait bien plus le froid depuis qu'elle était sortie des fourrures, un froid glacial qui rendit très vite ses doigts gourds.

Elle peina pour attacher ses chaussures en cuir, mais il était vrai que son habileté aux travaux manuels avait toujours laissé à désirer.

Cependant Aelfwynn avait de bien plus gros soucis à gérer ce matin-là que ses incompétences en tant que lady, comme elle s'en rendit vite compte en récupérant sa cape qui masquait l'entrée, et en découvrant les trois Vikings autour des restes de leur feu, qui la dévisageaient comme si elle était une apparition.

Elle se sentit aussitôt la bouche sèche, mais sa mère n'avait pas élevé une petite nature.

Aelfwynn rampa à l'extérieur, puis se releva avec toute la dignité qu'elle put rassembler.

Il y avait un vague rayon de soleil, très bas dans les arbres à l'est, annonçant la lumière rare qui éclairerait un nouveau jour glacial et mordant. Lorsqu'elle expira, elle constata que son souffle restait en suspension devant elle, signe de grand froid.

Et elle vit bien mieux dans la clarté du matin ce qu'elle n'avait pu percevoir la veille quand Thorbrand l'avait amenée en cet endroit. Elle avait eu de vagues impressions de cheveux sombres ou roux, peut-être de balafres sur des visages. Les compagnons de voyage de Thorbrand lui avaient alors paru tels des rochers. Énormes, massifs, et loin d'être amicaux.

Rien n'avait changé après la nuit, mais elle les voyait enfin à la faible lumière du jour. Tous. Et quoi qu'elle ait pu penser de la chaleur de la poitrine de Thorbrand, et bien qu'elle se fût demandé pour quelle raison il ne l'avait pas violentée alors qu'il l'aurait pu à son aise, il y avait une évidence : elle était seule ici.

Avec trois Vikings terrifiants, et non simplement un.

C'étaient tous des guerriers, constata-t-elle. Ils étaient assis, leurs capes retroussées, aussi voyait-elle non seulement leurs tuniques, mais leurs armes. Leif, le géant roux, arborait une hache et une épée. Ulfric, le brun avec la cicatrice, y avait ajouté un arc. Seul Thorbrand ne portait qu'une épée.

Aelfwynn se dit qu'elle devait s'estimer heureuse de ne voir aucune trace sanglante sur leurs vêtements. Cela les différenciait des récits de son enfance où ils étaient décrits comme des barbares assoiffés de sang. Ils avaient tous les cheveux longs, tressés pour ne pas les gêner, et on n'en voyait que mieux les balafres et cicatrices sur leurs visages. Et ils étaient tous barbus, une coutume qu'Aelfwynn avait toujours estimée répugnante.

Quoique, en y réfléchissant, elle se souvint de la sensation de la barbe de Thorbrand tandis qu'il la tenait dans ses bras. Et elle avait été loin d'être déplaisante.

Alors qu'ils la dévisageaient tous fixement, Aelfwynn se remémora soudain la vocation d'une femme. Depuis sa naissance on lui avait appris que les femmes étaient des instruments de paix, destinés à s'interposer dans les complots et les plans des hommes perpétuellement en guerre. Des hommes qui ne pouvaient céder et l'oseraient encore moins, sous peine d'être taxés de faiblesse. L'œuvre de paix était le devoir sacré des épouses, comme le lui avaient enseigné Mildrithe, sa mère et toutes les femmes de son entourage. En tant que telle, Aelfwynn avait beaucoup réfléchi sur sa manière d'accomplir ce devoir, et à quel moment elle devrait le faire. N'était-ce pas le cas de toutes les filles ? Et parce qu'elle savait qui étaient ses parents, son oncle et son grand-père, Aelfwynn avait toujours pensé que le devoir qu'elle serait amenée à accomplir serait certainement de la plus haute importance. Elle nourrissait même une certaine fierté à l'idée de cette tâche qui l'attendait. Les mariages étaient souvent prétextes à des trêves, et Aelfwynn savait que si elle était offerte à un ennemi hostile, il lui reviendrait d'apaiser les tensions comme elle le pourrait. Et de ne répondre à aucune insulte éventuellement proférée. Ainsi que de louer son nouveau foyer et faire de la sorte honneur à son père.

Et si la paix n'était pas conclue en dépit de ses efforts,

elle y laisserait sa vie, et les deux côtés des camps opposés la pleureraient.

Certes, c'était très bien de parler de louer ceci et d'honorer cela, de porter des chopes et des coupes et de tisser la paix, mais à quoi ressemblait exactement sa situation présente ?

À cela, murmurait une voix sinistre en elle. Trois hommes, de vrais géants, qui la regardaient sans aménité devant un feu, face à elle, totalement inapte aux choses de la guerre. Et impuissante.

Quand elle s'était retrouvée avec la Mercie entre ses mains après la mort de sa mère, Aelfwynn avait pratiqué des manœuvres de paix différentes. Pas d'une maison à une autre, mais de la Mercie au Wessex tout-puissant de son oncle. Elle n'avait entrepris aucune action qui aurait pu être mal interprétée, comme se soulever contre lui par exemple, même si trop de gens l'auraient souhaité. Au lieu de cela, elle avait attendu. Elle avait prié aussi souvent qu'elle l'avait prétendu. Cela avait duré six mois, des mois d'angoisse et de traîtrises, pendant lesquels Aelfwynn s'était attendue à chaque instant à rendre son dernier soupir.

Avait-elle réellement pensé, ne serait-ce que depuis la veille et son départ de Tamworth, qu'elle pourrait vivre libérée de ce poids ?

Elle n'avait plus à se soucier des royaumes terrestres, s'était-elle convaincue avec une immense satisfaction, dès que Tamworth avait été derrière elle. Et voilà qu'elle faisait face à trois Vikings aux regards hostiles, toujours sur cette même Terre.

Aelfwynn sourit aussi sereinement que possible.

— Toutes mes salutations à vous par ce beau matin, lança-t-elle sans le moindre enthousiasme néanmoins.

Mais aussi sans la moindre intonation apeurée.

Thorbrand lui montra le sac d'où il avait sorti leur nourriture la veille.

— La journée va être longue. Vous avez besoin de prendre des forces.

Aussi impressionnant que lui paraissait déjà Thorbrand, elle trouva ses hommes encore plus intimidants. Leif était expansif, Ulfric taciturne. Aelfwynn songea que c'étaient des tactiques, mais aussi peut-être des indices révélateurs de leur caractère. Les deux hommes l'observaient tout en mangeant, avec un regard noir et impitoyable. Et Thorbrand leur ressemblait, mais il ne l'avait pas violentée alors qu'il l'aurait pu. À son gré.

Ce n'était pas de la confiance, elle n'était pas si stupide. Mais c'était suffisant pour qu'elle lui offre un sourire de gratitude quand elle s'assit à côté de lui et qu'il lui offrit encore de la viande séchée et du fromage sec avec la pointe de sa dague.

— Je n'ai jamais passé une nuit dans une tente au milieu des bois auparavant, déclara-t-elle devant le feu qui pétillait. C'était bien plus plaisant que je ne l'aurais cru.

— Plaisant, renifla Leif avec dédain.

— Vous avez déjà dû être captive, Lady Aelfwynn, fit observer Thorbrand de son ton toujours aussi sinistre. Car vous le prenez si bien !

Aelfwynn choisit d'apprécier la chaleur du feu sur son visage, et le froid de ce matin de décembre dans son dos. Elle préféra ne pas se laisser atteindre par les paroles qu'il avait prononcées avec l'intention évidente de la blesser.

— Ai-je déjà été conduite à cheval dans des endroits que je ne connais pas ? Non. Cependant ai-je déjà été libre de le faire si l'envie m'en prenait ? Hélas, non. Sans cela j'aurais trouvé mon chemin vers l'abbaye depuis des lustres.

— La lady n'était pas conduite au monastère contre sa volonté, expliqua Thorbrand à ses compagnons en se reculant légèrement. Elle souhaitait prendre le voile. Elle trouve la perspective d'une vie de servitude envers son dieu… paisible.

Ulfric ne sourit pas. Et ses yeux étaient trop foncés, sa bouche trop pincée.

— Si vous pensez qu'un dieu est pacifique, milady, vous n'en avez jamais rencontré un. Ni ses œuvres.

Tous trois éclatèrent de rire à cette repartie avant qu'elle ait trouvé que répondre, puis ils se mirent à parler dans leur autre langue. De l'irlandais, Aelfwynn en était à peu près certaine, quoiqu'elle n'en reconnût que quelques vagues intonations. Mais pas les mots, ni leur sens.

Elle mangea ce qu'on lui avait donné tandis que les hommes levaient le camp. Ils enroulaient leurs fourrures, liaient les bâtons utilisés en piquets pour les tentes. Thorbrand se chargea des sacs d'Aelfwynn, puis sella son cheval. Ils éteignirent le feu en le recouvrant de neige fraîche. Ce ne fut que lorsque les hommes enfourchèrent leurs montures qu'Aelfwynn chercha son vieux cheval et le trouva encore attaché à un arbre.

— Et mon cheval ? demanda-t-elle à Thorbrand quand il vint vers elle.

— Cette pauvre carne ne peut pas suivre, se contenta-t-il de lui répondre avec un léger froncement de sourcils.

Aelfwynn le regarda, éberluée.

— Vous ne voulez pas dire que vous allez le laisser ici ? Il sera dévoré par les loups sous peu. Et ce serait une bénédiction, car ce serait rapide. Sans cela il va geler, mourir de faim et expirer ici.

— Vous devriez vous estimer heureuse de ne pas avoir été la proie de ces mêmes loups dont vous parlez, répliqua Thorbrand, avec un ton d'avertissement. Ou de ne pas avoir été abandonnée attachée à un arbre.

— Je peux m'estimer heureuse de ne pas avoir eu à marcher depuis Tamworth, rétorqua-t-elle.

Aelfwynn aurait dû tenir sa langue, d'autant plus qu'elle entendait les grommellements des deux autres hommes. Pourquoi prenait-elle parti pour un vieux cheval fatigué ? Ce n'était pas comme si sa survie était assurée, comme Thorbrand le lui avait si obligeamment rappelé.

Mais elle ne pouvait se résoudre à céder.

— J'espère seulement que lorsque je serai vieille avec des cheveux gris je ne serai pas si facilement jetée au rebut par ceux que j'aurai fidèlement servis, ajouta-t-elle avec impétuosité. Jetée quand on ne sert plus à rien, abandonnée à la mort, seule.

Qu'est-ce qui chez cet homme la poussait à être téméraire ? Elle qui avait réussi à échapper aux espions de son oncle, et à Edward lui-même ?

Elle était d'un naturel assez avisé.

Et pourtant.

Elle voyait bien les compagnons de Thorbrand qui la scrutaient, mais elle ne se concentrait que sur lui. Et sur la façon dont il la toisait, en obscurcissant la faible lueur de ce matin d'hiver, avec ces épaules sur lesquelles elle avait reposé sa tête.

Elle en suffoquait.

— Nous l'emmènerons jusqu'au prochain village, finit-il par décider, de sa voix toujours menaçante et inquiétante, mais avec une lueur nouvelle dans ses yeux bleus couleur de nuit. Cependant nous ne le ferons que si vous m'accordez une faveur.

— Une faveur ?

Aelfwynn ne s'était pas attendue à ce qu'il acceptât. Elle pensait plutôt qu'il allait la saisir et la déposer sur son cheval avant de repartir sur la route. Ou exécuter la pauvre bête d'un coup d'épée pour terminer la discussion. Une part d'elle-même espérait peut-être obtenir ainsi la preuve qu'il était un monstre sans cœur, afin de mieux le haïr comme elle se le devait.

Mais une faveur ? Elle fut traversée d'une onde de chaleur qui lui serra la gorge avant de descendre au plus profond d'elle-même, où elle brûla telle une flamme, insistante, tout bas.

— Quelle faveur me demanderez-vous ? réussit-elle à demander.

— Je vous le dirai, grogna-t-il, quand je la désirerai.

Aelfwynn hocha la tête, muette en songeant à la terreur qui l'attendait, même si c'était bien trop pesant, trop brûlant. Puis elle eut amplement le temps de réfléchir à la folie de son emportement, sans même penser au fait qu'elle avait accepté de lui accorder pareille faveur.

Parce que Thorbrand la fit chevaucher devant lui de nouveau, blottie entre ses cuisses, son bras telle une marque autour d'elle et sa poitrine tel un mur fortifié contre son dos.

Et il fit exactement comme il l'avait promis. Il conduisit le cheval aux abords du premier village devant lequel ils passèrent, puis le libéra, en vue des maisons aux toits de chaume.

— Les villageois risquent de ne pas mieux le traiter que les loups, dit Leif en secouant la tête.

— Au moins il a une chance, rétorqua Aelfwynn.

Avec peut-être plus de véhémence qu'elle ne l'aurait dû, car le géant roux fronça les sourcils en la dévisageant.

Elle baissa les yeux, surprise d'être submergée d'émotion. Alors qu'elle n'avait jamais eu aucun lien particulier avec cet animal. Mais à la différence des hommes qui l'avaient accompagnée depuis Tamworth, il avait fait de son mieux.

Aelfwynn le regarda partir au trot, en sentant que ce qui aurait dû être une perte mineure, ou même n'aurait pas dû être une perte du tout, l'atteignait trop vivement.

— Je compte que vous vous souveniez de ma clémence, grommela Thorbrand à son oreille. Et de la faveur que je réclamerai quand je le souhaiterai.

La chaleur de son corps se répandit soudain en elle, la bouleversant. Mais le cheval avait passé le sommet de la colline et Aelfwynn n'avait d'autre choix que de céder.

Il n'y avait d'ailleurs jamais rien d'autre à faire.

— Je vous ai donné ma parole, lança-t-elle.

Alors le Viking éperonna leur monture, et tout devint flou.

La journée fut courte et froide, mais les hommes en tirèrent le meilleur parti possible.

Ce voyage ne ressemblait en rien aux voyages déjà entrepris par Aelfwynn. Pas même à la chevauchée sinistre de la veille depuis Tamworth.

Elle était habituée aux processions royales, de longues caravanes avec une escorte de soldats de chaque côté de la colonne, afin de les prévenir contre les embuscades, qui en une journée se contentaient de rejoindre la ville suivante afin d'y passer la nuit. Elle bénéficiait alors d'une litière confortable avec d'épais rideaux pour se protéger du froid, et de coussins pour moins souffrir des ornières des chemins. C'était ainsi qu'elle avait accompagné la dépouille de sa mère à Gloucester, afin qu'Aethelflaed reposât aux côtés de son époux, sous la protection de la lumière de saint Oswald, qui avait donné son nom à l'église.

Cependant, quelle que fût leur allure, galopant en évitant les arbres à une vitesse qui faisait tourner la tête d'Aelfwynn quand elle essayait de fixer son attention, Thorbrand la tenait toujours en sécurité, bien serrée contre lui. Il lui semblait plus proche ce jour-là, parce qu'ils allaient si vite qu'il était penché en avant, plaqué de tout son long contre son dos.

Elle ne comprenait pas pourquoi elle ne pensait ni à sa position inconfortable ni au froid constant. Ou à son entrejambe malmené par la chevauchée de la veille, qui étonnamment ne l'avait pas réveillée comme cela lui était arrivé plusieurs fois après des voyages à cheval. Au lieu de cela, elle avait dormi profondément jusqu'au matin.

Elle ne se souvenait pas que cela lui fût déjà arrivé

non plus. Pas à Tamworth, en tout cas, où elle ne dormait que d'un œil, dans la crainte qu'un complot réussisse à l'atteindre dans son sommeil alors qu'elle aurait été sans défense.

C'était la peur, voilà tout, se convainquit-elle. Elle l'avait fait dormir d'un sommeil de bébé.

Ils maintenaient une vive allure, en se tenant à l'écart des routes. Ils s'arrêtaient rarement. Quand ils le faisaient, Aelfwynn allait se soulager derrière les arbres, et pour une fois elle gardait ses pensées pour elle et tenait sa langue.

— Vous n'avez pas couru, lui fit observer Thorbrand quand elle revint vers lui après l'un de ces arrêts, frissonnant sous sa cape.

— Pardon, que voulez-vous dire, en disant que je n'ai pas couru ? s'exclama Aelfwynn en regardant à la ronde.

Il n'y avait rien qu'un champ désolé avant l'orée des arbres. Rien, dans aucune direction. Elle savait que les routes ancestrales allaient de ville en ville, mais ces Vikings ne semblaient pas en avoir l'utilité. Ils étaient sans doute plutôt préoccupés de ne pas susciter l'émoi qu'ils causeraient s'ils se faisaient voir.

— Et où irais-je donc en courant ?

— Les captifs commencent par courir, et se posent la question plus tard, j'imagine.

— Avez-vous donc passé beaucoup de temps en tant que captif ?

Voilà qu'elle ne pouvait de nouveau plus tenir sa langue. Pourquoi avait-elle ouvert la bouche maintenant ? Avec le dernier homme sur Terre qu'elle aurait dû défier, en particulier en ces sinistres circonstances. Était-elle folle ?

Oui, elle devait l'être ! Mais elle se demandait aussi si elle n'essayait pas de le pousser dans ses extrémités afin de savoir finalement à quoi s'en tenir. S'il était brutal, ou cruel, elle saurait mieux comment se débrouiller. Et ce qui l'attendrait. Comment se préparer à se soumettre. Ou se sacrifier, si nécessaire.

Quoique dans son imaginaire de jeune fille où elle se figurait des enlèvements romantiques, elle n'avait jamais compris à quel point ces apaisements vertueux pouvaient devenir d'ordre physique. Elle s'était représenté sa pieuse soumission, ses mains croisées en prière… Cependant lorsqu'ils chevauchaient elle sentait sa poitrine contre la sienne. Ses cuisses de fer. Le grattement de sa barbe.

Et la façon dont tout cela la faisait frissonner, sans aucun rapport avec la froidure de décembre. Aelfwynn comprit que cette chaleur qui émanait de lui et se répandait en elle était extrêmement différente de tout ce qu'elle s'était imaginé jeune fille en ce qui concernait les rapports entre les hommes et les femmes.

Ils se tenaient à côté de son cheval, une bête magnifique qui n'avait rien à voir avec la pauvre créature qu'ils venaient d'abandonner à l'aube. Thorbrand posa sa main sur la selle, une expression amusée faisant scintiller ses yeux sombres tandis qu'il la scrutait.

Elle ferait mieux de se rappeler que ce n'était qu'un jeu pour lui.

— Je n'ai jamais été en captivité, lui répondit-il dans un grondement sonore qui ressemblait davantage au fracas d'un orage qu'à de simples mots. Je choisirais plutôt la mort, et avec joie. Si j'étais captif, je risquerais l'impossible pour m'échapper. Mais il vous reste à le tenter.

— Je m'efforce de trouver la grâce en toutes choses, répliqua paisiblement Aelfwynn.

Croyait-elle qu'il trouverait cela d'un quelconque intérêt ? Cet homme tout en muscles, puissant, qui n'avait pas la moindre idée de ce qu'était la grâce ? Car à quoi pouvait bien servir la grâce pour un guerrier quand il pouvait se contenter de manier une lourde épée ?

Il la dévisagea bien trop longtemps, avec cette même lueur nouvelle.

— Vous vous accommodez bien vite d'être enlevée, Aelfwynn.

Elle se sentit s'empourprer, même si elle ne comprenait pas pourquoi. *Par honte,* s'admonesta-t-elle sans aménité. *Ce n'est que la honte de ne pouvoir combattre comme d'autres en seraient capables.* Comme l'aurait fait sa mère. Mais la honte n'expliquait pas cette chaleur pesante dans son ventre.

— La soumission est une vertu, rétorqua-t-elle. Demandez-le aux prêtres, si vous voulez le savoir.

Thorbrand éclata de rire, d'un rire qui résonna aussitôt au plus profond d'elle-même, ne faisant que l'embraser plus encore. Bien trop.

— Ravalez vos paroles, lui répondit-il, l'éclair de ses dents blanches ressortant sur sa barbe sombre, la soumission est la mort assurée pour quiconque. J'ai l'intention de mourir honorablement.

Il se remit en selle, laissant Aelfwynn suffocante et stupéfaite avant de se pencher et de la hisser devant lui de nouveau. Puis il murmura un ordre à son cheval et repartit. Il fallut un long moment à Aelfwynn pour reprendre son souffle. À vrai dire, elle n'y réussit peut-être pas du tout.

Elle se perdit dans son étreinte. Et sa présence bien réelle, qui n'avait rien à voir avec la vertu ou la faiblesse. Une force au-delà de tout ce qu'elle connaissait. Un homme de pierre, qui la tenait contre lui. Avec un cheval puissant qui gardait un pas égal sur le sol qui ne l'était pas, les emmenant plus loin et toujours plus loin de tout endroit connu d'elle.

Mais il y avait quelque chose d'envoûtant dans ce rythme. Le froid mordant ses joues, l'allure folle du cheval qu'elle épousait sans heurts, adossée à l'homme derrière elle. Elle fut presque désolée quand les trois hommes s'arrêtèrent à un mystérieux signal qu'elle n'avait pas vu avant de s'entretenir brièvement, puis de s'enfoncer plus loin encore dans la forêt, à une allure bien plus calme.

Ulfric le balafré taciturne disparut dans le crépuscule naissant. Thorbrand et le géant roux continuèrent leur chemin, jusqu'à trouver une clairière. Ils descendirent de leurs montures et entreprirent de monter un camp similaire à celui de la veille, sans même se regarder.

La première pensée d'Aelfwynn fut de se dire qu'elle devrait les aider. Mais elle se retint. Comme Thorbrand le lui avait lourdement rappelé, elle était une captive. Pas une invitée. Et encore moins une épouse marchandée à un ennemi dans le but de tisser la paix sur les cendres des anciennes guerres et des ressentiments amers. Aussi au lieu de se rendre utile resta-t-elle à l'écart en réfléchissant à ses options. Elle ne voyait toujours pas la pertinence de tenter de s'enfuir. Même si elle avait su un peu mieux où elle était que simplement quelque part au nord, et avait pu trouver de l'aide, elle n'était pas assez écervelée pour s'imaginer pouvoir échapper à plusieurs guerriers vikings.

Elle ignorait toujours ce qu'ils voulaient d'elle, mais elle tira néanmoins quelques conclusions. Elle n'était pas morte. Ni n'avait été violentée. Ils l'emmenaient quelque part, et apparemment souhaitaient qu'elle arrive indemne à cet endroit.

Aelfwynn n'osa pas en jurer, car les hommes changeaient leurs plans à leur gré selon ce qui les arrangeait. Mais jusqu'à maintenant elle ne se croyait pas en grand péril.

Il y avait d'autres dangers, elle le savait.

Cependant elle n'osa pas laisser la peur s'insinuer alors qu'une nouvelle nuit se profilait.

Sa mère ne lui avait parlé qu'en termes négatifs de ce qu'était partager la couche d'un homme, et cet homme avait été son mari, censé la traiter avec respect et prendre soin de celle qui était la sœur du roi du Wessex.

« J'ai fait mon devoir », avait-elle dit à Aelfwynn quand elle avait été en âge de comprendre. « Et écoute-moi bien, ma fille. Tu feras le tien quand le temps sera venu pour toi. Et plus encore, prie pour avoir besoin de moins de dix ans pour donner un enfant à ton mari. »

Thorbrand la voulait-il ?

Cette flamme persistante et bien trop brûlante sembla aussitôt grandir en elle. Mais cela ne servait à rien de s'inquiéter de ce qui allait arriver. Elle ne pouvait rien faire pour le changer. Elle s'assit donc sur un rocher glacé et observa les hommes, en étudiant ce qu'ils faisaient, et de quelle manière.

Thorbrand s'occupa des chevaux tandis que Leif cherchait un endroit sous les arbres qui n'avait pas été couvert de neige. Il passa un certain temps à en secouer les branches pour les débarrasser des flocons qui y étaient restés accrochés, puis enflamma une sorte d'écorce aplatie sortie de sa poche, et s'en servit pour embraser le petit bois qu'il avait rassemblé.

Lorsque Thorbrand eut fini de s'occuper des chevaux, il installa deux tentes. Aelfwynn essaya de comprendre comment il faisait. Plus elle en apprendrait, plus cela lui serait utile. C'était ce que lui avait toujours dit sa mère, qui n'avait jamais été tendre, préférant sommer sa fille de prêter attention autant aux petites choses qu'aux grandes.

« Une femme ne peut jamais savoir quand le plus petit détail, même infime, changera tout », lui avait enseigné Aethelflaed.

Mais lorsque Thorbrand étala les fourrures où elle savait qu'elle reposerait de nouveau la nuit suivante, elle fut incapable d'imaginer la moindre stratégie.

Elle ne pouvait penser qu'à une chose : elle n'avait jamais dormi de la sorte comme la veille, tout contre un homme. Elle était tout d'abord restée désemparée, ses sensations l'ayant abandonnée. Elle avait eu l'impression d'être tombée dans une rivière profonde et d'avoir laissé le courant l'emporter. Il y avait eu trop de choses à considérer à la fois. Aelfwynn se disait sans cesse qu'elle aurait dû être mal à l'aise, car cet homme était un matelas extrêmement dur, sans le moindre confort.

Ses bras étaient aussi lourds que des troncs d'arbre, et ils l'avaient enveloppée de telle façon qu'elle était plaquée contre lui. Elle s'était sentie déséquilibrée, alors qu'elle était allongée et non pas debout sur ses deux jambes.

Rien de ce qu'elle savait des accouplements n'aurait pu lui faire imaginer ce que ce serait de reposer dans les fourrures d'un Viking.

Et elle en tremblait toujours maintenant.

Reprends courage ! s'admonesta-t-elle. Ce serait encore une succession de journées glaciales qui deviendraient très vite de nouvelles nuits plus glaciales encore. Et impossible de savoir ce qui l'attendait. Mais maintenant, elle était installée dans une clairière devant un feu déjà vif qui combattait l'obscurité et le froid. Pour le moment, il lui suffisait d'être assise sur ce rocher et s'en trouvait satisfaite.

Puis Aelfwynn se sentit autrement que contente lorsque, après s'être entretenu avec son compagnon, Thorbrand posa son regard sombre sur elle.

Ensuite il se dirigea vers elle. Tout en lui était d'une telle intensité qu'Aelfwynn s'embrasa totalement.

Elle retint son souffle, et quelque chose se serra au creux de son ventre. Mais avant qu'il arrive devant elle, Ulfric fit irruption dans la clairière, avec du gibier sur sa selle.

— Comment a-t-il su où nous trouver ? demanda Aelfwynn avec curiosité, oubliant qu'elle s'était promis de rester coite.

Thorbrand se tourna de nouveau vers elle, l'air impénétrable.

— Il nous a pistés. Sans cela, comment croyez-vous qu'il aurait fait ?

— Je pensais que vos hommes et vous passiez peut-être vos journées à apprendre les secrets de ces forêts. Quand vous ne…

Elle pointa le doigt vers son épée, impossible à manquer car il avait ôté sa cape pour vaquer dans la clairière.

— Nous passons aussi nos journées à cela, répliqua-t-il en inclinant à peine la tête.

Puis il la rejoignit et lui prit le bras pour la faire se lever du rocher. Elle tressaillit instantanément, non parce qu'il l'avait touchée, mais parce que ses jambes la portaient à peine.

Thorbrand ne desserra pas sa prise sur son bras.

— Êtes-vous souffrante ?

— Je n'ai jamais autant chevauché, et aussi vite, c'est tout.

Il la scruta, puis l'écarta légèrement de lui avant de la détailler des pieds à la tête, comme s'il pouvait la voir vraiment sous toutes ses couches de vêtements.

Aelfwynn ne comprenait pas la raison pour laquelle elle se sentait étourdie.

— Vous êtes rompue, dit-il.

Lorsque Thorbrand plongea de nouveau son regard dans le sien, elle y trouva une chaleur nouvelle. Une fois de plus, il semblait relié à tous ces endroits en elle, emplis de tension plutôt qu'endoloris, à la différencee de ses jambes, et elle entendit résonner les battements accélérés de son cœur dans sa poitrine.

— Ne vous inquiétez pas, je vais y remédier, ajouta-t-il.

— Est-ce là ce que vous faites ? demanda-t-elle,

sans comprendre pourquoi elle était encore incapable de tenir sa langue en présence de cet homme.

— Je ne suis pas… pas bienveillant, répondit-il d'un ton amusé qui la réchauffa aussi, à tel point qu'elle n'avait presque pas besoin du feu pour cela.

Thorbrand l'entraîna avec lui, la main posée sur son coude, et s'assit avec elle sur un tronc froid près des flammes. Puis il resta silencieux, tandis que Leif préparait les oiseaux et qu'Ulfric montait sa tente pour la nuit. Thorbrand esquissa un mouvement qui fit sursauter Aelfwynn, et elle attendit quelque propos auquel il valait mieux ne pas répondre, tout en craignant de le faire quand même. Mais il se contenta de réajuster sa cape sur ses épaules et demeura muet.

Et plus il restait silencieux, plus Aelfwynn s'embrasait.

— Vous n'avez pas besoin de vous parler, tous les trois, fit-elle remarquer. Cependant vous vous comprenez. C'est peu commun.

— Nous avons grandi ensemble, comme une seule et même personne, expliqua Thorbrand. Nous étions enfants ensemble, puis sommes devenus des hommes. Et depuis nous avons combattu côte à côte.

Elle n'osa pas le regarder, parce qu'il était de nouveau trop près. Et elle savait que cela avait peu de sens. Elle avait été collée contre lui toute la journée. Elle avait dormi sur lui la nuit précédente.

Mais c'était différent de sentir la force de son attention sur elle. Il lui était plus facile de se le représenter en imagination que de lui jeter un coup d'œil et le trouver là en chair et en os, bien trop imposant. Sombre et taciturne, même quand il semblait détendu.

— J'ai toujours voulu avoir un frère, mais plus pour ma mère que pour moi, continua Aelfwynn, comme s'il lui avait posé la question.

Pourquoi ne se taisait-elle pas ? Et ne s'en tenait-elle pas à ses résolutions ?

— Ce que je désirais réellement, c'était une sœur. J'aurais chéri sa compagnie, avoua-t-elle.

Thorbrand éclata de rire. Et elle avait beau voir que les autres hommes, de l'autre côté du feu, ne semblaient pas réagir, elle sentit qu'ils leur accordaient désormais toute leur attention. Un bon rappel pour se dire que quoi qu'il pût se passer entre elle et ce Viking, cela ne resterait pas inaperçu.

En bien ou en mal.

— Alors je regrette que vous n'ayez pas eu cette chance, dit Thorbrand en riant de nouveau. Ulfric n'a pas été d'une compagnie agréable depuis des années.

— Des années, confirma Leif dans un grommellement. Et avant cela, il était aussi un médiocre compagnon.

Ulfric marmonna quelque chose en irlandais qui déclencha l'hilarité des deux autres, mais il ne sembla pas s'en offusquer. Il était trop occupé à rôtir les oiseaux qu'il tenait au-dessus du feu au bout de deux longs bâtons, son bras bien plus stable que les broches à rôtir que l'on utilisait dans la grande salle de la mère d'Aelfwynn.

— Combien de jours allons-nous encore voyager ? osa-t-elle demander.

Thorbrand avait toujours l'air réjoui quand il la regarda de nouveau, et elle en frissonna cette fois. Elle se serra dans sa cape, se persuadant que c'était le froid.

— Autant qu'il le faudra, répondit-il.

— Est-ce votre but, rendre votre destination si mystérieuse, afin que mon ignorance me ronge et me tue ? interrogea-t-elle.

Comme d'habitude, elle n'avait pas eu l'intention de dire cela. Et elle pensa que Thorbrand aurait réagi différemment si sa voix avait porté de l'autre côté du feu. Avait-elle eu l'air de le défier, au lieu de trahir cette étrange douceur qui l'avait envahie ?

Il l'étudia à la lueur du feu.

— Pourquoi voulez-vous le savoir ? En quoi cela vous aidera-t-il ?

— Quand je le saurai, je pourrai me préparer.

— Ah, vous allez vous préparer ? Quel genre de préparation serait susceptible de vous sauver, Aelfwynn ?

— Peut-être suis-je en train de chercher une orientation à mes prières.

— Votre destin est scellé, rétorqua Thorbrand d'une voix très basse qui résonna jusqu'au plus profond d'elle-même. Que vous le connaissiez ou non, il ne pourra être changé.

Elle se redressa soudain.

— Je ne le crois pas.

— Ce que vous croyez ou non ne changera pas plus votre destin, dit-il en haussant les épaules.

— Je doute que vous le croyiez aussi, répliqua-t-elle impulsivement, et peut-être plus fort. Sans cela, pourquoi votre peuple et vous passez-vous vos vies à vous battre pour prendre ce qui ne vous a jamais appartenu ? Si vous étiez résigné à votre destin, vous seriez resté là où vous viviez, sur vos rivages lointains, et auriez laissé vos dieux accomplir leurs volontés.

— Que le chemin ait déjà été tracé ne veut pas dire qu'il faut abandonner tout espoir et vivre sa vie comme un lâche, intervint Ulfric avec désapprobation.

— Vous n'avez pas à avoir de craintes, ajouta Leif. Tout est déjà écrit.

Aelfwynn savait que bien des gens croyaient cela, y compris son propre peuple. Mais elle avait été élevée par une femme qui n'avait jamais accepté le destin. Aethelflaed s'était toujours battue.

« Le destin fera ce qu'il doit faire. Mais moi aussi. » disait-elle souvent.

— Est-ce le destin si ce n'est rien d'autre que de la tristesse à la clé ? demanda doucement Aelfwynn.

Elle entendit les autres se mettre à rire, mais elle ne voyait que Thorbrand. Sa barbe sombre, sa bouche magnifique, son regard intense.

— Parce que vous pensez pouvoir décider de votre propre destin, Aelfwynn ? Est-ce cela ?

Elle aurait dû s'esclaffer, mais en fut incapable.

— Je ne décide de rien, et ne contrôle rien, répliqua-t-elle posément. Si ce n'est moi-même. Aussi je me demande comment il est possible qu'un puissant guerrier se croie dépourvu de choix alors qu'il possède plus que je n'aurai jamais.

Quelque chose passa entre eux en cet instant, qu'elle ne put nommer. Tout en elle sembla se résumer au battement de son cœur, et à la flamme en elle.

Pendant un moment elle oublia où ils se trouvaient. La longue chevauchée, son corps moulu. Son avenir inconnu, depuis l'endroit où il allait la conduire jusqu'à ce qui l'attendait dans ses fourrures ce soir-là. Pendant un moment elle en oublia jusqu'à son nom.

Puis tout revint en un éclair, quand Ulfric lança un oiseau rôti dans leur direction. Thorbrand l'attrapa et détourna les yeux, ce qui donna aussitôt à Aelfwynn l'impression qu'il venait de la libérer de l'étreinte de ses mains. Elle dut faire un effort pour respirer normalement.

Le repas fut calme. Thorbrand découpa des morceaux de viande grillée avec son couteau puis les lui offrit. Aelfwynn les accepta avec gratitude, trouva la chair succulente et presque meilleure pour avoir été cuite et dégustée dehors par cette nuit froide.

Mais le repas se termina trop vite et Thorbrand l'entraîna vers la tente.

Aelfwynn avait à la fois envie de lui obéir et de lui résister. Elle se contenta de trembler. Et rampa à l'intérieur comme elle en était priée.

Il la suivit, ôtant calmement ses bottes à l'entrée avant de suspendre sa grande cape devant l'ouverture pour les protéger de l'extérieur. La tente semblait plus petite ce soir-là, Aelfwynn en fut certaine. Plus intime. Thorbrand la regardait à peine, et elle se hâta d'ôter à son tour ses chaussures et sa cape, puis les bandes de toile de ses jambes. Enfin son voile, même si son cœur battait la chamade.

— Allongez-vous, Aelfwynn, lui ordonna-t-il quand elle eut terminé.

Mais elle resta là où elle était, à genoux et légèrement tremblante. Alors il s'approcha, et cela n'arrangea rien.

— Sur le dos, les jambes écartées.

Toutes les histoires qu'Aelfwynn avait entendues sur

ce que les hommes faisaient aux femmes lui revinrent en un instant, aussi nettement que si elle les avait entendues chantées devant elle dans une grande salle, avec hydromel, feu de cheminée et musique.

— Mais… Thorbrand…, balbutia-t-elle, la bouche sèche.

— Allongez-vous, répéta-t-il d'un ton sinistre.

Et n'était-ce pas ce à quoi elle s'était attendue depuis le tout début ? N'était-ce pas ce à quoi elle s'était préparée toute sa vie ? Le sort dévolu aux femmes, tôt ou tard, comme elles le comprenaient toutes ?

La voix de Mildrithe résonna en elle. *Il est en ton pouvoir que l'épée te tranche en deux ou te laisse indemne sur tes deux pieds.*

Aelfwynn respira aussi profondément qu'elle le put. Elle se concentra jusqu'à donner l'apparence du calme et de la soumission, sous le regard ombrageux de Thorbrand.

Il ne cilla pas.

Elle obéit donc à son ravisseur viking et s'étendit devant lui, tel le sacrifice qu'elle devait être depuis toujours.

Chapitre 6

Sjaldan er ein báran stök.
« Il est rare qu'il n'y ait qu'une seule vague. »

Ancien proverbe viking

Thorbrand ne rit pas, même s'il en avait une envie irrépressible.

S'il avait été un autre homme, il aurait été gêné par la vision qu'offrait sa princesse mercienne. Car elle s'était allongée devant lui comme il le lui avait ordonné, sur le dos, jambes écartées. Elle avait gardé les bras plaqués le long du corps, ses mains douces désormais poings serrés. Elle n'avait pas les yeux tout à fait clos, mais elle s'efforçait de plisser les paupières, le visage crispé, comme si elle se préparait à recevoir un coup.

L'obéissance que Thorbrand attendait comme un dû l'avait rarement autant enchanté.

Il aurait pu s'approcher, mais il resta là où il était afin de savourer cet instant. Il regarda la poitrine de sa captive se soulever alors que sa respiration s'accélérait. Il la vit s'empourprer, au fur et à mesure que son imagination s'emballait, de toute évidence.

Thorbrand prit son temps pour laisser cette dernière faire son œuvre.

— J'admire votre obéissance, Aelfwynn, finit-il par murmurer.

Puis il dut réprimer un sourire quand elle cilla, devint plus écarlate encore et respira plus fort.

Mais elle cessa de crisper les traits, et ses yeux s'ouvrirent, le transperçant d'un rayon d'or pur dans la pénombre de la tente.

— Vous ne m'avez pas laissé d'autre option.

— En effet. Je trouve vos notions sur la captivité extraordinaires. À la cour de votre oncle, ou celle de votre mère, de quelle générosité bénéficiaient les captifs et les esclaves ?

Aelfwynn le dévisagea. Cette fois, son air préoccupé sembla spontané, et non l'anticipation d'éventuelles violences à son égard. Thorbrand préféra cela. Si elle devait arborer ce genre d'expression.

— Je pense que vous le savez déjà, répliqua-t-elle.

— En effet.

Et ce fut seulement à cet instant qu'elle sembla remarquer qu'il s'était rapproché. Elle sursauta, les yeux braqués sur la main qu'il venait de placer sur son genou.

— Il y a très peu de choix possibles. Et cependant vous en avez déjà apprécié beaucoup. J'accepterai vos protestations reconnaissantes quand elles daigneront sortir de votre bouche. Car je suis bienveillant, n'est-ce pas ?

Il fit glisser sa main plus haut, et attendit.

La réponse d'Aelfwynn fut extrêmement satisfaisante.

Elle se raidit. Ses yeux s'agrandirent. Ses lèvres, telles des baies mûres, s'entrouvrirent. Elle leva les mains comme si elle avait l'intention de le gifler, puis les rabaissa avec sagesse.

— Bien joué, ma douce, murmura Thorbrand.

Et sous sa main, à travers la robe et les bas d'Aelfwynn, il sentit sa chaleur augmenter.

— Maintenant, restez tranquille.

Elle émit une sorte de gémissement étouffé à cet ordre, et il la sentit frémir contre lui. Mais elle ne leva pas de nouveau les mains. Ni ne gigota pour se dégager. Lentement, Thorbrand remonta sa robe, exposant ses jambes. La déballant tel le cadeau qu'elle était.

Et parce qu'il le pouvait, et le désirait ainsi, il prit son temps.

Il entendait son frère et son cousin à l'extérieur qui devisaient en irlandais autour du feu. C'était une nuit calme, aucun vent sifflant entre les branches qui aurait pu masquer une éventuelle approche ennemie. Cependant il savait fort bien qu'ils ne laissaient pas leur conversation les détourner de leur tour de garde.

Thorbrand avait la meilleure part de l'affaire. Il était étendu sur ses fourrures avec cette jolie créature en détresse devant lui, bien plus délicieuse à savourer que n'importe quel oiseau sur un bâton au-dessus d'un feu.

Et plus elle mordillait sa lèvre inférieure d'inquiétude de cette manière charmante, plus il était excité.

Cependant il prenait toujours son temps.

La robe d'Aelfwynn se retrouva bientôt retroussée jusqu'à la taille, découvrant l'intégralité de ses jambes, néanmoins toujours couvertes de ces bas épais qu'elle portait à même la peau. Thorbrand éclata de rire en découvrant la dague qui y était fixée.

— Avez-vous prévu de m'agresser ? demanda-t-il.

Elle eut l'air gêné jusqu'à ce qu'il tire sur la bande de tissu qui la maintenait. Puis elle pâlit.

— Je la portais pour me protéger pendant mon voyage. Je…

— Restez tranquille, répéta-t-il, plus rudement cette fois.

Il lança la dague et son étui vers ses bottes, sans la moindre intention de lui retourner l'arme à l'avenir.

Puis il commença à la masser. Il fit glisser ses mains le long des jambes d'Aelfwynn jusqu'à ses petits pieds couleur ivoire et aima beaucoup quand elle les recroquevilla sous son toucher. Il changea de position pour s'agenouiller à ses pieds et enfonça fermement les pouces dans ses plantes de pied. Et sourit lorsqu'elle émit un long soupir.

Contre sa volonté, s'il ne se trompait pas.

Thorbrand resta silencieux. Il lui massait les deux pieds en même temps. Puis il prit le temps d'apprécier le galbe des mollets avant de remonter vers ses genoux. Il prenait bien soin de la masser partout tandis qu'il continuait à remonter.

Cela aurait été bien mieux si ses jambes avaient été nues, mais il ne se faisait pas assez confiance pour s'arrêter là où il le voulait dans la leçon de ce soir-là s'il était confronté à la tentation de sa chair nue. Après la nuit précédente et les souvenirs qu'elle avait remués en lui, Thorbrand avait décidé de suivre le conseil de sa mère, et de prendre son temps. Si Aelfwynn était nue, il serait certainement perdu.

Car il n'avait jamais éprouvé une soif aussi puissante, ni un besoin si grand. Et même s'il savait qu'il se satisferait, et bientôt, il avait décidé que cette soirée était consacrée à la séduction.

Les plans qu'il avait pour Aelfwynn fonctionneraient bien mieux si elle n'avait pas seulement du désir, mais qu'elle le suppliait pour obtenir ses caresses.

Peu importait à qui elle le faisait penser, ou combien ses mains étaient souillées par le sang versé pendant ses batailles.

Il découvrit que plus il la caressait de la paume de ses mains, plus il trouvait les endroits où elle se raidissait et gémissait, et plus il s'appliquait à sa tâche.

Et il avait beau être atrocement tenté, il ne glissa ni l'une ni l'autre de ses mains entre ses jambes pour goûter sa vraie chaleur et sa douceur. Ou voir jusqu'où elle céderait.

Même si son désir pour elle le rendait fou.

Elle était excitée, les yeux à demi ouverts, et le regardait d'un air chaviré comme si elle était déjà complètement avertie des plaisirs du lit.

Vraiment, elle était pareille à un fruit mûr, cette Aelfwynn. Mûre, et douce.

Thorbrand s'arrêta, ses mains lui enserrant légèrement les hanches. Et pendant un long moment il ne fit que la contempler, cette princesse saxonne qui l'avait choisi plutôt que l'incertitude de la route. Ses cheveux blonds cascadaient de la tresse qui lui entourait la tête, l'ovale ravissant de son visage était rosi par un désir qu'il doutait qu'elle comprît. Encore mieux, elle n'était pas allongée telle une vierge sur un autel sacrificiel, destinée au dragon local, prête à subir ses flammes. Elle était souple entre ses mains. Pleine de désir.

— Thorbrand..., chuchota-t-elle.

— Tournez-vous, grogna-t-il.

Elle cligna des yeux, puis frissonna. Et Thorbrand fut très content d'avoir gardé ses vêtements. Car il eût été bien trop facile de renoncer à ces idées d'une lente séduction, de plonger en elle, et de lui prendre son sang de vierge tel son trophée avant de lui apprendre comment crier son nom sous l'emprise du plaisir.

Il sera bien assez tôt, se raisonna-t-il.

Un mauvais rameur blâme toujours la rame. Thorbrand préférait commencer par bien ramer et ne laisser aucune place pour le blâme. Aussi attendit-il, les mains toujours sur elle tandis qu'elle exhalait un soupir, puis se retournait sur le ventre comme il le lui avait ordonné.

— Écartez les jambes, ma douce, répéta-t-il, mais il n'attendit pas qu'elle obéisse.

Il les écarta lui-même, puis admira le joli tableau de la ravissante Aelfwynn étendue devant lui. Son cou élégant offert à ses yeux, la ligne gracieuse de son dos. Et mieux encore, son derrière rebondi offert si agréablement à sa contemplation.

Thorbrand commença par là, trop conscient des petits bruits aigus qu'elle faisait tandis qu'il pressait ses doigts dans la chair tendre. Il ne voulait même pas penser à son membre rigide où les pulsations devenaient insupportables.

Il continua jusqu'à ce qu'elle soupire de plaisir et

de soulagement. Seulement à cet instant redescendit-il le long de ses jambes. Une fois de plus il évita son intimité, empli d'un sombre pressentiment quand elle se tortilla et bougea inconsciemment pour la presser contre ses mains.

Il y aura bien assez de temps pour cela, se promit-il en continuant à la masser. Il aurait bientôt tout loisir d'explorer les secrets de sa captive avec ses mains, sa langue, ses dents.

Thorbrand dut employer toute sa volonté pour ne pas le faire sur-le-champ. Il devait se concentrer sur la simple tâche de soulager Aelfwynn des désagréments que lui avait causés ce voyage jusqu'ici. Parce qu'il allait lui prendre son innocence et la lier à lui, de cette manière, aussi sûrement qu'avec des chaînes en fer. La chaleur. Le désir. L'avidité. Un désir si intense qu'elle ne penserait qu'à lui appartenir.

Il valait bien mieux qu'il la réduisît en esclavage par sa propre chair. C'était ce qu'il avait décidé lors de cette longue et éprouvante journée à cheval. Quelque chose en lui l'avait amené à cette idée qu'il pourrait prendre cette femme qui n'avait rien en commun avec sa mère, et faire d'elle néanmoins le genre de femme que sa mère avait été pour son père. Capable d'élever des fils robustes, qui défendraient leur foyer, à sa manière féminine et toute personnelle, redoutable.

Sa longue garde dans la froidure la nuit précédente lui avait éclairci les idées, et il en remerciait les dieux.

S'il devait se souvenir du passé, il valait mieux qu'il s'en remémorât le plus important. Il n'avait pas protégé sa mère lors du jour fatidique de la bataille de

Dublin. Son père avait vécu assez longtemps ce jour-là pour tenir Thorbrand responsable de sa mort avant de succomber lui-même.

Depuis lors, Thorbrand avait passé son temps à recueillir autant de gloire qu'il le pouvait, pas pour lui-même mais pour les honorer tous deux. Afin de prouver aux dieux qui les avaient abandonnés ce jour-là qu'il n'était plus le guerrier lamentable qu'il avait été lors de ses quinze ans, et qu'il était devenu assez avisé en tant qu'adulte pour faire mieux qu'alors.

Son échec le hanterait à jamais.

Aelfwynn était un moyen d'en finir. Une démonstration des vœux qu'il avait juré de respecter, rien de plus. Thorbrand la protégerait et la garderait, parce que c'était ce qu'avait demandé Ragnall.

Il était tentant d'en vouloir plus, car il se souvenait très bien de la façon dont son père et sa mère riaient ensemble, surtout au milieu de la nuit quand ils étaient dans leur lit à l'autre extrémité du foyer de la cheminée. Il se rappelait s'être réveillé à ces bruits et aussitôt rendormi, rassuré de savoir que tout était pour le mieux dans son monde d'enfant.

Mais Thorbrand n'était plus ce petit garçon depuis bien longtemps.

Il savait trop bien que ce monde impitoyable ne permettait pas la sécurité. La sécurité ne serait pas ce qu'il offrirait à sa petite Saxonne. Thorbrand savait, et elle devrait le savoir aussi, qu'il n'y avait rien de sûr sur la Terre. Il n'y avait qu'un bref répit de temps à autre, si un homme était chanceux, entre les guerres.

Qu'importe, il la lierait à lui quoi qu'il en coûte. Le

destin était inconstant et les dieux prenaient parti selon leur bon plaisir, mais il connaissait le désir. Il connaissait ce besoin absolu. Et il savait que la tâche de la protéger, selon les désirs de Ragnall, serait bien plus aisée s'il n'avait aucun désir personnel de son côté.

Cela commençait ici. Maintenant. Comme ceci.

Il ne lui demanda pas de se retourner de nouveau, il s'en chargea lui-même. Puis il s'allongea à ses côtés et l'enveloppa tout contre lui. Il adora la sensation de ses colliers qui ruisselèrent dans son cou. Et sa robe de laine douce, toute remontée, ses bas toujours visibles. Thorbrand posa de nouveau la main sur sa cuisse, puis la laissa errer sur son flanc et s'arrêter juste en bas de son corsage.

Et il éprouva une profonde satisfaction virile quand elle soupira de nouveau. Elle avait les yeux plus dorés que jamais, les paupières lourdes, et n'arrivait pas à soutenir son regard.

— Dites-moi que vous connaissez le plaisir qu'un homme prend auprès d'une femme, murmura-t-il.

Il l'observa tandis que l'éclat de ses yeux se ternissait. Et la sentit se contracter sous la paume de sa main.

— C'est le devoir d'une épouse de se soumettre à son mari.

— Cependant je vois que cette perspective ne vous enchante pas.

— J'espère seulement que ma soumission vous satisfera, dit-elle tout bas en baissant les paupières pour qu'il ne lise pas l'expression de son regard. Afin que vous ne me fassiez pas de mal.

Cela laissa Thorbrand perplexe que ces paroles puissent

l'émouvoir à ce point. C'était étrange, comme si elles laissaient des blessures, profondes et dangereusement proches de choses très laides.

— Et si je ne peux vous promettre cela ? demanda-t-il, tandis qu'il ne cessait de tracer des runes sur le ventre d'Aelfwynn du bout des doigts.

Ce qu'il désirait réellement, c'était faire du mal à ceux qui auraient dans l'idée de la violenter. Et ne pas le faire lui-même. Mais il se garda bien de dire ce genre de choses, pas à une femme qui était sa captive.

Elle ouvrit les yeux, et son regard était tout à fait assuré.

— Alors je puiserai du courage dans mes prières, prendrai exemple sur les martyrs et supporterai la situation.

— Voilà de bien jolies paroles, Aelfwynn. Que savez-vous réellement de la véritable endurance, je me le demande.

Il aurait pu lui parler de traversées en mer qui avaient pris plus de vies qu'un champ de bataille. Des longues marches et des attentes interminables, et la récompense pour pareille patience n'étant rien d'autre qu'une nouvelle bataille.

— Qu'avez-vous enduré ? insista-t-il.

— Jusqu'à maintenant, je me risquerais à dire que mon endurance se résume à deux jours passés aux mains d'un Viking, ce qui n'est pas rien.

Il attendit, en haussant simplement un sourcil, tandis qu'elle devenait littéralement écarlate. Et il fut de nouveau frappé par les contrastes qui cohabitaient chez cette femme.

Cette innocente douce et soumise à laquelle il s'attendait après sa confession de la veille. Elle était pourtant une fière princesse mercienne qui n'arrivait pas tout à fait à le cacher. Ses paroles la trahissaient sans cesse.

Thorbrand remarqua que lorsque Aelfwynn se détendit sa main se posa sur son ventre. Il s'appuya sur un coude pour scruter son visage.

— Et je suis réellement reconnaissante, Thorbrand, que vous ayez jusqu'à maintenant contenu vos mains à des massages apaisants.

Il aurait bien décidé que c'était le moment parfait pour une leçon, s'il n'avait aperçu les ombres dans cet or liquide qui avait déjà fait de lui un homme jaloux. Il en voulait plus. Et il voulait qu'elle étincelle. Ses ombres ne l'intéressaient pas.

— Je vois de la peur dans vos yeux, dit-il, ravi aussitôt qu'elle ne s'écarte pas instinctivement de lui et soutienne son regard. J'aimerais connaître vos craintes.

— Afin de les vaincre ?

Thorbrand intensifia très légèrement la pression de sa main sur son ventre.

— Si vous ne me craignez pas, ma douce, alors les rumeurs que j'ai entendues vous concernant doivent être vraies. Vous devez être réellement peu avisée, incompétente et mal préparée, non seulement pour les défis que vous impose le fait d'être la fille de votre mère, mais aussi pour toute vie qui ne serait pas simple et régie par les règles d'une abbaye.

Aelfwynn haussa le menton à ces mots, mais les ombres de son regard disparurent.

Puis Thorbrand se demanda pourquoi il s'en souciait.

Pourquoi était-il important que cette femme qui était déjà sienne, doive… quoi ? Penser du bien de lui ?

Il aurait dû s'en préoccuper s'il avait prévu de prendre femme selon l'ordre naturel des choses, mais sa vie n'avait jamais été paisible et ordinaire. Jamais plus depuis qu'il n'avait pu sauver sa mère. Puis il l'avait enterrée avec son père alors qu'il était encore à peine sorti de l'enfance.

« Tu es un homme désormais », lui avait dit Ragnall en posant lourdement la main sur son épaule. « Tu dois chanter en l'honneur de ton père, ajouter tes couplets aux siens, afin que tous connaissent sa gloire désormais au Valhalla. »

Thorbrand avait longuement dévisagé Ragnall, accablé par la honte de la condamnation implicite de son père.

Et s'était demandé pourquoi personne n'avait vu que c'était en fait sa salvation.

« Qu'il en soit ainsi », avait-il répondu avec ferveur.

« Oui, ce sera ainsi », avait renchéri Ulfric, qui n'avait qu'un hiver de moins que lui, mais n'en était pas moins véhément.

Il s'était battu depuis. Aucun répit pour des travaux de ferme, ni mariage ni disputes pour des parcelles de terre comme tant d'autres. Les batailles, uniquement. Le sang.

Et il considérait toujours que déroger à cela serait comme une trahison de la mémoire de ses parents. Au plus profond de lui-même, parfois, il rêvait d'un endroit tranquille loin du vacarme des champs de bataille, où il utiliserait la puissance de ses épaules à pousser une charrue plutôt qu'à manier une épée. Afin de construire, au lieu de détruire. Mais il savait très bien ce qu'il leur devait, et qu'il ne pourrait jamais rembourser.

Il aurait pu renoncer à ce rêve si on le lui avait demandé. En réalité, il avait été choqué lorsque son roi lui avait expliqué ce qu'il devrait faire de sa captive mercienne.

« Tu es le seul en qui je puisse avoir confiance pour réussir », lui avait dit Ragnall.

L'homme qui était à bien des titres le deuxième père de Thorbrand, dont le sang avait coulé avec le sien, au moment où il n'avait rien lu d'autre que de l'accusation dans le regard de son père mourant.

Le moindre détail en était encore gravé dans son esprit.

« Car je sais que non seulement tu la protégeras, puis la lieras à toi, mais que tu t'assureras aussi qu'elle se portera au mieux jusqu'à ce que j'en aie l'utilité. »

« J'en serai honoré », avait répondu Thorbrand spontanément, même si ces paroles le dérangeaient quelque peu.

Et il lui déplaisait profondément que, dans cette tente de toile et au milieu de ces fourrures, toujours en plein territoire mercien, il se surprenne à penser de moins en moins à son serment et à son devoir, et bien plus à la douceur et à l'apaisement.

S'il n'avait su que les chrétiens ne supportaient pas de telles choses, il l'aurait bien qualifiée de sorcière.

Il sentit Aelfwynn trembler sous sa main, alors qu'elle ne le quittait pas des yeux.

— Me faites-vous attendre votre réponse ? lui demanda-t-il. Est-ce sage ? Je vous ai dit que je connaîtrais vos craintes.

— On m'a dit que c'était douloureux, finit-elle par avouer.

Thorbrand reporta son attention sur le ventre de sa captive, et les runes qu'il y dessinait du bout des doigts.

Encore une, puis une autre. Pour la protection, et il se persuada qu'il ne le faisait que parce que protégée elle servirait mieux son roi. Et non parce qu'il ressentait ses craintes. Qu'importait s'il sentait aussi son excitation.

— Il y a bien des choses dans la vie qui peuvent être douloureuses. Cela ne veut pas dire pour autant qu'elles le sont toutes.

Elle ne respirait pas paisiblement, mais ce n'était pas non plus un souffle terrifié.

— Et quelle est la différence ?

Il plongea son regard dans le sien sans sourire.

— Le talent du protagoniste.

Thorbrand douta qu'elle comprît le sens de ses paroles, mais quelque chose avait dû lui faire forte impression, car ses yeux s'agrandirent et prirent la nuance plus sombre qui lui plaisait par-dessus tout.

— J'ai vu des hommes et des femmes s'accoupler, murmura-t-elle comme si elle confessait un terrible péché, la frénésie, la souffrance.

— La souffrance… C'est une manière de le décrire, en effet.

Elle commençait à froncer les sourcils, sans aucun doute parce qu'il ne semblait pas pouvoir dissimuler son amusement.

— Le nierez-vous ?

— Non, pas du tout. Car que serait la vie sans une touche de souffrance ?

— De toutes les personnes qui m'en ont parlé, c'était ma mère la plus opposée à ces pratiques.

— Votre mère était une femme bien originale.

Et dans la bouche de Thorbrand, ce n'était pas un compliment.

Aelfwynn le considéra un moment.

— Si elle avait été le frère de mon oncle, je crois qu'on aurait moins glosé sur son originalité, et plus sur sa façon de conserver le pouvoir.

— Si elle avait été le frère de votre oncle, je doute qu'elle aurait passé tout ce temps à remplir la tête de sa fille de craintes qui ne pouvaient que l'angoisser pour sa nuit de noces.

Il dessina une autre rune, *inguz*, symbole de renouveau et de fertilité entre un homme et une femme. Pas de runes symbolisant la sécurité, il se garderait bien d'y croire.

— Seules les femmes racontent ces histoires de souffrance aux jeunes filles inexpérimentées. Dans quel but ?

Aelfwynn changea légèrement de position, toutefois sans tenter de se débarrasser de sa main sur elle.

— Je crois que vous sous-estimez à quel point une femme doit être préparée, expliqua-t-elle, en le regardant brièvement. Car comment pourrait-elle se dévouer à ce que l'on attend d'elle si elle ne l'était pas ? Il n'est pas facile de tisser la paix avec un fil cassé.

— Nous sommes tous destinés à accomplir notre devoir, dit doucement Thorbrand.

En fait, était-il en train de tracer des runes sur elle,

ou essayait-il de s'approprier sa chaleur ? C'était une sensation étrange.

— Vous ne croyez peut-être pas au destin, ma douce. Mais il nous guide tous néanmoins. Votre mère aurait mieux fait de vous enseigner cela et de vous avoir épargnée.

— Ma mère ne s'est jamais retrouvée prisonnière, rétorqua Aelfwynn, avec cet esprit incisif qui lui plaisait tant. Elle aurait pensé que seul son nom aurait suffi à m'épargner pareille destinée.

— Rien ne peut vous épargner votre destin, Aelfwynn.

Il dessina encore d'autres runes sur son ventre à peine rebondi.

— Vous me céderez votre innocence. La seule question sera de savoir quand.

Elle frissonna légèrement, même si Thorbrand lisait encore l'embrasement dans son regard. Il le sentait sous sa main, son corps se préparait pour lui.

— Sont-ce là vos craintes, alors ? demanda-t-il.

Aelfwynn était déjà empourprée, mais elle devint écarlate, un peu plus à chaque souffle.

— Je confesse que je ne comprends pas que l'acte de copulation puisse être si douloureux et à la fois si banal que des femmes proclament dormir pendant qu'il s'accomplit.

Thorbrand ne réussit pas à réprimer son hilarité.

— Je vous le répète, c'est une question de talent.

— Je ne comprends pas.

Il ressentit soudain une curieuse bouffée de tendresse pour Aelfwynn alors qu'elle était allongée là, tremblante sous ses effleurements.

En dépit de son menton levé de façon mutine, alors qu'ils savaient tous deux qu'à tout moment il pouvait prendre ce qu'il désirait, elle ne pouvait pas faire grand-chose. Il n'avait pas l'intention de faire l'essai. Car il avait faim d'elle, oui, il était plus affamé qu'il ne l'avait jamais été d'aucune femme, mais c'était plus que cela.

Il voulait aussi terriblement l'apaiser.

Parce que c'était le chemin le plus sage, se persuadait-il.

— C'est comme une épée, continua-t-il.

Elle exhala un soupir d'impatience.

— Ce sont toujours des histoires d'épées. Il y a trop d'épées dans vos histoires.

Il s'esclaffa de nouveau.

— En effet. Mais vous savez certainement que même si tout homme peut tenir une épée et la manier, cela ne fait pas pour autant de lui un guerrier. Il faut de l'entraînement pour cela, je le crains. Du talent. Et un certain art.

— Lorsque je désire parler des choses terrifiantes que font les hommes, pourquoi me retrouvé-je toujours en train de parler d'épées ? demanda Aelfwynn, l'air sincèrement indigné et stupéfait.

Que les dieux le protègent, mais… cette femme plaisait à Thorbrand.

Mauvais présage, alors que cette princesse saxonne serait l'instrument de Ragnall. Mais il ne voulait pas y penser en cet instant. Pas ici.

— Si vous insistez, lâcha-t-il, je vais vous le montrer.

— Vous ne voulez pas dire…

Il lut aussitôt la méfiance dans son regard.

— Est-ce là que vous allez vous allonger sur moi et

vous agiter frénétiquement jusqu'à ce que je pleure et que vous soyez satisfait ?

Thorbrand ne pouvait pas dire qu'il avait prêté beaucoup d'attention au comportement des hommes jusqu'à ce jour. Et cependant si ce n'était pas là une condamnation sans appel de la majorité d'entre eux, qu'était-ce d'autre ?

— Je vous promets qu'il n'y aura pas d'agitation frénétique, répliqua-t-il sèchement. De plus, vous n'avez pas à redouter que je vous saute dessus pour accomplir l'acte. Ne vous en préoccupez pas du tout. Si vous ne le souhaitez pas, vous n'aurez même pas besoin d'être allongée sur le dos.

Et lorsque les yeux d'Aelfwynn s'illuminèrent à ces paroles, Thorbrand ne put décider s'il était fier de l'avoir ravie aussi facilement. Ou plutôt extrêmement honteux qu'elle n'eût pas la moindre idée de ce qu'il voulait dire, et, c'était évident, pas la moindre notion sur le fait qu'il existait entre homme et femme des plaisirs autres que rester allongée sur le dos et subir.

— Êtes-vous sincère ? insista-t-elle dans un murmure, comme s'il lui avait offert des bourses remplies d'or.

— Je dis rarement des choses que je ne pense pas.

Il l'attira contre lui, de sorte qu'elle se retrouva une fois de plus contre sa poitrine.

— Maintenant vous êtes sur moi, Aelfwynn. Quel danger courez-vous à présent ?

Son regard était si débordant d'espoir et de soulagement que Thorbrand fut stupéfait de réussir à se retenir de lui écarter les jambes et plonger aussitôt en elle, qu'importait ce qu'il avait promis, et qu'elle fût encore rompue de sa journée en dépit des massages apaisants qu'il lui avait prodigués.

Mais il était un homme de parole, toujours. À quoi servait l'honneur si un homme ne s'en préoccupait que lorsque d'autres pouvaient le voir ?

Il joua avec quelques mèches blondes échappées de sa tresse et constata qu'il ne s'était jamais imaginé en saint et martyr comme il l'était de toute évidence ce soir-là. Qui savait, peut-être un chrétien potentiel rôdait-il au fond de lui-même, finalement ? Il lui faudrait faire des sacrifices aux vrais dieux, très vite, et leur offrir du sang. Mais pour le moment, il n'y avait que cela. Il n'y avait qu'elle.

Et ce qu'il avait promis à Ragnall qu'il ferait.

Une tâche qui ne serait que plus plaisante s'il éveillait lentement cette jeune princesse à toutes les façons dont elle pourrait être séduite par lui.

Aussi sourit-il, sombre, tourmenté, et apprécia-t-il beaucoup l'écho de son propre désir sur le visage d'Aelfwynn.

— Et maintenant, Aelfwynn, dit-il, savourant la douceur de miel de son nom sur sa langue, je crois qu'il est enfin temps pour cette faveur. Je demanderai un baiser.

Chapitre 7

Nē sceal man tō ǣr forth nē tō ǣr fægen.
« On ne devrait jamais être trop vite craintif ni trop vite heureux. »

Les Proverbes de Durham,
traduits par Eleanor Parker

Aelfwynn avait l'impression de ne plus s'appartenir. Elle avait peine à comprendre ce qu'il venait de se passer dans cette tente. Qu'il eût remonté sa robe jusqu'à sa taille, la dénudant devant lui. Qu'il eût trouvé la dague, s'en fût emparé et qu'elle n'eût pas un instant protesté. Et elle avait d'ailleurs oublié tout cela, en fait, parce que les énormes mains de Thorbrand pressaient et malaxaient la chair de ses jambes jusqu'à ce qu'elle eût l'impression qu'elles n'étaient plus les siennes.

Aelfwynn n'avait jamais su ce qu'était l'attirance, alors que les prêtres s'emportaient dans leurs discours sur les moments où cela était permis, et où cela ne l'était pas. Elle n'avait jamais compris le sens de leurs mises en garde sévères contre les pensées impures et les attouchements coupables de péché qui s'ensuivaient.

Mais ce qu'elle considérait comme un attouchement n'était absolument pas ce que les prêtres interdisaient.

Elle avait découvert bien des choses nouvelles et troublantes ce soir-là.

Car elle ne s'était jamais sentie aussi coupable. Prête à commettre le péché, étouffée par les flammes qui la consumaient et s'intensifiaient sans répit tel un feu de forêt sauvage. Là où les mains du Viking l'avaient touchée à travers ses bas, encore et encore, et à d'autres endroits, où il ne l'avait pas même effleurée.

Et voilà que cette montagne de Viking la considérait avec gravité, de ses yeux sombres qui la provoquaient sans cesse, et lui demandait un baiser.

Alors qu'il aurait pu prendre ce qu'il désirait n'importe quand. Pourquoi insistait-il de cette manière ? Améliorait-il les choses ou les rendait-il pires ?

Mais elle ne pouvait penser à cela maintenant, pas avec la perspective de l'embrasser, qui la consumait des pieds à la tête.

Une âme ne sait pas réellement comment combattre avant de savoir également comment se rendre, songea-t-elle. *Avec grande piété*.

Car c'était cela, et non son immoralité, qui lui faisait désirer de s'étendre sur sa poitrine. En pressant ses seins contre lui, parce que cette sensation était indéniablement un nouveau délice.

Il avait joué avec ses mèches éparses, mais lorsqu'elle se retrouva sur sa poitrine, une main de Thorbrand se posa alors sur sa joue. Et l'autre doucement sur sa fesse, d'une manière qu'elle aurait dû trouver totalement répréhensible. Ce qu'elle ne fit pourtant pas.

De plus, c'était sûrement encore la même magie qu'il avait employée. C'était médicinal, sans aucun doute. Il devait être un guérisseur, en conclut Aelfwynn avec solennité. Et il n'était pas l'hérétique qu'elle voulait avec ferveur se persuader qu'il fût.

— Je n'ai jamais embrassé un homme, confessa-t-elle, alors qu'elle s'était rapprochée de sa bouche fascinante sans même y penser.

Et d'aussi près, comment prétendre ne pas remarquer qu'il avait beau être immense, rude et terrifiant, il n'en était pas moins très beau ? Ses cheveux et sa barbe noire lui fouettaient le sang.

Et ses yeux, si sombres et toujours si perçants quand il la contemplait, lui donnaient envie de pleurer.

Mais des larmes différentes de celles que l'on versait d'ordinaire.

— Permettez-moi, murmura Thorbrand.

Aelfwynn fut abasourdie. Elle sentait son souffle sur ses lèvres. Et était délicieusement déchirée, entre la chaleur de la paume du Viking sur sa joue, la solidité de sa poitrine, et la chaleur étourdissante qui montait en elle…

Et lentement, presque précautionneusement, il posa sa bouche sur la sienne.

Elle crut rire, ou perdre son souffle, tant cette sensation lui était étrangère.

Aelfwynn n'avait jamais beaucoup songé à ses propres lèvres, mais elle connaissait leur forme, leur douceur rebondie. Les siennes s'y appliquèrent parfaitement, avec détermination, et cependant tandis qu'il les pressait sur les siennes, il y eut… quelque chose d'autre.

Qui embrasa le bas de son ventre, à peine.

De plus il y avait la barbe de Thorbrand, et le picotement de ces poils sur son visage aurait dû être horrible. Mais plutôt que tenter de se dégager, comme si elle avait été plongée dans un chaudron et mise à bouillir, Aelfwynn découvrit que ce n'était pas horrible du tout.

Il émit une sorte de grognement, tout bas, presque comme un bourdonnement, et elle fut émerveillée de l'entendre à la fois dans sa bouche et dans ses oreilles. Plus encore, d'éprouver la chaleur de toutes les parties de son corps qu'il avait touchées.

Puis Thorbrand la lécha.

Aelfwynn se recula vivement, surprise, et il éclata de rire, en cherchant toujours sa bouche avec la sienne.

— Vous m'avez léchée ! s'indigna-t-elle.

— Faites-le à votre tour, femme, grommela-t-il avant de capturer sa bouche de nouveau.

Elle en eut le vertige. De toutes les choses écœurantes qu'Aelfwynn avait pu voir du coin de l'œil dans trop de grandes salles pour se souvenir desquelles, tout en observant attentivement si personne ne la regardait de trop près, elle n'avait jamais cru que ce qu'elle voyait était… des langues… qui se léchaient.

Mais Thorbrand savait ce qu'il faisait. Il n'attendit pas sa réaction, mais s'insinua doucement dans sa bouche, et Aelfwynn, à son grand étonnement, se sentit capable d'y répondre.

Et elle eut l'impression… de bouillir et fondre à la fois.

Ce fut un choc absolu, une explosion de nouvelles

sensations en elle. À chaque effleurement de leurs langues elle se sentait tel du fer en fusion dans l'atelier d'un forgeron, et quand bien même cela aurait dû la terrifier, c'était tout le contraire.

Dût-elle s'en repentir plus tard, c'était délicieux.

Thorbrand fit un mouvement de sa main qui déplaça sa tête, l'entraînant dans un tourbillon brûlant. Tout se résuma aux glissements de ses lèvres, à la pointe de sa langue, à la façon dont il la capturait, la faisait sienne, encore et encore.

Et cependant Aelfwynn en savait assez pour comprendre que ce n'était pas l'acte en lui-même. Cela ne mettrait pas un terme à sa virginité. Tout d'abord, elle n'était pas dans la bonne position, comme un peu plus tôt, attendant qu'il la montât. C'était la chose dont l'avait avertie sa mère, pour des raisons bien différentes de celles des prêtres. Et puis Aelfwynn portait des vêtements, certes moins que ce qu'elle aurait dû, mais elle les portait quand même.

Elle comprit alors une nouvelle chose sur elle, non moins choquante.

Si cela était un péché, alors elle était une vraie pécheresse, car elle aurait tout fait pour embrasser Thorbrand sans répit.

Il déplaça sa main et s'écarta. Puis il la maintint légèrement à courte distance, alors qu'elle aurait voulu continuer à l'embrasser.

— Ce n'était qu'une petite faveur, Aelfwynn, dit-il doucement.

Et elle ne put déceler si elle était troublée ou contrariée par son ton empreint de moquerie, qu'elle ne lisait que trop bien dans son regard sombre scintillant. Et plus elle le regardait, plus elle se rendait compte que ses yeux n'étaient pas du noir épouvantable que son imagination avait attribué à un pillard viking, mais d'un bleu extrêmement foncé.

Elle ne comprit pas non plus pourquoi elle n'en frissonna que plus.

— Mais je voudrais…, commença-t-elle, sans trop savoir ce qu'elle voulait d'ailleurs, cependant elle était certaine que cela commençait par sa bouche de nouveau sur la sienne.

— Aelfwynn, nous en avons déjà parlé, dit-il sans rire, même si elle sentait qu'il n'en était pas loin. La question n'est pas ce que vous voulez. Mais ce que je veux, moi. Et maintenant, je vous souhaite de bien vous reposer. Il reste encore de nombreuses journées de voyage.

Thorbrand l'entoura de ses bras comme la veille. Il s'installa confortablement dans les fourrures et en déposa une sur elle, les couvrant tous deux. Puis, comme s'il n'avait pas remarqué qu'elle le foudroyait du regard, il se contenta de fermer les yeux.

Quelques instants plus tard, il se mit à ronfler.

Aelfwynn se persuada qu'elle ne pouvait pas dormir. Et qu'elle était trop affectée par ce qui venait de se passer pour voir la réalité. Peut-être avait-il abusé d'elle à l'instant et fait comme s'il ne s'était rien passé. Elle se sentait bizarre, avec une tension étrange entre les jambes, peut-être avait-elle attrapé une fièvre ? Mais elle était certaine que Thorbrand était responsable de tout cela.

Pourtant il ronflait.

Elle resta allongée, fulminante. Persuadée qu'elle resterait ainsi, à contempler sans but les lueurs du feu à l'entrée de la tente, jusqu'à l'aube.

Mais elle se rendit compte en se réveillant qu'elle avait dormi profondément.

Et le voyage reprit son cours.

Chaque journée pareille à la précédente.

Les hommes se levaient à l'aube, parfois même avant. Ils prenaient leur petit déjeuner avec les provisions qu'ils avaient apportées pour ce voyage, levaient le camp dès qu'ils avaient mangé et se mettaient aussitôt en route.

Aelfwynn étanchait sa soif avec des poignées de neige, de plus en plus abondante alors qu'ils allaient vers le nord, à chaque fois qu'ils faisaient halte. Mieux valait cela que boire à l'outre de Thorbrand. Elle n'en avait que trop l'impression de l'embrasser de nouveau. Leif et Ulfric se relayaient pour chasser et ne revenaient jamais bredouilles, même si le butin allait du gibier habituel jusqu'à de plus petites créatures de la forêt, en fonction des endroits où ils s'arrêtaient.

Ils chevauchaient toute la journée, et chaque soir après leur dîner Thorbrand la conduisait dans sa tente et la soulageait des fatigues du jour.

Aelfwynn commençait à ne plus penser à rien d'autre qu'à ce qui se passait dans la douceur de ses fourrures. Et pas à ce qui l'attendait au bout de ce voyage. Ni à ce qu'elle avait laissé derrière elle sur cette route désolée. Seule la façon dont ses mains la massaient lui faisait désirer… des choses.

Elle avait envie de se débarrasser de sa chemise de dessous et de ses bas, parce qu'elle voulait sentir les mains de Thorbrand sur sa peau nue. Et sa peau nue contre la sienne. Ces pensées étaient si choquantes qu'elles l'empêchèrent de dormir la première nuit où elle se permit de les formuler clairement, tant elle était certaine que Dieu la punirait.

Et pourtant, elle était toujours vivante.

Et emplie de désir. Sans pouvoir trouver en elle comment considérer ces désirs impurs.

Chaque soir, quand Thorbrand avait fini de la masser et qu'elle se sentait détendue et vulnérable, telle de la cire, il la juchait sur sa poitrine et lui en apprenait toujours plus sur l'art d'embrasser.

Aelfwynn avait vu beaucoup de baisers dans sa vie. Les cérémonieux, sur la main de sa mère. Ou sur la bague de son oncle. Et les autres qui n'étaient qu'une partie des attouchements dans les recoins sombres, avec de petits cris qu'elle ne comprenait pas.

Et voilà qu'elle s'en languissait.

Parfois Thorbrand l'embrassait paresseusement, se contentant de jouer avec elle, et elle en était consciente. Elle comprenait sa façon de sourire et de la taquiner. Et même si elle n'osait pas le lui demander, Aelfwynn savait fort bien qu'il agissait délibérément. Il savait ce qui déclenchait le feu en elle. Il aimait à l'embraser, pour son propre plaisir. Parfois elle se frottait contre lui, d'une manière irrépressible, jusqu'à ce qu'il se mette à rire de ce rire profond qui résonnait jusqu'au fond de ses oreilles.

Détestait-elle cela, ou au contraire le désirait-elle ?

Souvent, cependant, il n'était pas paresseux du tout.

Et elle comprenait de mieux en mieux le langage des

épées, car c'était un duel que tous deux devaient perdre, ou gagner. Rien n'était suffisant. Sa langue comme une arme, ses mains sur le corps fébrile d'Aelfwynn, tandis qu'ils semblaient s'affronter pour s'approcher de plus en plus de ce brasier qui se déchaînait sans contrôle en elle.

Et pourtant Thorbrand la relâchait toujours, lui enjoignait de dormir et la rendait ainsi furieuse.

— Et si je ne souhaite pas m'arrêter ? demanda-t-elle la troisième nuit, téméraire.

— Ce n'est pas à vous de décider ce qui se passe ici, dit-il, les yeux brillants, c'est à moi.

— Mais vous êtes un Viking. Réputé dans le monde entier pour prendre ce que bon vous semble. Pourquoi… ?

Mais elle se rendit compte de ce qu'elle lui demandait. De ce qu'elle voulait. Était-elle donc devenue si dépravée ? En quelques jours à peine ?

Le sourire de Thorbrand lui donna des frissons.

— Je n'ai aucun désir de faire de vous une martyre, Aelfwynn.

Et cette nuit-là il lui fallut plus de temps pour s'endormir. Parce qu'elle avait toujours cru que ces choses qui se passaient entre un homme et une femme étaient un sacrifice, n'était-ce pas la vérité ? Cependant si s'embrasser de la sorte en était une indication, alors c'était loin d'être un sacrifice.

Aelfwynn se dit qu'elle devait y réfléchir. Ce qu'elle fit, jusqu'à ce que la chaleur de Thorbrand la plongeât dans son profond sommeil habituel.

Ce fut le jour suivant que quelque chose changea. Tôt dans la matinée, à peine quelques heures après leur départ, leur allure se ralentit. Aelfwynn vit les hommes se regarder, et Leif aboya quelques mots en irlandais. Cela semblait assez jovial pour que même Ulfric esquisse un sourire.

Les hommes de Thorbrand partirent en avant, avec Leif qui bramait le genre de chanson plus appropriée lors d'une soirée avinée dans une grande salle que dans la campagne engourdie par la froidure de décembre.

— Que s'est-il passé ? demanda Aelfwynn, tout en s'étonnant de se sentir aussi à l'aise en selle, entre les bras de Thorbrand.

Il reposait souvent sa main puissante sur sa jambe, comme si c'était la sienne. Elle s'y était habituée, ainsi qu'au confort de sa large poitrine dans son dos.

Et pas de sacrifice en vue, apparemment, se raisonna-t-elle.

— Nous venons de dépasser les dernières implantations danoises au nord des Cinq Régions, rien de plus, lui répondit Thorbrand d'un ton nouveau. Nous sommes près de Jorvik. Et désormais sous l'autorité de notre roi.

— Jorvik ? s'exclama Aelfwynn, avec la sensation soudaine que la main sur sa cuisse pesait telle une pierre. Mais je croyais…

— Que Jorvik était dans le fief de votre mère, peut-être ? Ou celui de votre oncle, à sa place ?

Thorbrand s'esclaffa si fort qu'Aelfwynn s'attendit presque à ce que la neige tombe de toutes les branches qui les entouraient.

— Que vous imaginiez-vous donc, princesse ? Que tandis que vous priiez pour la Mercie le reste du monde vous attendait ?

— Votre roi a pris York ?

Le rire de Thorbrand cette fois fut tout sauf joyeux.

— Il en a pris possession en juin, autant que vous le sachiez. Ragnall revendique en fait toute la Northumbrie, et pourtant il a dû perdre du temps à réprimer une insurrection à Jorvik, lancée par les Danois chrétiens qui auraient préféré être dirigés sous la douce férule de votre mère plutôt que sous la sienne.

— Ma mère a bâti un nouveau bourg fortifié chaque année, après la mort de mon père, répliqua Aelfwynn, piquée comme si cela avait été une attaque personnelle.

Comme si elle devait endosser le même rôle que ces bourgs fortifiés destinés à résister aux Danois venus de l'est, aux Vikings tels Thorbrand et son roi agressif, ainsi qu'à tous les indésirables qui s'aventuraient en ces terres.

— Il n'y avait rien de doux chez elle, continua-t-elle, et ceux qui voulaient piller son royaume l'ont appris à leurs dépens.

— Nous l'avons tous appris, lui accorda Thorbrand d'un ton sinistre. Ma famille et moi-même nous sommes battus aux côtés de Ragnall sur l'île de Man, et l'avons couronné roi ensuite. Mais tous les Vikings que les rois de Dublin ont expulsés se souviennent fort bien des œuvres de votre mère à Chester.

Aelfwynn se souvenait aussi de cette victoire éclatante à Chester contre les Vikings, mais jugea plus avisé de ne pas dire à l'homme qui la tenait entre ses bras, et pouvait l'anéantir à tout moment, que cette épopée que l'on chantait lors des soirées dans les grandes salles de Mercie et du Wessex avait toujours les faveurs du public. Aethelflaed, agissant pour le compte du père d'Aelfwynn terrassé par sa longue maladie, s'était rendue au nord pour affronter les Vikings irlandais expulsés, qui avaient exigé qu'on leur donne des terres à Chester. Leurs prières n'ayant pas été entendues, ils avaient ensuite attaqué la ville. Aethelflaed s'était tout d'abord battue devant les portes, pour leurrer les assaillants, puis s'était retirée à l'intérieur de la ville, afin d'y attirer l'ennemi. Qui avait été massacré. Les habitants de Chester avaient contribué à cette victoire, en versant de la bière depuis les remparts, ainsi que des nids d'abeilles pour repousser les assaillants.

Âgée de sept ans seulement à l'époque, Aelfwynn n'était pas allée à Chester avec sa mère, mais cela avait longtemps été l'un de ses récits préférés. N'était-ce pas là le reflet parfait de ce qu'était sa mère ? Astucieuse et brave. Se faisant faussement passer pour téméraire, puis renversant la situation et remportant la victoire grâce à un plan rusé bien établi à l'avance.

Comme elle lui manquait, encore aujourd'hui !

— Mieux vaut se réjouir de la reprise récente de Dublin par votre peuple, à mon avis, plutôt que se lamenter sur d'anciennes batailles à Chester, déclara Aelfwynn de son ton sentencieux réservé à la politique, dès que le sujet abordait les sempiternels carnages déclenchés par les guerres incessantes.

— J'ai pensé à peu d'autres choses ces deux dernières années, grommela Thorbrand.

Sa main lui parut plus lourde et plus chaude, mais il ne ralentit pas l'allure de leur cheval. Aelfwynn prit cela pour une victoire personnelle.

— Nous nous sommes en effet réjouis, continua-t-il. Nous avons pris la mer avec Ragnall, pour Waterford.

Nous avons combattu pour Sitric, le cousin de notre roi à Cenn Fuait, et notre retour à Dublin sera célébré pendant très longtemps à travers les âges. Dublin reprise, nous sommes revenus sur ces rivages d'Angleterre et avons défait Causantín mac Aeda et ses Écossais, qui ont refusé de se rendre. Peu importait. Nous avons ensuite marché sur Jorvik et l'avons prise, en dépit des machinations de votre mère et de ses alliés.

— Alors vous devriez peu vous inquiéter des complots qui ont pu être ourdis de son vivant, si la ville a été si facile à prendre.

C'était une erreur. Aelfwynn le sut dès que les mots furent sortis de sa bouche, incisifs tel l'air vif autour d'eux. Elle le sut quand elle sentit Thorbrand se crisper, même si c'était à peine perceptible, comme s'il se retenait.

— Ne vous inquiétez pas, ma douce, dit-il après un moment, mais d'une voix dure, et le mot affectueux dont il avait usé pour elle ressemblait plus à un avertissement qu'autre chose. Un homme avisé sait quand il doit faire le gros dos et attendre le printemps.

Puis il ne dit plus rien. Cependant la menace restait en suspension entre eux.

Aelfwynn s'inquiéta... Elle ne savait que trop bien que si sa mère avait vécu, York aurait été sous son contrôle et ne s'appellerait pas désormais Jorvik. Elle aurait contrôlé aussi la majeure partie de la Northumbrie du Sud dans la même campagne. Et peut-être aurait-elle même exécuté le roi de Thorbrand, le très redouté Ragnall. Qui, avec le reste de sa nombreuse parentèle assoiffée de sang, revendiquait un grand-père commun en la personne d'Ivar le Désossé. Les exactions sanguinaires de ce dernier étaient encore contées et chantées en guise d'avertissement aux jeunes hommes de Mercie, afin de les inciter à exceller au combat pour ne pas être exterminés par ces étrangers sauvages.

Était-ce là que la conduisait Thorbrand ? Auprès de Ragnall, pour l'offrir telle une vengeance contre la femme qui avait failli prendre ce qu'il revendiquait pour lui ?

Mais Aelfwynn chassa de son esprit ces images de villes aux mains des Vikings et de leurs rois vengeurs. Car elle ne connaissait bien qu'un seul roi, et s'il était vrai que Ragnall s'était déjà emparé de York, elle savait que son oncle Edward ne le supporterait pas. Peut-être était-ce pour le mieux qu'elle ne fût pas en Mercie, il l'aurait peut-être tenue pour responsable de la situation.

Et cela la fit vivement réfléchir. Car elle avait voyagé en maints endroits avec sa mère. Elle était allée dans le Wessex, où elle avait vu ce qui restait de la gloire passée de son grand-père. Sa mère avait toujours clamé son amour inconditionnel pour son frère, aussi lui rendait-elle visite, et le recevait-elle à son tour chez elle. Cependant Aelfwynn avait passé la majeure partie de sa vie en Mercie. À Tamworth, essentiellement.

Mais elle aimait aussi les petites villes qui ornaient la campagne tels des bijoux, et elle était convaincue que la Mercie – en fait, plutôt Edward – pouvait tenir à l'écart les brutes sauvages menaçant à l'est et au nord.

Elle eut le cœur serré à la pensée qu'il était certain qu'elle ne reverrait jamais la Mercie. Car il était évident qu'elle était désormais une esclave. Que Thorbrand utiliserait selon son bon plaisir. Pour la partager avec ses hommes, s'il en avait la fantaisie. Ou la vendre.

Ou la faire enterrer avec lui s'il tombait au combat, qu'importait si elle était bien portante ou non.

Elle pouvait se retrouver dans n'importe quel endroit des pays vikings après une traversée en bateau, et son cœur saigna à simplement l'imaginer.

C'était comme perdre sa mère de nouveau.

Comment n'avait-elle pu penser qu'à toutes ces baisers ces derniers jours, au lieu de réfléchir à la situation dans laquelle elle se trouvait ?

Cela ne lui faisait aucun bien de se souvenir de l'été précédent, ou de se torturer avec ce qui se serait passé si sa mère n'était pas morte soudainement. Ni de recompter ses victoires. Cela ne l'aidait pas du tout de se remémorer sa vie, qu'elle avait si souvent trouvée ennuyeuse. Surtout à Tamworth, où la cour de sa mère se sentait à son aise, libre de se livrer à loisir aux jeux subtils qui la régissaient, plutôt que lors des périodes de siège, de guerre et de raids où l'on ne savait jamais ce que le lendemain réserverait.

Elle était déjà bien en âge de se marier. Même si sa mère se moquait de cela, car quelle importance pouvait avoir l'âge d'Aelfwynn alors qu'elle-même avait mené sa vie à sa guise jusque très tard ? « Ma fille a de qui tenir, je pense », avait déclaré Aethelflaed d'un ton menaçant la dernière fois qu'un homme avait osé évoquer le sujet. « Et quelle importance si tu prends le voile, ma fille ? La question bien plus fondamentale est ce qui te fait croire que tu trouveras grâce à mes yeux… »

Aelfwynn avait toujours aimé sa mère, profondément. Farouchement. Mais jamais autant que dans ces moments où, avec un sourire qu'elle ne se donnait pas la peine d'adoucir, elle faisait taire les hommes tonitruants autour d'elle.

Tandis qu'ils chevauchaient en cette journée grise où des nuages bas présageaient de nouvelles chutes de neige, Aelfwynn songea que ce serait peut-être seulement maintenant qu'elle n'avait plus aucun choix qu'elle pourrait s'accorder du temps pour réellement faire son deuil.

Celui de la perte de sa mère. Celui de la vie qu'elle avait connue.

De sa propre perte aussi, car qu'était-elle désormais ? Elle était convaincue que Thorbrand jouait avec elle. Il poursuivait un but qu'elle ignorait et dont il ne lui disait rien, comme tous les hommes faisaient avec les femmes. La question était seulement de savoir combien ce jeu lui nuirait à elle, finalement.

Aelfwynn ne s'autorisa pas une seule larme. Et pas uniquement parce que le vent glacé lui fouettait déjà le visage. Elle resserra la bordure de fourrure de sa capuche et garda les yeux secs, puis cessa de se débattre avec elle-même.

Puisque personne ne pouvait la voir et que Thorbrand était une force silencieuse et sinistre derrière elle, qui néanmoins ne lui faisait pas le moindre mal, elle se permit de laisser libre cours à ce qu'elle ressentait.

Elle avait cessé d'être une jeune fille très tard, c'était exact. Même si sa mère l'avait félicitée d'être devenue femme lorsqu'elle avait eu ses premières menstrues, elle n'était pas dupe. Elle était une femme, ici. Maintenant. Et ce voyage hors du temps, une progression rapide vers un avenir qui n'augurait rien de bon. Thorbrand montrerait bien assez vite ses vraies intentions.

Et Aelfwynn saurait bien assez tôt ce qu'il adviendrait d'elle.

Mais en attendant, elle respirait calmement, sans pleurer, et se considérait encore victorieuse pour le moment.

Ce soir-là, il y eut du désespoir dans sa manière de rendre ses baisers à Thorbrand, au creux des fourrures. Et de se jeter sur lui en se plaquant contre lui sans vergogne. Elle posa la main sur sa mâchoire sculptée, exultant à la fois de sentir sa peau, l'éclat de ses dents et la soie rugueuse de sa barbe.

Elle n'aurait su dire ce qui la poussait. Le chagrin, peut-être. La peur, mais cette peur particulière qu'elle associait à Thorbrand. Elle ne lui donnait pas envie de se rouler en boule dans un coin pour s'y cacher. Ni de s'évanouir. Elle lui faisait désirer… cela. Se jeter dans le feu et y brûler le plus fort possible, avant que le but réel de Thorbrand ne devienne clair et qu'il ne piétine les flammes pour les étouffer.

Cependant la matinée du cinquième jour fut différente. Après s'être habillée, en sortant de la tente elle ne vit que Thorbrand devant le feu de camp. Son cœur fit des bonds dans sa poitrine.

Aelfwynn ne s'était jamais sentie à l'aise en présence des autres hommes. Ils l'observaient trop ouvertement. Trop intensément. Ils marmonnaient en irlandais et voulaient de toute évidence qu'elle comprenne qu'ils parlaient d'elle devant elle.

Mais toute différence dans la situation actuelle ne pouvait qu'être à son détriment.

— Vos parents sont-ils partis chasser ce matin ? s'enquit-elle sur un ton léger.

— Un gibier tout à fait différent, répondit Thorbrand.

S'imaginait-elle la nouvelle intensité de son regard ?

— Ils sont partis à Jorvik, expliqua-t-il. Ragnall attend des nouvelles, et il y a bien des choses à détailler sur la chute de la Mercie dans l'escarcelle du Wessex. Et la façon dont Edward traite sa propre famille n'est pas l'une des moindres.

Aelfwynn n'avait jamais été reine. Ni même la dame de Mercie, comme on appelait sa mère. Cependant, au cœur de sa poitrine, elle sentait bouillonner en elle une rage sauvage. De la fureur.

— Vous parlez si facilement de mes ennemis, murmura-t-elle.

Une nouvelle erreur.

— Vous n'avez pas d'ennemis, dit Thorbrand tout doucement, mais la menace implicite dans son ton n'échappa pas à Aelfwynn. Vous avez une seule préoccupation dans cette vie, ma douce. Moi. J'avais cru que vous l'aviez compris.

— Pardonnez-moi, lança-t-elle après un moment.

Mais il était possible que ce fût adressé à sa mère, et pas à l'homme menaçant qui la scrutait trop intensément. Et les mots avaient beau se bloquer dans sa gorge et ses larmes menacer de couler, elle continua.

— Je me suis oubliée.

— Vous aurez amplement le temps de vous souvenir, lui promit-il.

Et Aelfwynn ne put cacher ses frissons.

Il ne lui offrit rien à manger pour son petit déjeuner. Il jeta de la boue et de la neige sur le feu, puis se déplaça avec une vélocité et une souplesse qui lui firent imaginer malgré elle comment il devait se comporter lors d'une bataille. Dangereux. Farouche. Il démonta leur tente et emballa le tout avant de fixer les baluchons à la selle. Puis il enfourcha leur monture et la regarda d'un air triomphant.

Elle ne le comprit pas. Tout comme elle ne comprenait pas sa propre réaction. Avait-elle finalement envie de s'évanouir ? De s'agenouiller ? N'importe quoi, pour ôter l'immense poids en elle, avec un grand cri, ou un chant, elle ne savait lequel des deux.

Elle avait envie de dire tant de choses. Tant de choses qu'elle n'osait dire.

Aelfwynn comprenait simplement que la situation avait changé. Thorbrand avait changé, tandis qu'elle dormait, inconsciente dans son sommeil.

Tout entre eux ressemblait aux prémices d'un éclair, même l'atmosphère qui les séparait.

Elle pouvait à peine respirer.

Et elle cessa d'essayer quand il s'approcha d'elle, se pencha et l'attrapa pour la déposer devant lui une fois encore.

S'imaginait-elle qu'il la serrait plus fort, d'une manière plus possessive ? Ou était-ce plutôt ce qu'elle désirait ?

Le soleil d'hiver fit une timide apparition au-dessus des collines au loin tandis qu'ils chevauchaient. Et il venait à peine de les effleurer quand Thorbrand sortit définitivement des bois et emprunta un chemin menant à une petite vallée dont, aux yeux d'Aelfwynn, il semblait qu'aucun homme ou aucune bête n'avait jamais foulé le sol. Elle se rendit compte alors qu'il se dirigeait vers une chaumière tout au fond. La seule habitation visible aussi loin que l'œil pouvait porter. Elle était bâtie au pied des collines fermant la vallée, tournant le dos à l'endroit où la pente devenait raide et infranchissable.

Son cœur se mit à battre plus vite, en rythme avec celui des sabots du cheval.

La maison était en bois, avec le traditionnel toit de chaume, et avait l'air abandonné.

Mais Aelfwynn avait compris.

En effet, Thorbrand les conduisit directement jusque devant la porte de la chaumière et descendit de cheval, puis l'attrapa pour la déposer dans la neige immaculée à ses pieds.

— Est-ce là votre maison ? lui demanda-t-elle.

Son ton égal et son regard soumis étaient en eux-mêmes un fait héroïque digne des chants réputés dans les grandes salles.

— Je n'ai pas de maison, répondit-il, et la façon dont il le déclara lui donna la chair de poule. Mais vous et moi utiliserons cette chaumière pour trouver un accord, Aelfwynn. Donc vous pouvez la qualifier de foyer, si vous le voulez.

Aelfwynn risqua un coup d'œil vers la chaumière désolée et vide, couverte de neige.

Son cœur avait beau tambouriner si fort qu'elle l'entendait dans ses oreilles, elle ne se laissa pas abattre. Une fois encore, elle était face à la différence notable entre les devoirs auxquels elle avait été certaine d'être préparée et la dure réalité de les remplir.

Tisser la paix n'avait pas lieu d'être si les choses étaient déjà en paix. Comment n'avait-elle pas compris cela ? Si la paix existait déjà, alors le travail quotidien de tissage que toutes les femmes connaissaient suffirait.

Mais s'il fallait que la paix soit tissée, Aelfwynn devait s'attendre à ce que ce soit avec tout autre chose que des fils de soie. Plutôt du fil noué, exigeant talent et grâce.

Aussi lui sourit-elle comme s'il venait de lui offrir une grande salle emplie d'hommes et d'or. Le trésor d'un dragon.

— Ce sera donc un foyer, déclara-t-elle.

En pensant à la paix, pas au chagrin. Car le passé était le passé, et il ne restait que ce qu'elle en ferait. Ce qu'elle ferait du présent.

— J'accepte votre offre, Thorbrand. Avec gratitude.

Chapitre 8

Blind byÞ bam eagum se Þe breostum ne starat.

« Il est aveugle des deux yeux celui qui ne regarde pas avec le cœur. »

Les Proverbes de Durham

Aelfwynn s'attendait à ce qu'une chaumière isolée dans une vallée perdue demandât beaucoup de travail afin de fournir plus qu'un simple abri. Ou… fournir ce que Thorbrand souhaitait qu'il y fût fourni. Mais elle ne pouvait pas se laisser submerger par ce genre de pensée. Elle en était bien trop troublée.

Elle s'insuffla du courage lorsque Thorbrand ouvrit la porte et jeta un coup d'œil à l'intérieur, la main sur son épée, comme s'il comptait y trouver des malandrins embusqués. Il inclina la tête pour l'inviter à entrer, et Aelfwynn fut surprise de découvrir que le sol était tapissé de roseaux frais, donc récemment changés. Un banc était collé au mur, une petite table contre un autre. Un foyer occupait le centre de l'unique pièce, et quand elle leva les yeux pour comprendre pourquoi il n'était pas couvert de neige en raison du trou du toit qui laissait d'ordinaire échapper la fumée, Aelfwynn remarqua que celui-ci avait été soigneusement bouché.

Elle en déduisit qu'ils n'étaient pas arrivés à cette chaumière par hasard. Mais qu'elle avait été… préparée pour eux.

Aelfwynn se sentit soudain comprimée dans son corsage.

Cependant elle resta impassible lorsque Thorbrand déposa ses fourrures et ses sacs, puis ôta du conduit la pièce de bois qui avait protégé le foyer des intempéries. Il la scruta tandis qu'il posait la plaque sur le sol, mais ne dit rien avant d'entreprendre d'allumer le feu sous le chaudron qui était traditionnellement installé au-dessus.

Aelfwynn se satisfaisait parfaitement de son silence. Et lui en était même reconnaissante. Il ressortit, sans doute pour s'occuper de son cheval et l'abriter dans la petite remise qu'elle avait vue au fond d'une sorte de cour que la neige n'avait pas entièrement recouverte.

Une fois que la porte fut refermée derrière Thorbrand, elle s'attela aux tâches qui se présentaient, sans être ravie le moins du monde.

Parce qu'il valait mieux cela plutôt qu'attendre ce qui se passerait maintenant qu'ils étaient tous deux face à face. Et seuls.

Elle s'occupa d'abord de la marmite au-dessus du foyer. Elle alla ouvrir la porte et fut suffoquée par le froid. Il la pétrifia au point qu'elle se demanda comment elle avait pu réussir à chevaucher vivante jusqu'ici.

Mais dès qu'elle y réfléchit, elle sut pourquoi.

Thorbrand. C'était lui, son feu, et il l'avait gardée au chaud. Il l'avait même embrasée.

Et voilà qu'il n'y avait plus désormais ici que le vent et le ciel bas au-dessus de leurs têtes.

Aelfwynn frissonna, puis se reprit bien vite.

Elle ignorait où était la rivière la plus proche, même si elle ne devait pas être bien loin. Car qui bâtirait une chaumière là où il n'y avait pas d'eau ?

En attendant de découvrir la rivière, faute de mieux elle se servit des pans de sa robe pour charrier de la neige afin de remplir la grosse marmite jusqu'en haut, car on avait toujours besoin d'eau chaude.

Lorsque Thorbrand revint, elle avait étalé ses fourrures dans un coin pour aménager un lit, tout en refusant de penser que ce serait selon toute probabilité leur couche commune. Et qu'il y ferait ce que bon lui semblerait. Et l'allongerait sous lui, puis prendrait tout ce qu'il voudrait, qu'importait ce qu'il avait pu lui dire les jours précédents.

Elle n'avait pas la moindre envie d'admettre que quoi qu'il fît, cela lui plairait. Était-elle dépravée à ce point ?

Thorbrand jeta un coup d'œil à la ronde dans la chaumière quand il entra. Aelfwynn cessa aussitôt de se tourmenter au sujet de l'immortalité de son âme et fut très fière de son air surpris. Comme s'il ne l'imaginait pas capable d'effectuer les tâches les plus simples que les femmes apprenaient dans leur enfance. Comme s'il l'avait crue incompétente, parce que c'était sa réputation.

Elle avait accroché sa cape sur l'un des crochets près de la porte, et quand elle le vit accrocher la sienne à côté, elle en fut émue. Mais ce n'était là qu'affaires domestiques, rien de plus.

— J'aurais bien aéré le reste de vos affaires, dit-elle, presque timidement. Mais je ne voulais pas que vous pensiez que je fouillerais dans vos sacs sans permission.

— Mais moi, je regarderais sans hésiter ce qu'il y a dans les vôtres, répliqua-t-il. Hum… À vrai dire, je l'ai déjà fait.

Aelfwynn sourcilla. Il l'avait fait, évidemment. Pourquoi était-elle aussi surprise ?

— Sommes-nous donc sur un pied d'égalité ? demanda-t-elle d'un ton léger. Ce n'était pas mon impression.

La commissure des lèvres de Thorbrand s'incurva et elle ne comprit pas ce qui se passa en elle à cet instant. Parce qu'elle connaissait cette bouche désormais. Elle l'avait goûtée. Et avait accueilli plus d'une fois la langue de Thorbrand dans sa propre bouche. Rien qu'à y penser elle se sentait écarlate.

— Non, vraiment, répondit-il sèchement, nous ne le sommes pas.

Et il n'y eut plus que le silence.

Thorbrand restait figé devant l'encadrement de la porte et Aelfwynn se rendit compte qu'elle n'avait pas disposé d'assez de temps pour simplement… le regarder.

Jusque-là, ils avaient presque toujours été à cheval. Ou il faisait sombre. Ou encore le froid et la neige l'empêchaient de faire autre chose que se pelotonner sous sa capuche. Sans parler des moments où il voulait évoquer ses capacités à vivre en captivité, et qu'elle employait tous ses efforts à ne pas laisser libre cours à son humeur.

Elle n'était pas certaine d'être prête à le détailler, maintenant qu'elle le pouvait à loisir. À l'intérieur de la chaumière, sa carrure donnait une impression entièrement différente. Ses épaules semblaient emplir toute la pièce. Il était plus large que la porte derrière lui. Et assez grand pour avoir ôté la pièce de bois qui bloquait le conduit de fumée sans effort, en tendant à peine le bras. Il pourrait sans doute toucher un mur, puis l'autre en s'étirant à peine.

Et Aelfwynn ne se souvint d'aucun moment où il aurait été brutal, sur cette route au sud de Tamworth. Car elle ne voyait plus désormais que sa beauté. Cachée, rude sans le moindre doute, de pierre et de fer, même si de la neige saupoudrait sa barbe, et fondait en éclats brillants tandis qu'elle le contemplait.

Il était plus beau que tous les hommes qu'elle avait déjà rencontrés.

Elle avait fini par s'accoutumer aux paysages désolés qu'ils avaient traversés à la vitesse de l'éclair. À ces forêts dénudées bordant des landes au-delà. Aux champs en jachère sous les crépuscules de ce plein hiver.

Lieux austères et isolés, et au milieu de tout cela se trouvait Thorbrand.

Et il était si vivant ! Il s'esclaffait d'une manière tonitruante, il chevauchait sans répit, et en dépit de toutes les opportunités qui s'étaient offertes à lui pour la violenter, il n'en avait rien fait. Aelfwynn ne savait pourquoi, cependant il avait utilisé ses mains de guerrier, abîmées et calleuses, pour la masser jusqu'à ce qu'elle soit parfaitement détendue. Et avait allumé le feu en elle jusqu'à ce qu'elle n'ait que l'unique désir de lui céder. Et de lui offrir des choses dont elle ne connaissait même pas le nom.

Mais c'était peut-être cela la raison même.

— Faites attention, ma douce, grommela-t-il, alors que son regard scintillait. Sans cela j'accepterai l'invitation que je lis dans votre regard, sur-le-champ.

Aelfwynn tremblait, mais elle baissa les yeux et fit de son mieux pour avoir l'air plus soumis qu'enflammé.

— Je suis fatigué, déclara Thorbrand, qui pourtant ne le semblait pas le moins du monde. Je suis resté trop longtemps sur la route, et je ne suis pas de ces Saxons qui adorent mijoter dans leur propre crasse. Il faut que je prenne un bain.

— J'ai fait chauffer de l'eau, dit Aelfwynn avec un signe de tête vers le chaudron, où l'eau ne bouillait pas encore, même si cela n'allait pas tarder. Il n'y a pas de baignoire, mais ce sera néanmoins facile de se laver.

— Nous n'avons pas besoin de baignoire, répliqua-t-il, d'un ton très différent cette fois.

Elle osait à peine le regarder maintenant qu'ils n'étaient que tous les deux, et qu'il l'avait avertie au sujet de son invitation, mais elle semblait incapable de s'en empêcher.

Et il y avait un éclat dans ces yeux bleu foncé qui fit… tout changer en elle.

— Allez, venez, dit-il, je vais vous emmener aux sources chaudes. Nous nous y baignerons ensemble.

Ce qu'elle avait entendu raconter était donc vrai, à propos de ces guerriers d'au-delà des mers qui passaient leur temps à prendre des bains. Aelfwynn quant à elle se lavait rapidement, comme on le lui avait appris, et était d'ailleurs impatiente de le faire maintenant que la forêt était derrière eux, mais elle ne se plongeait pas entièrement dans l'eau plus que nécessaire. Mildrithe avait toujours affirmé que de telles pratiques favorisaient les maladies, et que quiconque s'y livrait serait chanceux de ne pas être emporté par une fluxion de poitrine.

Même si Thorbrand ne semblait pas souffrir de ce genre de faiblesse tel qu'un mal de tête ou de gorge.

Aelfwynn se sentit réduite au silence et crasseuse des pieds à la tête. De plus, Thorbrand n'avait pas l'air de plaisanter. Elle n'aurait pas pu le défier, même si elle en avait eu envie.

Mais elle n'en avait pas envie.

Donc elle s'activa pour étouffer le feu afin qu'il couve dans le foyer. Puis, comme dans un rêve, elle alla vers la porte et passa sa cape sur ses épaules. Thorbrand fit de même. Il la conduisit alors au-dehors dans le froid, où Aelfwynn découvrit à sa grande surprise qu'il avait damé la neige pour tracer un chemin depuis l'entrée de la chaumière. Il fut donc facile d'en faire le tour et d'aller jusqu'à la petite écurie où son cheval hennit pour les saluer, puis le chemin continuait sur la pente raide juste derrière. Thorbrand avait-il donc l'intention de la tester sur cette marche, alors qu'elle n'aurait pas osé se plaindre ?

Cependant au bas de la pente se trouvait un amas de rochers. Thorbrand les y conduisit, puis se faufila entre les rochers en lui tenant la main.

Et quand Aelfwynn franchit l'arche rustique de pierres, elle s'arrêta, le souffle coupé.

Car il y avait là un bain naturel, assez chaud pour que de la vapeur s'en élevât. Il était entouré de neige, qui saupoudrait les rochers alentour, et bouillonnait cependant. Accompagné d'une odeur puissante de terre et d'humus.

Aelfwynn n'avait jamais vu ce genre d'endroit, même si elle avait déjà entendu les récits, jusque dans le Wessex, évoquant ces lieux rares et merveilleux.

Elle alla s'agenouiller au bord et ôta son gant pour effleurer la surface de l'eau. La chaleur en était miraculeuse. Elle la pénétra aussitôt telle celle de l'été en cet endroit glacial et désolé. Aelfwynn leva la main, stupéfaite, et frotta ses doigts comme si elle n'y croyait pas. Ce n'était pas simplement chaud, mais également soyeux.

— J'ai l'impression que cela vous plaît, lança Thorbrand. Mais je sais que chez vous on préfère la crasse et la saleté.

Aelfwynn n'avait pas vraiment oublié sa présence, mais la source l'avait tant captivée qu'elle fut surprise qu'il se tînt à ses côtés. Elle leva les yeux vers lui, avec l'intention de lui expliquer la différence entre une toilette décente et la crasse et la saleté, mais elle resta muette.

Car Thorbrand n'était pas simplement là à lui faire des réflexions, il se déshabillait.

Et Aelfwynn resta un moment pétrifiée.

Elle avait déjà vu des corps masculins, tout en se méfiant de ceux qui l'observaient pour voir si elle s'attardait trop dans ses contemplations. Et elle avait déjà une certaine idée de la morphologie de Thorbrand. Elle s'était allongée contre lui. Elle s'était parfois réveillée la nuit pour trouver sa cuisse musclée passée par-dessus la sienne. Elle connaissait sa bouche, et sentit soudain la chaleur l'envahir à cette pensée, plus chaude que l'eau qui l'était déjà bien assez elle-même.

Si elle avait été réellement pieuse, elle aurait protesté. Si elle avait été pure dans son cœur, autant que dans son corps.

Mais rien ne vint.

C'était dévergondé de regarder un homme qui n'était pas son mari, aussi se dit-elle que c'était le vice qui s'épanouissait en elle tandis que Thorbrand ôtait sa cape et déposait ses armes à portée de main au bord de l'eau. Puis, ses yeux bleu foncé plongeant dans les siens avec un éclair de défi, il ôta sa tunique. Enfin, sa chemise de dessous.

Aelfwynn avait vu des poitrines d'hommes nues, mais de loin seulement. Celles des soldats à l'entraînement dans la cour, ou des paysans dans les champs.

Mais jamais un homme n'était resté ainsi devant elle, assez près pour qu'elle puisse le toucher.

Cette pulsation brûlante au fond de son ventre devait être l'expression de sa dépravation. Ainsi que cette humidité inquiétante entre ses jambes qui aurait pu être ses menstrues, mais ce n'en était pas la date.

Bouche bée, elle vit Thorbrand ôter le reste de ses vêtements et se tenir devant elle.

Nu.

Aelfwynn acceptait à peine ce qu'elle voyait.

Chaque partie de son corps était puissante. Ses bras musclés. Sa poitrine, ce mur qu'elle connaissait bien pour être restée plaquée contre lui lorsqu'elle sombrait dans le sommeil, ressemblait à l'un des rochers qui montaient la garde autour du bassin, zébrée des marques de sa profession. De nombreuses cicatrices s'y entrecroisaient, certaines pâlies par le temps, d'autres plus récentes.

Et Aelfwynn avait beau savoir que cet homme n'était rien d'autre pour elle qu'un ennemi, elle tremblait d'envie de les suivre du doigt une par une.

Et de les goûter avec les baisers qu'il lui avait appris.

Ses cuisses lui parurent plus larges que ce dont elle se souvenait de la nuit au milieu des fourrures. Ses jambes, vigoureuses et impressionnantes. Et entre elles, sa virilité fièrement arborée.

Aelfwynn avait déjà vu ces parties sur de nombreux chevaux et sur le bétail, sans jamais vraiment y prêter attention. Et voilà que ce qu'elle voyait chez Thorbrand faisait exploser ses désirs dévergondés telle la source qui devait alimenter ce bassin.

Elle lut de nouveau un certain amusement dans son regard, et quelque chose de plus sombre également. Il alla sur un côté du bassin, lui jeta un rapide coup d'œil, puis sauta dans l'eau. Aelfwynn s'attendait à un gros éclaboussement et se recula, mais il entra dans l'eau sans remous. Puis disparut sous la surface, telle une lame.

Une lame, répéta une voix en elle. *Il t'a laissée là avec sa lame.*

Les armes de Thorbrand étaient à sa portée. Son épée semblait beaucoup trop lourde, mais la dague…

— Vous êtes la bienvenue pour essayer, Aelfwynn, entendit-elle soudain.

Elle sursauta et ne fut pas surprise de le découvrir dans l'eau tout près d'elle, sa tête affleurant à la surface.

En train de l'observer comme s'il avait deviné ce qu'elle allait faire.

— Mais sachez ceci. Je désarme de grands guerriers sur les champs de bataille sans trop de désagrément ni d'effort. Quel mérite aurais-je à vous reprendre cette dague ?

— Sans doute aucun. Mais je vous laisserais peut-être une nouvelle cicatrice à ajouter à votre collection.

— Aelfwynn, ma douce, dit-il avec un sourire plus efficace qu'une lame, et qui s'enfonça profondément en elle. Vous n'allez pas me quitter.

Tout cela fut soudain trop pour elle. Tout ce qu'elle avait perdu. Et tout ce qui l'attendait, chaque possibilité plus lugubre que la précédente. Et au centre, cet homme qui l'avait embrassée, nuit après nuit, ne faisant d'elle rien d'autre qu'une complice.

— Je vois les étincelles dans vos yeux, jeune fille, continua-t-il de sa voix rauque, adossé au bord le plus éloigné du bassin, les bras étendus, l'air parfaitement serein. J'admire que vous vous figuriez pouvoir me vaincre. Mais sachez que vous ne pouvez pas gagner.

Le cœur d'Aelfwynn s'emballa. La honte, se dit-elle. Et cette lubricité. Elles se mêlaient en elle, jusqu'à l'étouffer.

— Mais je dois essayer, murmura-t-elle.

— Si vous le devez…

Il avait lâché sa phrase avec une certaine insouciance. Comme si cette conversation l'ennuyait tant elle était vaine.

Aelfwynn bondit pour saisir sa dague. Elle s'en empara et remarqua les pierreries sur le manche qui trahissaient sa haute position sociale, mais sans s'y attarder elle se précipita vers le bassin aussi vite qu'elle le put, dans l'intention de… En fait elle ne savait trop ce qu'elle ferait.

Cette fois, quand elle heurta sa poitrine, il était brûlant, glissant, mouillé.

Et toute cette dureté en lui la dépassa soudain.

Il prit la dague de sa main comme si elle venait de la lui offrir. Et il ne s'arrêta pas là. Elle ne l'avait pas vu sauter prestement hors du bassin, mais il l'avait traversé en un éclair et s'était retrouvé sur elle. Cet effort n'était rien pour lui. Elle était essoufflée, et lui ne l'était pas le moins du monde.

Aelfwynn comprit alors que tout n'avait été qu'un jeu jusque-là. Pendant cinq jours Thorbrand lui avait montré sa force par petites doses, mais elle ne l'avait pas prise en considération.

Il s'en servait en cet instant. Aelfwynn ne pouvait ni faire un seul geste ni se battre. Il se contentait de la tenir, quels que fussent ses efforts pour se débattre, et faisait ce que bon lui semblait.

Il lui ôta ses vêtements, l'un après l'autre, avec une efficacité implacable. Elle respirait si fort qu'elle était tout près de sangloter, mais il était intraitable. Et il fallut un certain temps à Aelfwynn pour comprendre qu'il n'essayait pas de lui faire du mal.

Son estomac lui joua alors des tours après qu'elle eut compris, et elle ignorait ce qui la contrariait le plus. Elle se sentit extrêmement honteuse lorsque le froid mordit sa chair nue, et plus encore lorsque ce guerrier terrifiant s'accroupit près d'elle, inexorablement viril.

Et ce sentiment de dépravation ne la quittait pas.

Une fois installé avec son premier accès de panique, il s'amplifiait au contraire.

Il ne résulterait rien de bon de toute cette chair nue exposée, Aelfwynn le savait fort bien. Cependant quand il eut fini de lui ôter tous ses vêtements, il la tint dans ses bras comme si elle ne pesait guère plus que sa propre cape. Elle eut aussi l'impression que, face à ses yeux magnifiques et intenses, qu'elle pensa être sa dernière vision avant de mourir, sa situation aurait pu être pire.

Puis elle heurta la surface de l'eau. Et coula.

Elle mit trop longtemps à comprendre qu'il venait de la jeter à l'eau.

Aelfwynn se débattit pour remonter à la surface, en crachant, et au moment où elle ne réussit plus à respirer elle sentit de nouveau Thorbrand tout près d'elle. Il la prit entre ses bras pour lui sortir la tête de l'eau. Puis la serra contre lui tandis que des gouttelettes dégoulinaient sur son visage. Elle toussa, recracha sans élégance, réalisant soudain qu'elle le faisait contre l'épaule de Thorbrand.

— Avez-vous tenté de me noyer ? réussit-elle à demander.

Elle le repoussa tant bien que mal, plutôt mal, en fait, car il ne sembla pas même le remarquer et resta imperturbable. Elle se sentit alors furieuse, même si elle savait très bien que seule une lady telle que sa mère pouvait se l'autoriser.

Mais tu n'es une lady en aucune manière, lui rappela sa petite voix intérieure. *Tu n'es que son esclave.*

— Vous vous oubliez, Aelfwynn ! rugit-il de sa voix grave.

Puis la main de Thorbrand se retrouva sur sa nuque,

et elle ne comprit pas pourquoi il lui tirait les cheveux jusqu'à ce que sa chevelure cascade librement sur ses épaules. Il émit alors une sorte de grognement qui sembla résonner jusqu'au plus profond d'elle-même. Puis il défit soigneusement sa natte.

Aelfwynn avait le souffle coupé et voulait se défendre.

Et aurait aimé savoir comment.

— Vous vous êtes oubliée, grommela-t-il de nouveau, comme s'il entendait ses pensées. Laissez-moi vous rendre la mémoire.

Et il posa sa bouche sur la sienne. Tout se brouilla et sembla éclater en miettes.

Aelfwynn fut consciente de trop de choses à la fois. La chaleur de l'eau. La façon dont ses seins étaient mouillés et rendus glissants, tout en étant douloureux de tension, bien pire que lorsqu'ils étaient protégés par des couches de vêtements de laine et de coton. Thorbrand la tenait toujours serrée contre lui, ses jambes enroulées autour des siennes comme si elle était à cheval, et elle sentait sa virilité puissante et dure contre son ventre.

Il plongea les mains dans sa chevelure tout en lui maintenant la tête. Et l'embrassa sauvagement, lui faisant ainsi comprendre que les petits jeux auxquels il s'était livré au cœur de ses fourrures pendant leur voyage n'étaient plus de mise.

Et Aelfwynn comprit alors. Pendant toutes ces années qu'elle avait passées à réfléchir à sa pureté, sa chasteté, au prix de sa virginité et au fait de l'offrir à l'époux dûment choisi, elle avait toujours cru que cela se ferait après un temps de réflexion bien observé.

Mais ici, c'était une tempête.

L'eau était chaude, certes, mais ils l'étaient tous deux plus encore. La bouche de Thorbrand quitta la sienne puis descendit dans son cou tandis qu'il émettait un curieux grognement qui la fit frissonner tout entière.

Elle se sentait gagnée par la frénésie. Il changea sa manière de la tenir, et ses mains glissèrent vers ses fesses, pour la soulever jusqu'à ce que son intimité soit pressée contre son membre viril.

Aelfwynn ne comprenait pas tout à fait ce qu'il faisait, simplement qu'elle ressentait une curieuse douleur, qui n'en était pas vraiment une. Elle se sentait uniquement plus tendue, plus audacieuse.

Il la faisait se mouvoir de haut en bas, en se frottant contre sa toison, comme s'il savait que c'était là que se concentrait toute la tension qu'elle éprouvait.

Il marmonna des paroles indistinctes dans son cou, des mots étranges qu'elle ne comprit pas, et qui cependant semblèrent avoir un effet immédiat sur l'endroit où ils n'étaient pas tout à fait unis.

Lentement, puis rapidement, une tempête nouvelle naquit. Émanant de cet endroit qui pulsait en elle, et qui s'empara de tout son être en un éclair.

Aelfwynn perdit complètement pied.

Elle entendit le rire de Thorbrand, dans un brouillard lointain. La tempête rugissait en elle, quelqu'un cria avec une voix qui ressemblait beaucoup à la sienne, et elle se retrouva tremblante, cherchant à reprendre son souffle.

Il la garda néanmoins plaquée contre lui, et elle avait beau toujours trembler, il commença à enfoncer son membre entre ses jambes.

— Thorbrand…, réussit-elle à bredouiller.

Même si elle ignorait de quoi elle le suppliait.

— Cela vous fera mal, grogna-t-il. Mais écoutez-moi bien, Aelfwynn. Vous ne sangloterez pas. Vous ne crierez pas. Vous êtes fille de rois et de reines, et vous souffrirez avec grâce. Pour moi.

Lorsqu'il se plaqua contre elle, ce fut violent, et nouveau. Aelfwynn déplaça ses hanches dans l'idée de se sentir mieux. Puis se rendit compte aussitôt que ce qu'elle venait de faire la… reliait de plus près à cette chose, cette pulsion au cœur de son ventre, tandis qu'il soupirait violemment à son oreille.

— Je ne vais donc pas crier ? demanda-t-elle, toujours en proie à la tempête qui la bouleversait et semblait s'amplifier sans cesse.

— Non, répondit-il avec froideur. Si vous devez faire quelque chose, mordez-moi. Vous pourrez me remercier de vous laisser le faire.

— Merci, murmura-t-elle alors qu'elle ne se sentait pas le moins du monde reconnaissante, mais elle vit que Thorbrand souriait.

Ses yeux couleur d'encre étincelaient. Et elle avait l'impression qu'elle-même étincelait.

Il la saisit par les hanches et lui écarta les jambes.

Puis il le fit.

Tout en la regardant dans les yeux. Sans ciller. Et lentement, sûrement, il s'introduisit en elle.

Elle était si glissante, pourtant Thorbrand continuait. Il était impossible selon elle qu'il réussisse, mais même sa chair novice lui obéit. La pression grandit et grandit, et Aelfwynn tenta de toutes ses forces de bouger ses hanches qu'il maintenait avec fermeté. Elle n'avait d'autre choix que d'utiliser des parties d'elle-même inconnues jusqu'ici afin de s'accommoder de sa présence. De tenter de le prendre, en essayant de ne pas se déchirer…

Elle voulut crier qu'il lui faisait mal, mais n'osa pas. Car ce n'était pas vrai.

Le mot douleur était bien faible et ne pouvait absolument pas définir… ceci. Cette sensation d'être écartelée, petit à petit, par ce Viking qui la regardait comme si cette reddition était une joie. Jusqu'à ce qu'elle l'ait désirée, afin de lui plaire.

Puis elle sentit son amplitude à l'intérieur de son propre corps. Et ses hanches plaquées si fortement contre elle, comme s'ils ne faisaient qu'un.

Et c'est ce qu'ils étaient, un seul et même être, pensa-t-elle l'instant suivant, à la fois embrasée et affolée. Elle cherchait désespérément à faire quelque chose. Peut-être le repousser. Ou l'attirer plus encore en elle. Mais elle ne pouvait pas bouger. Il la tenait fermement et la regardait se tortiller contre lui dans le peu d'espace qu'il lui autorisait encore.

— Rappelez-vous ce que je vous ai dit, l'avertit-il. Pas un mot.

Une sensation différente sembla se diffuser sur ses doigts, ses pieds, reliée telle une souffrance nouvelle à l'endroit en elle qu'il emplissait entièrement. Elle laissa tomber sa tête contre l'épaule de Thorbrand, bouche ouverte contre ses muscles humides et fermes. Où elle se mit à haleter, tout en continuant ses petits mouvements de hanches, sans pouvoir toutefois éviter les pulsations de chaleur du membre de Thorbrand en elle, quoi qu'elle fît.

Elle se rendit compte soudain de la tension des bouts de ses seins, qui frottaient contre la poitrine de Thorbrand, jointe à la pesanteur de son bas-ventre. Sa bouche contre la peau de Thorbrand y participait aussi, ainsi que l'emprise de ses mains puissantes sur son postérieur, qui l'écartelaient encore et encore.

Aelfwynn suivit un instinct inconnu d'elle-même et enroula les jambes autour des hanches de Thorbrand, pour se mouvoir un peu plus.

Pour n'être que plus emplie, et cette sensation se transforma pour n'être plus que chaleur brûlante.

Ce feu magnifique et délicieux qui la rendait impuissante et lui faisait perdre la tête.

— Bien joué, ma douce, chuchota Thorbrand, et elle frissonna comme si le satisfaire attisait les flammes plus encore.

Puis il changea tout, en se retirant lentement, pour revenir aussitôt en elle.

Un mouvement se mit en place, de plus en plus fort.

— Maintenant, Aelfwynn, vous pouvez faire tout le bruit que vous désirez, grogna-t-il à son oreille.

Enfin, elle put rejeter la tête en arrière, et crier.

Parce que c'était une merveille incroyable, une joie indéfinissable. Elle s'agrippa à lui, et il fit de même, tout en plongeant au plus profond d'elle.

Il semblait ne plus pouvoir s'arrêter. Après un moment ainsi il dut sentir que c'en était trop, car il la saisit par la nuque et guida de nouveau sa bouche vers la sienne. Aelfwynn se retrouva submergée, à la fois par sa langue, par son membre en elle, et il ne lui fallut que quelques poussées supplémentaires pour qu'elle eût de nouveau la sensation d'exploser de toutes parts.

Et cette fois, lorsqu'elle cria contre ses lèvres, il le fit aussi. Et il se répandit en elle, si brûlant que l'eau autour d'eux lui parut presque froide.

Sa dernière pensée cohérente, tandis que Thorbrand haletait en la tenant dans ses bras, fut qu'elle était perdue et déshonorée.

Aelfwynn, fille d'Aethelflaed et petite-fille d'Alfred, était déshonorée.

Et elle n'attendait qu'une chose, l'être de nouveau.

Chapitre 9

Verðr Þat er varir ok svá hitt er eigi varir
« Il peut arriver bien des choses
à qui en attend le moins. »
Saga Grettis, traduite par T. Kinnes

Une tempête de neige fit rage cette nuit-là et envahit la vallée.

Quoique Thorbrand s'en souciât peu. Il avait assez de provisions, en ayant amassé une belle quantité, ainsi que des outils, son arc et sa hache, avant d'aller vers le sud prendre possession de sa princesse.

Il s'était assuré qu'il y eût assez de bois afin de maintenir un bon feu en permanence, quelle que fût la durée nécessaire de leur séjour ici. De plus, avec l'aide d'Ulfric et Leif, il avait passé un jour ou deux à effectuer les réparations indispensables dans cette vieille chaumière que les villageois les plus proches, à quelques vallées de là, pensaient abandonnée depuis la rébellion, lorsque les derniers Danois avaient dirigé Jorvik, il y avait huit ans de cela.

Car personne n'aimait à être aussi isolé alors que la ville de Jorvik changeait sans cesse de mains et que de nouvelles armées pouvaient surgir et déferler à tout moment.

Il était donc plus sûr de rester regroupés dans les villages, ce qui pouvait expliquer l'abandon de cette chaumière en bon état. Mais Thorbrand ne se souciait pas de la sécurité. Pas avec une tempête qui s'acharnait sur le toit, aussi efficace pour tenir les prédateurs éloignés qu'une forteresse.

Ce qui lui laissait le temps de ne penser à personne d'autre qu'à Aelfwynn.

Il avait ravi son innocence dans la source chaude. Il sentait encore les premières contractions de son fourreau soyeux contre son membre, et la façon dont elle l'avait pris, profondément, dans sa chair obéissante alors qu'elle tremblait telle une feuille d'être possédée ainsi.

Car il avait prévu de la prendre dans cette source, là où l'eau chaude pourrait effacer ses cicatrices, même si ce n'était que pour un court instant. Mais ce n'était pas que cela. Il avait aussi eu l'intention d'honorer la douceur qu'il avait goûtée chez elle lors de leur voyage.

Elle avait néanmoins retourné son arme contre lui, sans crainte et déterminée. Le cœur de Thorbrand avait bondi à cela comme lors d'une bataille, l'une de ses meilleures batailles. Son membre en avait été plus dur que la dague qu'elle avait essayé d'utiliser.

Et toutes ses bonnes intentions s'étaient perdues.

La magnifique reddition d'Aelfwynn n'avait fait qu'aiguiser son appétit.

Il l'avait fait sortir de la source, l'avait enveloppée dans sa cape et ramenée dans la chaumière. Puis il y était retourné chercher le reste de leurs vêtements, savourant la morsure du froid sur sa peau échauffée. Il n'en avait été que plus affamé.

Une fois rentré, il l'avait trouvée assise sur l'une de ses fourrures, près du foyer au centre de la pièce, en train de peigner ses cheveux blonds avec ses doigts. Il l'avait prise sur ses genoux, lui avait ôté les mains de sa chevelure et avait entrepris de la coiffer lui-même. Ses doigts étaient certainement plus rustiques et moins efficaces que ceux d'Aelfwynn, et il ignorait d'où cette pulsion de le faire lui était venue, mais il s'était appliqué à la tâche.

Et cette soif qu'il ne pouvait étancher était revenue grandir en lui. Thorbrand l'avait installée devant lui de la même manière qu'il l'asseyait sur son cheval lors de leur voyage. Il lui avait tourné légèrement la tête et avait savouré la peau de son cou, tout en laissant courir ses mains à volonté sur son corps souple. Il avait trouvé ses seins, hauts et rebondis, et s'était mis à jouer avec jusqu'à ce qu'elle gémisse et qu'il sente sa virilité de nouveau exigeante.

Alors il l'avait à peine hissée, puis s'était introduit en elle, et l'avait ensuite de nouveau plaquée contre lui, admirant la jolie courbure de son dos.

— Vous savez comment chevaucher, Aelfwynn, avait-il dit. Je vous veux au trot.

Elle avait frissonné et rougi, sa jolie petite captive.

Et avait mordillé sa lèvre inférieure pulpeuse. Il avait aussi décelé une légère transpiration sur son front. Tout cela pour lui.

Puis, tout d'abord maladroitement, elle avait compris comment se mouvoir, de haut en bas, frottant ses formes douces contre lui.

Il avait joué avec ses seins, souriant sarcastiquement quand elle avait émis toutes sortes de petits bruits avides. Halètements, gémissements, tandis qu'elle devenait de plus en plus douce à l'intérieur.

Pour la récompenser d'avoir si vite appris, et de ses talents innés, Thorbrand avait glissé sa main entre ses jambes, puis sur le petit bouton intime qui s'y cachait, fièrement dressé, et empreint d'une chaleur si douce.

Ensuite il avait joué d'elle comme d'une lyre, une main sur ses seins, une main sur cet endroit. Délicatement, jusqu'à la faire chanter. Puis sangloter tandis qu'elle tremblait autour de lui.

Il lui avait aussi montré comment se pencher en avant, alors qu'elle était encore perdue dans l'extase, pour se positionner sur ses genoux et ses mains tandis qu'il se cramponnait à ses hanches, avide de prendre son propre plaisir à grandes poussées sauvages.

Lorsqu'il découvrit qu'ils étaient isolés par la neige le lendemain matin, il le prit comme un signe des dieux évident.

Il y aurait amplement assez de temps après que Ragnall les aurait convoqués pour se soucier du reste, se persuada-t-il. Le complot, et le plan.

Thorbrand préféra penser à la vie qu'il mènerait ici jusqu'à ce que son roi ait besoin de l'arme très subtile qu'était Aelfwynn, fille de la dame des Merciens. Car elle était clairement assez acérée pour que son oncle ait voulu l'écarter définitivement de son chemin.

Il serait alors temps de parler du rôle qu'elle jouerait.

De lui expliquer où ils iraient, et ce que l'on attendrait d'elle.

Mais pour le moment, le temps était venu de mettre ses longues nuits de séduction à l'épreuve.

Il le fit avec une passion qui n'existait, se persuadait-il, que parce qu'il avait été obligé d'attendre. Seulement parce qu'il avait développé une faim si impérieuse qu'elle avait besoin d'être régulièrement rassasiée, afin qu'il se sente de nouveau lui-même. Pour tenter de se rassasier lui-même.

Thorbrand n'avait qu'Aelfwynn en tête, jour après jour. Et il n'aurait pu décréter qu'il était près d'être rassasié. Quelle que fût la manière dont il s'appliquait à la tâche.

Ils ne parlaient pas de ce qu'elle était pour lui, ou de ce qui se passerait quand ils quitteraient cette chaumière. Avisée comme l'était Aelfwynn, elle se gardait bien de le demander.

Et de son côté, Thorbrand ne se souciait pas de ce qu'il faisait en cet endroit. Ou de ce que cela signifiait de se perdre ainsi, tel un possédé plutôt qu'un homme remplissant son devoir et respectant sa promesse.

Alors qu'il savait pertinemment ce qu'il ne pourrait jamais avoir, au grand jamais : une femme aimante, un foyer paisible.

Il se persuadait qu'il ne trahissait pas son serment. Mais qu'il ne faisait que graver leur avenir dans la pierre.

Et ce fut ainsi, pierre par pierre, qu'ils apprirent à se connaître.

Thorbrand n'avait jamais passé assez de temps avec une femme pour la connaître ainsi. Pour une seule nuit, ou deux peut-être il s'était livré à des ébats avec la même femme dans ses fourrures, mais toujours entre deux batailles. Puis toujours sur la route, sans cesse en mouvement, à se battre, en se concentrant sur ce qui l'attendait devant lui.

Il ne se souvenait d'aucune époque dans sa vie où il ne se préparait pas pour une nouvelle guerre, s'il n'était déjà en train de combattre. Car il y avait toujours une nouvelle guerre à mener.

Ces années étaient sanglantes, personne ne l'ignorait jusqu'aux confins les plus lointains. Des heures sombres et des rois sans envergure n'occasionnaient que de nouvelles effusions de sang, mais ce n'était pas la préoccupation de Thorbrand.

Il avait offert son épée au service de Ragnall il y avait bien longtemps, et n'avait jamais dérogé à cette fidélité.

Lorsqu'il n'était pas sur un champ de bataille, Thorbrand s'entraînait aux tactiques militaires. Parfois il se consacrait à la guérison des blessures qu'il n'avait pu éviter. Et il offrait toujours son soutien et ses conseils à son roi lorsqu'il était appelé à le faire. Ses pensées étaient toujours dans le prochain combat, le prochain territoire à conquérir, la prochaine étendue de terre désolée qu'ils s'approprieraient, annexeraient, puis défendraient par la suite.

Thorbrand passait très peu de temps à se préoccuper de sa façon de prendre son plaisir. Il y avait toujours des femmes. Toujours une grande salle accueillante où l'on vous servait de l'hydromel. Assez de chants, d'anciens héros à admirer et de dieux à louer. Il ne manquait jamais de jolies créatures pour remplir son gobelet et réchauffer ses fourrures.

Mais ici, dans cette chaumière, il n'y avait qu'Aelfwynn et cette faim dévorante qui ne faisait que croître et le tarauder.

Et plus de temps qu'il ne se souvenait d'avoir jamais passé seul, loin du roi qui avait fait un homme de l'enfant qu'il était, avant de le transformer en guerrier. Et loin des hommes avec qui il se battait et qu'il considérait comme ses frères, proches parents ou non. Ici pas de guerres à préparer, ni de terres à défendre.

Simplement Thorbrand, sa femme, une vallée enneigée et silencieuse.

Les jours se fondaient les uns dans les autres. Lorsque la neige se calma, Thorbrand alla chasser le gibier qu'il pouvait encore trouver à cette époque de l'année, et glaner ce qu'il réussissait à prélever dans la forêt lugubre et la vallée. Il s'occupait de son cheval, se baignait chaque jour dans la source chaude et incitait sa Saxonne peu convaincue à faire de même. Ici, point de guerrier. Il était un homme simple, qui vivait des ressources de ses terres et s'occupait de ses possessions.

Exactement comme dans ses rêves, même si loin de lui était l'envie d'y penser en plein jour. D'y penser tout court.

Mais ce qui l'accaparait le plus, c'était étudier Aelfwynn.

Il était obsédé par ses cheveux dorés et la façon dont ils reflétaient la lueur du feu. Parfois ils ne quittaient même pas les fourrures étalées devant le foyer pour rejoindre leur paillasse dans le coin de la pièce. Elle dormait toujours d'un sommeil profond, mais parfois il la réveillait dans l'obscurité, lui levant la jambe au-dessus de lui, pour qu'elle se couche sur sa poitrine avant qu'il trouve son chemin en elle. Elle atteignait l'extase, le visage dans le creux de son cou, la bouche contre sa peau, tandis qu'il maintenait fermement sa cuisse contre lui et les conduisait au plaisir.

Certains matins il insistait pour qu'elle ne s'habille pas et accomplisse ses tâches nue devant lui. Elle lui lançait alors de petits coups d'œil incessants, et quand il l'attrapait et entrait en elle, ils étaient tous deux enfiévrés depuis longtemps.

Elle était sienne. De toutes les manières possibles.

Il lui apprit à s'agenouiller devant lui et à prendre son membre dans sa bouche. Et il sut qu'il l'avait bien éduquée quand, après qu'il eût atteint son propre plaisir, elle lui prenait la main pour la conduire entre ses cuisses afin qu'il le lui procure à son tour.

Ils passaient du temps dans la source, pas simplement pour se baigner. Thorbrand lui apprit à faire bien des choses en profitant de la caresse de l'eau chaude. Les plaisirs de la neige froide contre la chair brûlante. Comment monter sur lui, se cramponner à lui, et comment ces choses étaient différentes lorsqu'elle était portée par l'eau et non par lui dans la chaumière.

La neige continuait de tomber. Dès qu'une tempête cessait, le temps semblait s'améliorer. Mais c'était pour une journée à peine avant qu'une autre tempête ne s'annonçât.

Les jours s'écoulaient ainsi. La lumière commença à changer, et à s'attarder plus longtemps avant de céder la place à la nuit. C'était infime, mais c'était là néanmoins la première annonce de l'espoir du printemps.

Et avec la venue du printemps, Thorbrand savait que viendrait la promesse de la mer. Ainsi que celle des terres qui l'attendaient à l'ouest.

Des terres qu'il coloniserait avec Aelfwynn à ses côtés, une perspective bien plus plaisante que ce qu'il avait imaginé initialement.

Mais un devoir rendu délectable n'en restait pas moins un devoir, évidemment. Et il se persuadait sans cesse que ce n'était qu'un devoir, rien d'autre.

Ce jour-là, Thorbrand était dehors, par un après-midi sinistre, relevant les pièges qu'il avait placés dans l'espoir de rapporter de la viande pour le dîner. Même s'il ne trouvait rien, il mangerait le pain que préparait Aelfwynn chaque jour avec ses provisions et s'en régalerait néanmoins.

Aucun gibier ne l'attendait dans ce paysage gris monotone, mais Thorbrand pensa à tous les petits miracles qu'Aelfwynn cuisinait avec très peu, et en fut aussi content que si un cerf s'était pris à l'un de ses pièges rudimentaires.

Au creux de la vallée il quitta les bois et marcha en son centre, un œil sur la chaumière au loin. Il voyait la fumée de la cheminée teinter le ciel bas au-dessus du toit de chaume. Et de temps à autre l'éclat de lumière du feu lorsque Aelfwynn ouvrait la porte pour vaquer à ses tâches.

Ils n'avaient d'ailleurs pas abordé cette question.

Lorsqu'elle s'était réveillée, le premier matin, elle avait inspecté les provisions d'un œil expert, puis s'était mise au travail.

Faisant ainsi ses preuves, s'était alors dit Thorbrand. Il s'attendait à ce qu'elle échouât. Car que pouvait savoir une princesse saxonne gâtée du vrai travail domestique ?

La mère avait combattu et renversé des rois, donc il aurait été logique que la fille se considérât au-dessus des tâches ménagères quotidiennes. Mais elle lui avait prouvé le contraire. Jour après jour elle cuisinait leurs repas et le foudroyait du regard s'il montrait la moindre velléité de faire des commentaires sur ceux-ci plutôt que de les manger.

Elle le surprenait sans cesse. Et cela commençait à l'oppresser.

Ou peut-être était-ce simplement le fait de se retrouver en ce lieu retiré et escarpé. Loin de tout ce qu'il connaissait. Calfeutré avec Aelfwynn dans une chaumière, avec l'emprise de l'hiver encore puissante autour d'eux, et aucune autre distraction qu'eux-mêmes.

À part peut-être les fantômes, suggéra une petite voix en lui.

Thorbrand n'avait peur ni des hommes ni des fantômes, mais il était très respectueux de ce qu'il ne pouvait pas voir.

Il se doutait que les mains qui avaient construit cette chaumière n'étaient plus que des os, sous la terre qu'il foulait. Car qui donc abandonnerait une maison bien bâtie, entre deux points d'eau ? Les sources à l'arrière, la rivière en bas. Qui partirait en laissant tous ses outils ? Qu'importaient les théories échafaudées sur ce lieu dans le village le plus proche ! Les gens qui avaient vécu ici étaient soit morts de faim par un hiver tel que celui-ci, soit partis de peur de mourir de cette même faim.

Ou encore ils étaient morts lors de l'une des guerres qui ravageaient sans cesse ces contrées. Ils avaient beau être partis, certaines nuits Thorbrand était certain de voir les empreintes de leurs mains dans la cendre du foyer. Lui rappelant que tous les hommes ont une fin, qu'elle leur plaise ou non, et que tous les trépas n'étaient pas nécessairement glorieux.

Peut-être pas même le sien.

Alors qu'il arpentait la vallée glacée en ce jour, Thorbrand repensa à cette île à l'ouest. Avec des grèves de sable noir et des cascades partout où l'œil se posait. La mer sauvage telle une muraille de pierre, qui se soulevait encore et encore. Mais surtout, cette terre.

Une terre nouvelle.

Qui n'était ni abreuvée de sang ni semée d'os, sans fantômes ou empreintes dans la cendre, ou de conflits permanents remontant à une éternité.

Thorbrand ne cessait de penser à pareille terre. Ainsi qu'à une maison solide, sa femme, et enfin, la quiétude.

La quiétude était son plus grand plaisir.

Il était habitué aux grandes salles pleines de promiscuité et aux navires où l'on était obligé de se serrer faute d'espace. Pas à une demeure pour lui tout seul et sa femme, tandis qu'à l'extérieur ce qui ressemblait au reste du monde somnolait là devant lui, sans la moindre créature vivante en vue.

Il ignorait à quand remontait la dernière fois qu'il avait dormi si profondément. Ici il n'était pas sur ses gardes, prêt à se lancer au combat dans l'instant. Car personne ne ferait le siège de cette chaumière. Seuls quelques villageois dans une autre vallée en connaissaient l'existence.

Thorbrand et Ulfric l'avaient découverte entièrement par hasard l'hiver précédent, lors des manœuvres de Ragnall vers Jorvik. Pour des raisons complexes, les frères avaient été forcés de choisir seuls une approche bien plus discrète que le reste de l'armée.

Et à l'époque, tout comme en cet hiver, il n'y avait rien dans cette vallée que des jours paisibles, seulement troublés par le vent et un cri d'oiseau de temps à autre.

Thorbrand n'avait jamais non plus assouvi auprès d'une femme ses désirs si longtemps et si intensément, jour après jour, à tel point qu'il n'était plus certain que ce terme de désir fût le plus approprié désormais. Le désir s'appliquait à certaines femmes, peut-être, mais pas à Aelfwynn. Pas à cette femme en or, qui lui souriait quand il était en elle et gémissait son nom comme si c'était l'une de ses jolies prières latines.

Thorbrand avait toujours eu l'intention de périr au combat, comme son père avant lui. Afin de continuer à honorer le nom de la famille, auréolé de gloire, héros pour ses fils et leurs fils à leur tour. S'assurer, coup après coup, bataille après bataille que ses échecs ne ternissent pas le nom de la famille. Il n'avait jamais compris les hommes qui préféraient le labour au pillage.

Mais ce séjour dans cette vallée tranquille l'avait changé.

Aelfwynn l'avait changé.

Elle était un trophée. Elle était sienne désormais.

Et Thorbrand trouvait que la conquête de son corps, jour et nuit, était un présent bien plus doux que toutes les terres qu'il aurait pu conquérir au service de Ragnall. Il savait que c'était vrai, qu'importait à quel point cela pourrait le rendre déloyal.

Car il en était venu à connaître cette vallée, même couverte de neige, de la même manière qu'il avait appris les courbes et les secrets d'Aelfwynn. Il y avait une poésie à marcher sur la même terre chaque jour. À se creuser le cerveau pour tenter d'attraper les quelques créatures qui rôderaient en cette saison ingrate. Les skalds, les bardes vikings, ne chanteraient peut-être jamais pareils chants, mais Thorbrand les sentait dans son cœur. Qui le changeaient par leur beauté simple.

Il s'était toujours langui des champs de bataille, mais ici, dans la quiétude qui n'était troublée que par les tendres cris de sa femme, il se retrouvait à rêver des mélopées douces qu'un homme entend seulement lorsque la terre n'est pas martelée par les pas cadencés de trop d'armées ennemies.

Il savait aussi qu'il était un homme brisé, sinistre et marqué par les échecs. Il avait une incroyable quantité de sang sur les mains. Il avait vu mourir ses propres parents, n'avait rien fait pour les sauver, et avait porté ce fardeau pendant toutes ces années sous le signe de la violence et de la brutalité. Il le portait encore.

La vérité était qu'il ne la méritait pas.

Ni elle ni cette quiétude, et encore moins cette paix.

Il était donc tout aussi bien que cela ne puisse durer, se rudoya-t-il.

Car rien ne durerait. Pas cela. Ni la vie, quelle qu'elle

fût, qu'il se bâtirait au-delà de la mer glacée. C'était son vrai devoir, qu'il ne l'oublie pas ! Rien ne lui appartenait. Il appartenait à Ragnall.

Il avait toujours considéré que c'était un marché équitable, auparavant.

Thorbrand essaya de chasser cette humeur étrange qui l'avait saisi tandis qu'il gravissait la dernière montée jusqu'à la chaumière. Parce que même s'il répugnait à mettre fin à ce cadeau inattendu qu'était cette parenthèse de temps passé ici, qui le surprenait chaque jour, cela ne changerait en rien les projets de Ragnall concernant Aelfwynn.

Ragnall avait fait connaître ses volontés, Thorbrand avait juré de les accomplir, et ce serait le seul récit qui serait jamais conté.

Il le raconterait lui-même.

— Je suis tout aussi contente que vous n'ayez pas rapporté de viande, déclara Aelfwynn d'un ton jovial lorsqu'il poussa la porte d'un coup d'épaule, les mains vides.

La pièce était chaude et embaumait agréablement le pain frais.

Elle avait lavé et suspendu quelques-uns de leurs vêtements pour les sécher. Et elle se tenait à côté du chaudron au-dessus du feu, y tournant quelque chose qui exhalait une odeur appétissante de poisson et d'épices.

— J'ai pris du poisson séché, je l'ai préparé, et nous allons nous régaler ce soir.

Mais Thorbrand avait tout à fait d'autres délices en tête.

Il l'avait prise avec frénésie dès son retour trop souvent pour compter à combien de reprises. Cet après-midi-là il secoua la neige de sa cape et l'accrocha à la porte. Il l'observa tandis qu'il ôtait ses bottes, en réprimant un sourire tandis qu'elle lui coulait des regards de biais, alors qu'elle s'appliquait à remuer le contenu de sa marmite. Il se dirigea vers elle, tendit la main et attendit.

C'était différent, même si Thorbrand ne désirait pas se demander pourquoi. Il se sentait différent, à l'endroit où sa poitrine se serrait quand il la contemplait. Et il sut qu'Aelfwynn le ressentait aussi lorsque ses yeux dorés s'agrandirent. Elle s'essuya les mains sur le tablier qu'elle avait confectionné avec ce qui était auparavant son voile. Puis elle posa sa main dans la sienne.

Se flatta-t-il de lire qu'il n'y avait plus rien que désir dans son regard ?

Il la conduisit sur la paillasse au fond de la pièce et resta là un moment, main dans la main, tandis qu'il la scrutait. Il avait tout goûté chez elle. Avait pris sa bouche généreuse, essuyé des larmes de plaisir sur ses joues. Il connaissait son odeur, ses bruits.

Tu n'as pas envie de la partager avec ton roi, susurra une voix en lui. Et Thorbrand comprit que c'était la vérité, même si elle lui déplut fortement.

Car tout ce qui était à lui était à Ragnall. Et Ragnall en faisait ce que bon lui semblait.

Ce serait de même avec Aelfwynn.

Pour la première fois depuis ses quinze ans, alors qu'il avait été brutalisé et blessé, Thorbrand ne fut pas réconforté à cette pensée. Il la désirait trop pour admettre qu'il devait se servir d'elle selon les ordres d'un autre.

Mais ensuite, il voulait tout, trop intensément. La vie paisible, pas un simple avant-goût de celle-ci. Toutes les choses qu'il savait qu'il ne pourrait jamais mériter. Car il connaissait trop bien sa valeur de guerrier : c'était celle du pouvoir procuré par son maniement de l'épée.

Les vœux et promesses qu'il ne romprait pas. La confiance que son roi avait placée en lui.

Des vies plaisantes pour d'autres hommes. Qui valaient mieux que lui.

Des hommes qui n'étaient pas trempés de sang.

Et Thorbrand savait que plus longtemps ils s'attarderaient dans cet endroit, plus vite Ragnall les convoquerait.

Et tout serait fini. Comment était-il possible qu'il ne désirât pas que cela se termine ? Pourtant il savait que c'était plus que possible. Et aussi que c'était une vérité qu'il aurait préféré ne pas affronter.

Lui qui avait pourtant affronté toutes sortes de vérités déplaisantes comme il affrontait tout le reste, épée en main et les dieux derrière lui.

— Qu'est-ce qui vous préoccupe, Thorbrand ? chuchota Aelfwynn en le scrutant de ses yeux étincelants.

— J'ai besoin de vous, fut tout ce qu'il réussit à articuler.

Elle s'allongea aussitôt devant lui, sa princesse blonde, et s'installa avec grâce sur les fourrures. Puis, s'agenouillant, elle posa les mains sur ses hanches et attendit son assentiment. Qu'il n'hésita pas à lui donner d'un signe de tête.

Il ôta sa tunique de dessus tandis qu'elle se chargeait de ses pantalons, qu'elle fit glisser jusqu'en bas de ses jambes. Puis Thorbrand se débarrassa de sa chemise. Et elle entreprit de le satisfaire.

Elle s'y livra avec tout le savoir qu'il lui avait inculqué, ainsi que tout le plaisir qu'elle en retirait elle-même.

Thorbrand plongea alors profondément les mains dans sa chevelure de soie douce et chaude. Tout en la détaillant des pieds à la tête, car cette vision ne manquait jamais de l'exciter. Les cheveux blonds d'Aelfwynn répandus sur son dos, son visage levé vers lui tandis qu'il se mouvait dans sa bouche.

Il lui avait appris cela, cependant il était toujours surpris de la façon dont elle le bouleversait.

Après avoir atteint l'extase en elle, il la contempla lorsqu'elle s'assit devant lui et lui sourit. Le feu revint presque instantanément en lui.

Tout était sauvage en lui ce jour-là. Il ne se connaissait pas assez, tout en se connaissant trop. C'était là la seule bataille qu'il avait eue à mener récemment. Il ne pouvait pas brandir son épée pour couper court à ses rêves de paix alors qu'il aurait dû désirer assurer la gloire de sa famille.

Et il ne pouvait pas non plus s'attribuer la gloire, alors qu'il avait juré depuis des lustres que quelle que fût celle qui lui reviendrait, elle représenterait toute une vie au service de son roi.

Mais Aelfwynn était là, pas son roi. Et elle était l'objet de son serment envers ce dernier.

Il la releva, puis lui ôta sa robe et sa chemise de dessous. Puis se baissa pour lui enlever ses bas. Ensuite il la coucha sur ses fourrures, se régalant du spectacle de ses seins aux bouts rosés, de ses yeux dorés et de ses cheveux blonds, ainsi que des nuances dorées plus sombres au creux de ses cuisses.

Il s'agenouilla alors devant elle, lui posa les jambes sur ses épaules et s'abreuva à son intimité chaude et moite.

Sa saveur était telle qu'il se l'était imaginée, miel et chaleur mêlés. Et il savait comment la faire se cambrer contre lui, en caressant sa chair tendre, avec sa barbe. Il savait désormais qu'elle aimait cette sensation entre ses cuisses, et la sensation de ses dents contre son intimité.

Ce jour-là Thorbrand ne la fit pas le chevaucher, ni ne la prit par-derrière. Il ne la fit pas non plus se coucher sur le côté pour l'enjamber.

Ce jour-là il la recouvrit de son corps, tout en la léchant par-ci et la mordillant doucement par-là, avant de l'enserrer sous lui. Pour la première fois.

Aelfwynn suffoqua, et écarquilla les yeux.

— Mais…

Il lui avait dit qu'elle n'aurait pas à rester sur le dos la première fois qu'il la prendrait. Et il avait tenu cette promesse, mais ce soir-là… Ce soir-là il voulait cela.

Ce soir-là il la voulait là où il pourrait la voir, comme si cela pouvait atténuer la puissance avec laquelle elle l'avait ensorcelé.

— Me faites-vous confiance ? demanda-t-il.

Lentement, alors même qu'elle tremblait, Aelfwynn hocha la tête.

Pour la première fois, Thorbrand s'allongea sur elle et plongea son regard dans le sien. Il se laissa peser de tout son poids sur elle et vit ses yeux s'assombrir de plaisir. Il accentua sa pression et sentit les bouts de ses seins se raidir.

Il lui prit les mains, puis lui leva les bras au-dessus

de la tête, afin que ses seins soient à parfaite hauteur pour qu'il les prenne dans sa bouche.

Pendant un moment il resta ainsi, lui maintenant les poignets d'une main, et savourant ses seins. Il continua jusqu'à ce qu'elle se tortille sous lui, avec ces petits couinements aigus qui le rendaient fou.

Mais il n'avait pas envie de la prendre sauvagement. Pas ce soir-là.

Il positionna sa main libre sur sa joue, soutint son regard et plongea profondément en elle.

Une seule poussée, qui l'installa.

Il la regardait toujours. Puis commença à se mouvoir.

Lentement. Sans la quitter des yeux.

C'était comme si tout ce qu'il lui avait montré en arrivait à cela. Tout ce qu'il avait fait pour la faire crier, cet embrasement, ces tempêtes. Pour découvrir ce calme, puis cette intensité, et cette intimité.

Elle le terrassait aussi sûrement que n'importe quelle bataille.

Aelfwynn le tenait enlacé, les bras passés autour de son cou, et ils trouvèrent vite leur rythme. Lentement, délibérément, ils se comprirent.

Puis s'enfoncèrent dans quelque chose de nouveau, ensemble.

Un peu plus tard, elle lui servit le ragoût qu'elle avait confectionné et ils mangèrent par terre devant le feu, enlacés comme s'ils ne pouvaient se résoudre à se séparer.

Et ce fut là qu'il la prit de nouveau, à la lueur du feu qui les éclairait tous deux et faisait danser les ombres sur leurs corps enfiévrés. Il la fit rouler sous lui, la serra dans ses bras et les emporta dans la félicité où n'existait plus qu'eux deux, comme si cet abandon mutuel les avait intimement liés à tout jamais.

Tous deux vaincus, se dit Thorbrand, et tous deux régénérés.

Le matin suivant, le ciel était clair. Le jour le fut aussi. Le soleil était si vif et l'air si chaud que la glace commença à fondre.

Cette nuit-là il la prit avec une furie renouvelée, presque désespérée.

— Allez-vous me dire ce qui se passe ? demanda-t-elle tout bas, plus tard dans la nuit.

Elle était étendue sur lui au milieu des fourrures, encore enrouée d'avoir crié quand elle l'avait chevauché, ses cheveux répandus entre eux. Comme sa propre Valkyrie.

— Rien, grommela-t-il pour toute réponse.

Puis il la prit une fois de plus pour le lui prouver.

Et Thorbrand songea qu'il avait bien lu l'avenir, car le lendemain Leif et Ulfric arrivèrent pour les conduire à Ragnall.

Chez qui il aurait dû souhaiter se rendre, comme prévu.

Parce que peu importait le sort d'Aelfwynn, ou ce qu'il estimait lui-même ne pas mériter après tout ce qu'il avait fait. Rien n'avait jamais eu d'importance.

Ces jours et ces rêves avaient été une distraction, rien de plus.

Thorbrand avait prêté des serments, et il s'y tiendrait.

Chapitre 10

Widgongel wif word gespringeð ;
oft hy mon wommum bilihð.
« Une femme sans attaches fait jaser ;
on l'accuse souvent de pécher. »

Maxime I, *Le Livre d'Exeter*

C'était là ce que redoutait Aelfwynn.

Le frère et le cousin de Thorbrand étaient arrivés sans crier gare.

Tout avait commencé comme une matinée normale à la chaumière, si l'on pouvait toutefois parler de vie normale en considérant leur situation. Elle était en train de brasser leur bière, comme chaque jour avant de commencer à faire le pain.

Et la porte s'était ouverte à toute volée, laissant entrer le froid. Thorbrand était de retour, mais accompagné de Leif et Ulfric, tous trois bien trop imposants pour la petite salle de la chaumière.

Oh ! non ! se dit Aelfwynn en les voyant apparaître. Parce qu'elle doutait fortement qu'ils ne fussent là que pour une visite de famille. D'autant plus qu'ils n'avaient pas l'air plus avenants à son égard ni moins suspicieux que la dernière fois qu'ils avaient été en présence, il y avait quelques semaines de cela.

Ils restaient plantés dans la pièce, scrutant tout sans rien manquer lors de leur examen, elle en était certaine. Les vêtements fraîchement lavés de la veille qui séchaient. La paillasse recouverte des fourrures de Thorbrand.

Et elle, sans coiffe, avec une simple natte, penchée sur sa tâche, comme une souillon.

Aelfwynn ne savait que penser. Et elle était certaine d'être aussi cramoisie que les braises du foyer. De honte ? De peur ? Ou était-elle contrariée d'être dérangée dans cette chaumière, où elle avait commencé à se dire qu'être l'esclave de cet homme n'était pas tout à fait... l'horreur qu'elle avait imaginée ?

Elle se morigéna fortement de ces pensées tandis que les hommes s'entretenaient avec vivacité en irlandais, car bien évidemment Thorbrand et elle ne pouvaient vivre ainsi éternellement.

Et elle ne pouvait croire non plus que tout cela lui appartenait réellement.

Ni lui, d'ailleurs, songea-t-elle amèrement.

Ni encore la manière dont elle en était venue à le désirer de la sorte. Une esclave ne possédait rien d'autre que ce que son maître lui avait acheté, et ce qu'il faisait d'elle ne regardait que lui. Voilà tout.

Qu'importait si son cœur semblait ne battre que pour lui.

Aelfwynn fit donc ce qu'elle devait faire, quels que fussent ses sentiments. Elle n'était pas assez stupide pour s'imaginer que ceux d'une jeune femme pouvaient changer les décisions des hommes. Et encore moins de ceux-ci. Des Vikings, pas moins, qui l'avaient attendue postés en embuscade et l'avaient emmenée hors de Mercie pour se servir d'elle à leurs propres fins.

Elle offrit posément l'hospitalité à Ulfric et Leif, et leur apporta tout ce qu'elle pouvait de boissons et de nourriture. Et elle se contint, montrant un visage serein jusqu'à ce qu'ils condescendent à parler dans une langue qu'elle comprenait.

Même si ce fut pour lui annoncer qu'ils devaient quitter cet endroit car ils allaient la conduire à leur roi.

— Notre roi requiert votre présence, lui déclara Ulfric, avec un éclat dans ses yeux sombres dont elle se serait bien passée.

— Et la tienne, dit Leif à Thorbrand.

— Je suis impatiente de rencontrer une figure aussi légendaire, répondit Aelfwynn d'un ton léger, comme si ce nouveau tour que prenaient les événements ne la gênait pas le moins du monde.

Le plus difficile fut de regarder Thorbrand et de ne découvrir aucun signe de surprise sur son visage. Elle comprit aussitôt qu'il avait attendu cette convocation depuis le début de leur séjour dans la chaumière.

Et que ce qui s'y était passé n'avait été qu'un peu de batifolage avec sa captive.

Avait-il jamais suggéré quoi que ce fût concernant l'avenir ? susurra une petite voix en elle.

Mais Aelfwynn connaissait déjà la réponse. La honte était sur elle. Le péché aussi.

Il fallut peu de temps pour rassembler leurs affaires.

Peu de temps pour faire ses adieux à la chaumière qu'elle n'aurait pas dû transformer en foyer, jusqu'à ce qu'il ne restât aucune trace de leur passage.

Aelfwynn comprit alors que Thorbrand n'avait aucune intention d'y revenir. Ce qu'elle ne pouvait savoir, c'était ce qu'elle avait représenté pour lui, lors de cette parenthèse paisible agrémentée des merveilles de leurs unions, où elle avait complètement oublié qui elle était.

Elle en blâmait la manière dont leurs corps s'accordaient. Ainsi que la chaleur de cette source magique et l'étonnante tendresse avec laquelle Thorbrand posait la main sur sa joue. La tentation de son regard nocturne. La beauté invraisemblable de ses baisers. Ses innombrables cicatrices, qu'elle avait embrassées les unes après les autres tandis qu'il lui avait raconté brièvement leur histoire, et comment il y avait survécu.

« J'espère bien que ceux qui ont levé leur hache sur moi ne le feront jamais plus », avait-il grommelé une fois.

Et c'était bien là le problème, non ? Aelfwynn lui avait fait confiance. Trop, peut-être.

Peut-être n'était-elle plus aussi faible et naïve qu'elle se sentait en ce moment, cependant, se dit-elle en s'enveloppant de sa cape pour sortir et contempler la vallée une dernière fois. Peut-être était-ce dû à la paix de ces lieux, voilà tout. Les joies simples d'entretenir un feu et de faire du pain. De brasser de la bière et de laver leurs vêtements.

Tous ces talents que Mildrithe avait insisté pour lui inculquer, quelles que fussent ses origines.

« Tu es avant tout une femme, mon enfant, avait-elle dit. Et personne ne peut dire quel mariage sera le tien. »

Mais cela faisait très longtemps qu'Aelfwynn n'avait pu mettre ces talents en pratique. C'était bien différent d'aider et de se charger de tout, et elle avait découvert que cela lui plaisait. Même si le travail était difficile. Quel travail ne l'était pas, d'ailleurs ?

Cependant la simplicité de cette vie l'avait émerveillée. C'était ce qu'elle avait espéré trouver à Wilton Abbey. Une ordonnance à ses journées, un respect pour cet ordre, extrêmement éloignés de ce que sa vie avait été jusque-là, avant et après la mort de sa mère.

Plus que cela, elle y avait puisé une joie profonde parce que c'était pour lui.

Pour Thorbrand.

Elle s'était permis un rêve éveillé… mais elle n'aurait rien à retirer de ce genre de choses désormais.

Elle resserra sa capuche autour de son visage tandis que les hommes fermaient la chaumière et amenaient les chevaux. Un vent glacé descendait des collines ce matin-là, telle une gifle au visage. Mais Aelfwynn en fut heureuse. Parce qu'à la vérité, elle aurait dû se douter de tout cela.

Il n'y avait aucun endroit sûr et paisible sur cette terre. Pas pour elle.

Quand bien même aurait-elle réussi à atteindre l'abbaye comme prévu, avait-elle vraiment cru que ce serait un sanctuaire ? Où que l'on se trouvât, c'était la guerre. Elle prenait simplement des aspects différents selon les endroits.

Tout comme dans cette chaumière. Ils s'étaient battus à leur propre manière, n'était-ce pas le cas ? Et que cela eût été agréable n'en faisait pas moins un combat, où Thorbrand avait toujours eu le dessus. Plus doué, en chaque matière. Aelfwynn en avait certes savouré chaque instant, mais il n'en était pas moins vainqueur pour autant.

Tout n'avait été que péché, voilà tout.

Mais cela, elle l'avait su aussi. Elle avait tout su. Et c'était sa faute d'avoir oublié. Et de prétendre que cela pourrait être autre chose que cela avait été. Sa propre faute. Et sa honte.

Lorsque Thorbrand la hissa sur son cheval pour chevaucher de nouveau devant lui, elle crut qu'il allait lui chuchoter quelque chose à l'oreille, qu'il lui dirait de n'avoir aucune crainte, ou lui expliquerait ce qui lui arriverait. Ou même la réconforterait.

Ou encore lui insufflerait de l'espoir, ajouta une petite voix en elle.

Mais il ne fit rien de tout cela.

Les trois Vikings éperonnèrent leurs chevaux au galop. Aelfwynn eut l'impression que cela faisait une éternité qu'elle n'avait pas chevauché ainsi, devant Thorbrand. C'était familier, mais aussi nouveau. Parce qu'elle connaissait beaucoup mieux le contact de son corps. La pression de sa cuisse contre la sienne la faisait… fondre.

Et cette fois, elle n'essaya pas de prétendre qu'elle y restait indifférente.

Alors même qu'elle se dirigeait sans doute vers sa perte.

Une fois de plus.

Ils chevauchèrent quelques heures, cette fois sur les routes, avant de bifurquer de nouveau dans les bois sur un sentier moins fréquenté. Lorsqu'ils ralentirent,

Aelfwynn s'attendit à découvrir une ville qui valait ce voyage. Mais ce n'était qu'un village au creux d'une autre vallée qui ressemblait beaucoup à celle qu'ils avaient quittée.

— Ce n'est quand même pas York, n'est-ce pas ?

— Cela aurait peu de sens au niveau de la stratégie de vous mener à Jorvik, expliqua Thorbrand à son oreille. Imaginez, si l'on vous y reconnaissait ?

— Dieu nous en garde, murmura-t-elle, en prenant plus de plaisir qu'elle n'aurait dû lorsqu'elle sentit le rire de Thorbrand soulever sa poitrine derrière elle.

Comme si cela pouvait la sauver de ce qui l'attendait.

Ce fut seulement à cet instant qu'elle s'inquiéta de la réception qu'on lui réserverait ici, si loin au nord. Elle n'avait pas la moindre idée de la façon dont le roi de Thorbrand traitait ses captifs et ses esclaves. Et tout ce qu'elle avait jamais entendu sur Ragnall était que c'était un sauvage, mais un sauvage à ne pas sous-estimer.

Et même après avoir assez souvent écouté sa mère disserter sur les Vikings qui s'étaient battus de longues années pour Dublin et qui finalement avaient fait passer York sous leur férule, pour la rebaptiser Jorvik, Aelfwynn ne pouvait croire que Thorbrand eût reconnu cet homme comme son roi à moins qu'il ne fût… une figure légendaire.

Mais elle n'osait trop y réfléchir, car elle risquait de s'évanouir et tomber de cheval, ce qui ne ferait honneur ni à elle-même ni à son peuple.

Elle était certaine que Thorbrand lui préciserait son statut lorsqu'il se retrouverait parmi son peuple. Il lui lierait les mains. La ferait marcher derrière son cheval, dans la neige piétinée transformée en boue. La jetterait à ses pieds devant eux, pour le moins.

Mais au lieu de cela il traversa le village, avec elle sur son cheval, pour que tout le monde la voie.

Une fois de plus, Aelfwynn fut obligée de se demander ce que Thorbrand voulait d'elle. Et ce que voudrait aussi son roi. Durant ces quelques jours où ils avaient voyagé vers le nord avec sa famille, elle l'ignorait totalement, mais elle pensait le savoir maintenant. Était-il possible que Thorbrand l'eût emmenée dans cette chaumière pour une sorte de… test ?

Elle avait entendu des rumeurs au sujet de ce genre de choses à la cour de son oncle. De femmes utilisées et vendues ensuite pour le plaisir, encore et encore. Et pas pour le leur.

Ce serait une certaine idée de la revanche parfaite pour un homme. Thorbrand était-il ce genre d'hommes ? S'était-elle trompée à ce point dans son jugement ?

Elle baissa les yeux pour ne pas croiser les regards des villageois qui étaient venus les observer, et elle sentit une peur panique monter en elle.

En fait, le temps qu'elle avait passé dans cette chaumière avec Thorbrand l'avait perdue de nombreuses manières, pas d'une seule.

Elle eut l'impression d'avoir tout oublié. Qui elle était. Ce qu'elle était censée faire. Comment se protéger elle-même et comment se comporter ici désormais. Elle savait déjà que quel que fût le lien qu'elle s'était imaginé avoir tissé avec Thorbrand, il n'avait pas lieu d'être.

Pas ici.

Les trois hommes arrêtèrent leurs chevaux, mais

Thorbrand posa lourdement sa main sur la jambe d'Aelfwynn pour la maintenir en place. Bien visible sur son cheval, afin que tout le monde la contemple.

Il recommença à s'entretenir en irlandais avec sa famille, mais elle entendait aussi d'autres voix. Celles des villageois, qu'elle comprenait. Et Aelfwynn ne savait trop si c'était un bien ou non. Peut-être valait-il mieux qu'elle ne comprît pas ce qui lui arrivait.

La grâce, se souvint-elle. C'était là une opportunité pour la grâce.

Elle resta donc assise bien droite, même si elle était l'esclave d'un Viking. Il pouvait bien la qualifier de tous les noms qui lui plaisaient, elle savait quel était son sang. Elle savait qui elle était.

Qu'importait le fait qu'il l'eût tant troublée avec ses caresses, elle le savait.

Thorbrand se détourna de son frère et de son cousin, ainsi que des autres hommes qui avaient pris part à leur conversation. Il revint vers son cheval et fit descendre Aelfwynn telle une plume, en une démonstration aisée de sa force qui aurait dû la terrifier.

Au contraire, cela raviva aussitôt sa flamme.

Il la déposa au sol et la plaça devant lui, une main posée lourdement sur sa nuque.

Mieux vaut cela qu'un collier de fer, se dit-elle.

Aelfwynn fit de son mieux pour garder les yeux modestement baissés lorsqu'il commença à avancer en la guidant devant lui. Elle s'attendait vaguement à des insultes. Des cris. Même des pierres, mais tout était silencieux.

C'en était plus inquiétant encore.

Ils arrivèrent vite à la maison longue au centre du village, entourée de petites chaumières et des dépendances nécessaires à la vie quotidienne du village. À la différence des autres habitations devant lesquelles les gens allaient et venaient à leur guise, les hommes restaient devant la porte, et détaillaient Aelfwynn sans aménité.

Elle s'appliqua à ne pas sembler troublée par cet examen, mais elle craignait que le tremblement de ses mains ne la trahisse.

Puis les hommes ouvrirent la porte, Thorbrand la poussa devant lui et elle se retrouva devant le roi viking qui aurait tué sa mère s'il l'avait pu.

Ragnall, dont le nom n'avait été prononcé en sa présence que comme synonyme de fléau.

Il y avait d'autres personnes dans la salle sombre et enfumée, mais Aelfwynn le reconnut aussitôt. Il était assis sur une chaise en hauteur, tout au fond, avec une apparence de nonchalance immédiatement démentie par son regard d'acier et l'autorité qui l'habitait telle une armure.

C'était donc là Ragnall, la terreur de Dublin avant même d'avoir été expulsé par les rois d'Irlande alliés aux Vikings de Norvège, qui s'étaient depuis longtemps mêlés à la population d'origine. Ragnall qui avait conquis les Îles, puis s'en était pris à la Northumbrie. Les rumeurs disaient de lui qu'il était un descendant direct d'Ivar le Désossé, mais bien d'autres se targuaient de la même origine autour des feux de camp la nuit. Réputé pour être mû par de sombres appétits et des visées plus sombres encore, Ragnall semait le chaos sur son passage, et la façon dont il la dévisageait suggérait qu'il se ferait un plaisir de déchaîner ces sombres passions sur elle.

Mais Aelfwynn se convainquit que même si toutes ces histoires avaient un fond de vérité, Ragnall n'en restait pas moins un homme.

Un homme, tout simplement, de chair et d'os et de sang, comme tous les autres.

Mais cette pensée ne l'avait jamais réconfortée lorsqu'elle se trouvait devant son oncle, qui tenait sa vie entre ses mains. Et ne la réconforta pas plus lorsque Thorbrand la fit avancer jusqu'au centre de la salle, devant le trône de son roi.

Ragnall n'était plus jeune, mais sa puissance s'exprimait néanmoins par toute sa personne.

Il était grisonnant, cheveux et barbe, cependant ses yeux étaient vifs et perçants, fixés sur elle.

— La fille d'Aethelflaed, dit-il après que tout son entourage eut cessé de parler en irlandais, avec un ton empreint de satisfaction. Vous lui ressemblez.

Aelfwynn avait l'impression d'être dans un rêve. Il n'y avait eu que la neige, avec le vent qui hurlait si fort autour de la chaumière qu'elle avait été certaine que le toit s'envolerait à un moment ou à un autre. Et elle s'en serait moquée, tant elle était alors accaparée par les délices que lui procuraient les mains de Thorbrand.

Et pas seulement ses mains, sa bouche aussi. Et toutes les parties de son corps magnifique. Et cette incroyable magie lorsqu'il s'enfonçait en elle.

Alors que pareilles sensations existaient, elle ne comprenait d'ailleurs pas pourquoi elle avait pu vivre toute sa vie sans avoir la moindre idée que ce fût possible.

Elle avait souvent regardé dans le vague, seule dans la chaumière, alors qu'elle aurait dû repriser ou s'occuper du feu, ou toute autre tâche, en se demandant qui de ses connaissances avait pu expérimenter ces choses. Comment avaient-elles pu la croiser dans cet état sans qu'elle l'eût jamais su ?

Car même si elle comprenait maintenant ce besoin si impérieux que n'importe quel coin sombre s'y prêtait, elle avait néanmoins du mal à croire que les gens vivaient simplement leur vie, respiraient le même air qu'elle, en se sentant… comme cela.

Comme s'ils venaient de naître.

Et elle s'y était tant perdue que même l'arrivée des parents de Thorbrand, qui portaient la désapprobation sur leur visage, ne l'avait pas ramenée à elle-même. Même la traversée de ce village, pendant laquelle elle avait pris sur elle le mieux possible, n'y avait pas suffi.

Car il y avait la main pesante de Thorbrand sur sa nuque et cette chaleur traîtresse entre ses cuisses.

Mais ici, en cet instant, elle entendait le nom de sa mère dans la bouche d'un ennemi.

Et c'était un choc pour Aelfwynn de renoncer à cette chaleur merveilleuse qui avait imprégné ces dernières semaines. Mais elle la laissa la quitter.

Parce qu'elle était bien tout compte fait la fille de sa mère.

Elle inclina la tête.

— Vous avez l'avantage, je pense. Vous prononcez le nom de ma mère, cependant je ne me souviens pas de l'avoir jamais entendue prononcer le vôtre en ma présence, répliqua-t-elle avant de sourire.

La main de Thorbrand se serra sur sa nuque. Les hommes debout autour de la chaise de Ragnall se raidirent sous l'outrage.

Mais Ragnall éclata de rire.

Il renversa la tête en arrière et s'esclaffa si fort que tous ceux dans la salle qui avaient arboré des postures guerrières abandonnèrent leur air martial et s'esclaffèrent de concert. Mais derrière elle, Aelfwynn ne sentait pas moins de tension à la manière dont Thorbrand la maintenait toujours. Ou à la façon dont il se tenait tout contre elle, la muraille de sa poitrine dans son dos.

Presque comme s'il avait l'intention de la protéger…

Elle savait pourtant que c'était impossible.

— En êtes-vous certaine ? lui demanda Ragnall après s'être calmé, et la gaieté avait beau se lire sur son visage anguleux, Aelfwynn ne se méprit pas sur la perspicacité de son regard. Peut-être l'a-t-elle crié à la fin, sur son lit de mort. Sachant alors, comme elle aurait dû le savoir avant, que Jorvik était déjà mienne.

— Je crains que non, murmura Aelfwynn. On a rapporté qu'elle a seulement demandé une épée, pour mener le combat elle-même. Si elle l'avait fait, qui sait qui pourrait revendiquer Jorvik aujourd'hui ?

Ragnall rit de nouveau, plus fort cette fois, et Aelfwynn sut alors que sa manœuvre avait réussi.

« Tu dois apprendre à reconnaître et prendre la mesure d'un homme », lui avait toujours dit sa mère. « Sa manière de se comporter. Comment l'orgueil et la jalousie fonctionnent chez lui. Certains hommes sont intrépides parce qu'ils croient qu'ils n'ont rien à prouver. Préfère ces hommes-là, toujours, à ceux qui ont tout à prouver et saisiront la moindre opportunité de le montrer. Ils n'aiment rien de plus que terrasser ceux qui sont plus faibles qu'eux. Ne leur en donne jamais l'occasion. »

Aussi utile qu'eût été ce conseil, Aelfwynn n'oublia pas qui elle était. Elle n'était pas sa mère, la toute-puissante dame des Merciens, qui se serait entretenue avec Ragnall sur un pied d'égalité. Et quel que fût l'avis de ce dernier la concernant, Aethelflaed resterait dans l'histoire qui elle était. Une femme de pouvoir, avec des armées à sa botte.

Aelfwynn, par contre, était l'esclave de l'un de ses hommes. Une créature dont n'importe qui dans cette salle pourrait user à loisir si Thorbrand le permettait. Et elle ne doutait pas que certains des regards avides et lubriques très appuyés qu'elle avait sentis sur elle provenaient d'hommes qui imaginaient toutes sortes de façons de soumettre une femme qui osait s'adresser ainsi à leur chef.

Elle baissa de nouveau les yeux, garda son charmant sourire plaqué sur son visage et fit de son mieux pour avoir l'air paisible, rien d'autre. Même lorsqu'ils continuèrent à parler d'elle comme si elle n'était pas là, dans la langue qui, comme ils le savaient tous désormais, lui était inconnue. Le sens en était clair : lui faire comprendre quelle était sa place. Et Aelfwynn s'estima heureuse que cela n'eût pas été précisé par des coups.

Les voix s'élevèrent, puis se calmèrent. Lorsqu'elle osa jeter un coup d'œil, elle vit que Ragnall la scrutait de nouveau, sans la moindre aménité cette fois.

Elle en conclut donc qu'elle n'avait plus à feindre l'humilité.

— Parlez-moi de votre oncle.

Son ton avait beau être aimable, Aelfwynn comprit parfaitement que c'était un ordre.

Et elle sentit aussi parfaitement la main de Thorbrand se serrer une fois de plus sur sa nuque. Elle eut l'impression qu'il n'essayait pas alors de la commander… mais de la réconforter. Ou de lui parler par ce moyen.

Ce n'est qu'un souhait, se dit-elle avec tristesse. Mais cela ne changea en rien la tension qui l'habitait.

— Mon oncle se porte bien, répondit-elle au roi viking. Il était en parfaite santé et égal à lui-même la dernière fois que je l'ai vu.

— Va-t-il marcher sur Jorvik ? lui demanda-t-il, de plus en plus autoritaire, avec un sourire aussi aiguisé qu'une lame de couteau. Ou se contente-t-il de manœuvrer sous le manteau à Nottingham, en pensant comme votre mère que construire des forteresses nous empêchera d'avancer ?

Aelfwynn était certaine que tous les hommes dans cette salle avaient connaissance de ce qu'elle savait aussi. Que Nottingham avait une valeur stratégique grâce à sa position dans le Trent. Et que son oncle avait réparé ses défenses, puis l'avait remplie d'hommes en armes de son peuple et de Danois en nombre égal, afin d'apaiser ceux-ci, autant contrariés par les incursions vikings que lui. Tels que ceux qui avaient conspiré avec sa mère contre Ragnall l'année précédente.

Mais il ne sortirait rien de bon de déclarer pareilles choses.

— Je l'ignore, réussit-elle à dire en regardant Ragnall dans les yeux. Mon oncle n'a pas jugé bon de me faire part de ses projets. Et en vérité, si l'homme que vous avez envoyé pour m'enlever a raison, il a même tenté de me tuer.

— Votre famille n'entretient visiblement pas de liens étroits comme le fait la mienne, je le reconnais, acquiesça Ragnall, et même si ses yeux avaient étincelé, ce fut son entourage seul qui éclata de rire.

— Ce sont bien là les Saxons ! s'exclama Leif. Plus occupés à construire leurs murailles qu'à prendre soin de leurs propres familles.

— Vous vous méprenez, rétorqua Aelfwynn, en levant instinctivement le menton, et même si elle savait qu'elle prenait un risque, elle ne put s'en empêcher, en dépit de la main de Thorbrand toujours aussi ferme. Mon oncle et sa sœur étaient proches, mais on ne peut pas en dire de même pour lui et moi. Ils se connaissaient bien, depuis toujours et savaient ce que l'autre avait en tête, toujours. En comparaison, mes motivations sont bien plus difficiles à découvrir.

Le Viking se pencha en avant, le regard si dur qu'elle eut envie de se recroqueviller. Mais elle ne broncha pas. Et songea que c'était parce que Thorbrand la tenait.

— Quelles sont donc alors vos motivations ? lui demanda Ragnall, aussitôt redevenu sérieux. Et ne dissimulez pas. Je ne supporte pas le mensonge dans la bouche d'une femme.

— Un homme qui mentirait à son roi n'est pas un homme, renchérit Ulfric, sinistre.

— Ma motivation présente, déclara Aelfwynn d'un

ton sec, c'est d'échapper à celui qui m'a capturée et de m'enfuir. Je pense que vous estimerez que c'est là la motivation première de tout captif.

Et comme elle avait souri en le disant, Ragnall éclata de nouveau de rire.

— Ragnall n'est pas son roi, intervint soudain Thorbrand d'une voix grave.

Plus grave que d'habitude, attirant ainsi l'attention de tous les gens présents dans la salle, ainsi que celle de Ragnall. Et rappelant à Aelfwynn qu'il avait aussi des armes plus puissantes que l'acier.

— Edward est son roi, autant que son oncle. Nous l'oublierions à notre propre péril, précisa-t-il.

— Ce serait de la traîtrise de déclarer le contraire, approuva Aelfwynn, toujours souriante. Qu'importe combien d'hommes m'attendaient en embuscade sur cette route.

Ragnall la dévisagea.

— Mais ce n'est pas à une femme loyale envers le roi du Wessex de décider où va sa loyauté. Une chrétienne doit avoir un maître, n'est-ce pas ?

— J'ai la chance d'en avoir de nombreux, répliqua Aelfwynn, alors même qu'elle tremblait intérieurement. À commencer par mon Dieu, le maître de tous.

— On dit de vous que vous êtes extrêmement pieuse, déclara le roi, pensif.

Il se frotta la barbe tout en continuant à la dévisager.

— On dit aussi que quel que soit l'époux que votre mère vous aurait choisi, vous auriez donné votre accord. Ainsi elle aurait pu vous utiliser selon son bon vouloir pour ses propres fins.

— Je n'ai pas eu l'occasion de faire preuve de mon obéissance à son égard, rétorqua Aelfwynn avec prudence, heureuse de ne pouvoir voir Thorbrand en cet instant.

Car elle lui avait obéi, à ce Viking-là, n'était-ce pas l'exacte vérité ?

Encore, et encore, et encore.

— Vous devez savoir que j'aurais pu vous faire exécuter n'importe quand, lâcha Ragnall, presque avec douceur.

Presque.

— C'est une solution pratique, comme le sait bien votre oncle, poursuivit-il. Car tant que vous respirez, vous rappelez à trop de personnes que votre mère tenait la Mercie, et que l'homme qui vous épouserait pourrait faire de même. Avec ou sans l'approbation de votre oncle. J'ai envisagé de vous faire trancher la tête, et de la lui livrer. Un message qu'il aurait fort bien compris, à mon avis. Car quelle que soit la façon dont il veuille traiter ceux de son propre sang, il n'aurait pas apprécié que ce soit moi qui l'aie fait à sa place.

Aelfwynn inclina la tête, et essaya de paraître aussi gracieuse que possible devant Ragnall, même s'il devait lui servir ce genre de discours. Et même si sa gorge la démangeait après qu'il eut parlé de la lui trancher.

— Mais je serais mort depuis longtemps, si j'étais resté aveugle aux outils qui se présentaient à moi, grommela Ragnall. Qu'importe leur forme. Et tant que vous me serez utile, ma fille, je vous garderai en vie.

Il la scrutait, et Aelfwynn dut combattre le frisson glacé qui la parcourut de la tête aux pieds. Il la regardait, depuis son siège en hauteur, et elle comprit une fois de plus qu'elle ne pouvait rien faire. N'était-ce pas là sa pénible destinée ?

Sa mère se serait battue…

Ta mère est morte, lui martela violemment sa voix intérieure. *Tu peux choisir de la suivre, ou tu peux choisir de vivre. Mais tu dois choisir. Maintenant.*

Ainsi Aelfwynn découvrit qu'elle n'était pas une martyre. Parce qu'elle voulait vivre. Il y avait Thorbrand derrière elle, quoi que ces hommes décideraient de faire avec elle, et elle voulait vivre.

— Alors je jure que c'est là mon plus grand plaisir que de me montrer utile vis-à-vis de vous, dit-elle au roi viking.

Puis elle inclina la tête.

Sa mère aurait été horrifiée. Mais Aethelflaed n'était pas là. Et Aelfwynn n'était pas pressée de la rejoindre dans l'au-delà.

Il y eut un bref silence tendu, et elle était certaine qu'ils échangeaient tous des regards entendus par-dessus sa tête.

Qu'ils le fassent donc, pensa-t-elle. Le résultat serait le même, celui qu'ils désiraient, avec ou sans elle.

— Alors à demain, conclut Ragnall.

Même les yeux baissés elle l'aperçut néanmoins sortir en trombe de la salle, suivi de ses hommes. Leif et Ulfric lui emboîtèrent le pas.

Lentement, comme malgré lui, Thorbrand la retourna pour qu'elle soit face à lui. Elle se réhabitua à la vision de son visage, comme si cela faisait une éternité qu'elle ne l'avait contemplé. Les yeux bleu nuit, la barbe sombre de la même teinte que ses cheveux, les tresses de chaque côté. Cet homme était impressionnant. Et il était beau, Dieu qu'il était beau !

Mais il n'avait jamais été à elle.

Il fallait qu'Aelfwynn se le mette dans la tête, et vite.

Thorbrand caressa sa longue natte.

— Il y en a peu qui osent défier mon roi.

— Les meilleurs rois l'apprécient, répliqua Aelfwynn. Avec modération toutefois. C'est pour eux un moment de distraction d'être traités comme des gens ordinaires.

— Est-ce là tout ce que vous êtes, Aelfwynn, un moment de distraction ?

— Est-ce vraiment cela, et rien d'autre ? demanda-t-elle en le scrutant, mais il arborait un air impénétrable. Je croyais que l'on me demandait d'être un instrument utile.

Le regard de Thorbrand était pur tourment. Il avait laissé retomber la main qui avait caressé sa natte, mais la tenait toujours par la nuque de l'autre. Et tandis qu'il la regardait, il la caressait avec son pouce, l'embrasant aussitôt.

Lui rappelant que dès qu'il était question de lui, elle perdait tout jugement.

— Alors je vais vous dire ce que Ragnall veut de vous, déclara-t-il après avoir cessé sa caresse.

Il avait pris un ton solennel, et elle aurait pu jurer avoir décelé une sorte de désolation dans son regard. Cependant il la regardait toujours droit dans les yeux.

Elle se souvint de leur première fois dans la source chaude, et de son regard intense lorsqu'il l'avait prise contre lui. « Vous êtes fille de rois et de reines », lui avait-il dit. « Vous souffrirez magnifiquement. Et en silence. »

Aelfwynn garda ces paroles gravées en elle. Puis se redressa et soutint son regard, comme si elle ne craignait rien.

— Ragnall souhaite obtenir votre loyauté, lui dit Thorbrand. Et envers lui seul.

Aelfwynn était certaine d'être restée impassible, mais lorsque Thorbrand sourit, elle comprit qu'elle avait échoué.

— Et il a eu quelque peine à découvrir que j'ai déjà un roi, dit-elle lentement, avec précaution, beaucoup de précaution. Car en dépit de ses fautes, Edward peut se prévaloir de ma loyauté. Même si ce n'est que celle découlant du même sang.

— C'est pour cela que je vous ai parlé des maîtres, insista Thorbrand. Car le jour viendra où Ragnall prendra la Mercie, Aelfwynn. Et elle sera plus facile à coloniser, n'est-ce pas, si votre peuple voit qu'il n'est pas conquis par des sauvages, mais plutôt dirigé de nouveau par quelqu'un qu'ils connaissent bien et chérissent.

Aelfwynn eut aussitôt la gorge serrée, et aurait préféré ne pas crisper instinctivement les poings.

— Je crois que vous sous-estimez la force de caractère des Merciens, Thorbrand.

Elle se contraignit à respirer calmement. Pour aborder le sujet qu'elle avait évité tout ce temps, parce que, elle venait de le comprendre, elle avait eu trop peur d'y faire face. Mais il le fallait désormais.

— Car ils n'honoreront pas la fille de leur dame bien-aimée si elle se présente enchaînée devant eux. En tant qu'esclave d'un conquérant.

Il éclata de rire. Et elle le détesta passionnément en cet instant, mais Thorbrand ne s'arrêtait pas.

— Vous croyez que je ferai de vous mon esclave ? Enchaînée ?

Elle avait toujours su que ce jour arriverait, comment le nier ? Ce qu'il adviendrait d'elle à l'issue de cette chevauchée en plein hiver glacial avait toujours été parfaitement clair.

Il ne lui restait plus que sa dignité.

Si tout le reste s'écroulait, elle s'y cramponnerait. Cela ne la sauverait pas, elle en était convaincue.

Cela valait néanmoins bien mieux que la honte.

— J'ai accepté mon destin, lui dit-elle, fière de prononcer cela d'une voix claire et d'un ton ferme. J'aurais cru que vous vous réjouiriez de mon acquiescement. N'est-ce pas ainsi que vous les Vikings acceptez votre destinée ?

Thorbrand l'étudia, moins prompt à l'hilarité. Et là, alors qu'ils étaient seuls dans la salle, il lui encadra le visage de ses mains. Et resta à la contempler un long moment avec une expression qu'elle ne lui connaissait pas.

Elle aurait pu la qualifier de tendre, si ses yeux n'avaient pas scintillé.

— Je suis vraiment désolé de vous décevoir, répondit-il de sa voix grave qui résonnait en elle avec toujours le même effet irrésistible. Mais je ne vous ai pas enlevée pour que vous deveniez mon esclave. Je n'ai nul besoin d'une esclave.

Elle ne comprenait pas. Qu'y avait-il donc de pire que cette perspective ? Elle avait la bouche soudain bien trop sèche.

— Et donc ?

— Aelfwynn, je croyais que vous aviez compris, déclara-t-il sans sourire, avec un regard intense.

Et elle sentit que cet embrasement qui les saisissait tous deux en même temps se réveillait.

— Vous serez mon épouse. Demain.

Chapitre 11

Man må hyle med de ulve man er i balndt.
« Avec les loups, on doit hurler avec les loups. »

Ancien proverbe viking

Le lendemain matin, Thorbrand quitta Aelfwynn qui dormait profondément dans les fourrures, blottie dans la tente qu'il avait installée la veille dans un coin de la grande salle avant le repas du soir. Et où, plus tard dans la soirée, il s'était livré à tout ce dont il s'était privé lors de leurs premières nuits sous cet abri. Il l'avait fait participer à toutes les fantaisies qu'il avait gardées pour lui jusque-là, sans céder toutefois à celles qui demandaient… plus d'espace. Et moins d'oreilles attentives.

Il s'étira en sortant, heureux de voir une nouvelle belle journée d'hiver sans neige en perspective. Les villageois s'occupaient du bétail et des moutons tôt dans la matinée mais Thorbrand ne vit aucune fumée annonciatrice du repas du petit déjeuner, ni ne huma la moindre odeur du ragoût de la veille. Il avait l'estomac vide, mais il aimait se sentir léger lors de son entraînement.

Au lieu de traverser la grande salle, il la contourna et rejoignit Ulfric, Leif et le reste des hommes qui avaient accompagné Ragnall. Ils s'étaient rassemblés dans un champ pour croiser le fer et s'assurer ainsi d'être prêts pour la prochaine échéance guerrière.

Il avait d'ailleurs toujours été prêt, songea Thorbrand tandis qu'il s'échauffait en affrontant Leif, tous deux transpirant rapidement malgré le froid. Leurs épées se rencontraient avec fracas, et ni l'un ni l'autre ne craignait ni n'épargnait les mauvais coups. Leif s'esclaffait en permanence, une tactique dont Thorbrand avait pu constater qu'elle avait déstabilisé bien des adversaires au cours des années, mais lui connaissait bien son cousin. Il ignora ses excès et se concentra sur ses faiblesses tactiques.

Et sourit lorsque son cousin cessa de rire et se mit à jurer.

— Tu fais trop confiance à ton bagout ! se moqua Thorbrand.

— *Meyla krafla mikli thur syr*, grogna celui-ci en retour.

Thorbrand se contenta de sourire à l'insulte très imagée, où il était comparé à l'enfant d'une vieille truie.

— Ce n'est pas ainsi que l'on parle de ma mère, qui se trouve aussi être ta tante, mon cousin !

Leif leva son épée et s'élança.

Tout autour d'eux les hommes ahanaient et combattaient, en se retenant tout juste pour ne pas blesser leurs compagnons. Ces fracas de lames, ces jurons et ces cris réveillaient tout le monde le matin et accompagnaient tout autant les habitants des lieux le soir avant que tous se retirent, comme Thorbrand ne l'ignorait pas.

Les dieux avaient forgé la terre, mais les hommes saignaient sur elle. Les fils à la suite de leurs pères, année après année. Les propres fils de Thorbrand couraient à leur tour après l'honneur et la gloire sur ces îles glacées, alors qu'il ne resterait de son propre sang qu'un vague murmure dans le vent et, s'il était assez chanceux, une belle saga racontée autour d'un grand feu lors d'une veillée.

C'était le cadeau, les exploits et les sacrifices de son père avant lui, qu'il s'était chargé de transmettre.

À une certaine époque ces pensées l'avaient réconforté.

Mais alors que la matinée s'écoulait dans le fracas des armes, même si ce n'était que de l'entraînement, Thorbrand trouva cette notion bien moins plaisante qu'autrefois.

Imagine, si tu honorais tes parents en ne mourant pas comme eux, mais… en vivant, lui susurra une petite voix dans sa tête, à sa grande honte.

Comment se représenter une vie aussi honteuse ? se dit-il tout en ferraillant.

Cependant il était conscient aujourd'hui que le vrai problème était qu'il s'imaginait très bien en être capable.

Lorsqu'ils eurent terminé, les hommes se rendirent dans la grande salle où les femmes du village avaient réchauffé le ragoût de la veille et le servirent à tous ceux qui avaient trouvé une place comme ils le pouvaient.

C'était un village de fermiers, donc la salle de la maison longue n'était pas comparable à celles conçues pour y faire boire des guerriers, et il n'y avait pas de grandes tables.

C'était ainsi que son peuple passait les hivers et survivait aux guerres, songea Thorbrand en prenant l'écuelle contenant son repas avant de s'asseoir. Les pillards prenaient la mer avec assez de provisions pour tenir un long siège dans un lieu hostile. Ils faisaient sécher le poisson afin qu'il soit facilement transportable et se garde avant d'être trempé dans l'eau pour être de nouveau rendu comestible où que ce soit, si le voyage se prolongeait ou si les perspectives de chasse étaient plus maigres que prévu. Et ils pouvaient dormir dans leurs tentes rudimentaires par tous les temps, comme l'avait fait Thorbrand sur toutes ces îles, plus souvent qu'à son tour.

Mais ce qu'un homme pouvait faire n'était pas nécessairement ce qui lui plaisait. Thorbrand préférait de loin un accueil tel que celui-ci, sous un toit bien solide, avec un ragoût bien épais pour réchauffer son ventre et la chaleur d'un bon feu par temps froid.

Même si ce village semblait plus saxon que viking. Les villageois d'ici étaient sans doute les descendants de Northumbriens et des nombreux envahisseurs s'étant succédé sur ces terres, mais ils n'en avaient pas moins accueilli Ragnall comme leur roi.

Parce que la survie dépendait souvent du fait de reconnaître un roi quand celui-ci apparaissait, songea alors Thorbrand avec un certain amusement.

Il était certain que si Edward surgissait ici même le lendemain, les villageois le traiteraient exactement avec la même révérence que Ragnall.

Les rois régnaient, puis changeaient. On pouvait toujours se disputer des royaumes et des terres. Ce qui importait était la volonté de les conquérir, quoi qu'il advienne.

Puis, alors qu'il se restaurait, Thorbrand se dit qu'il y avait peut-être d'autres manières de combattre.

— Comment notre princesse mercienne prend-elle ses futures noces ? lui demanda Ulfric, assis à côté de lui. Elle fera bonne figure, je l'espère ?

Thorbrand haussa les épaules.

— Je suis certain qu'elle se fera à l'idée.

— Vas-tu la tenter, cousin ? ironisa Leif.

— Je ne trouve pas nécessaire de tenter les femmes, cousin, répliqua Thorbrand en souriant. Elles sont suffisamment tentées par le simple fait de me regarder.

— Assez pour te glisser une dague entre les côtes, rétorqua son frère.

— Et cependant je ne saigne pas, persifla Thorbrand en affrontant le regard sombre habituel d'Ulfric. Dommage que tu ne puisses pas en dire autant, mon frère.

Ulfric lui lança un regard noir, la cicatrice sur son visage parlant d'elle-même. Leif s'en prit aussitôt à lui, comme Thorbrand s'y attendait chaque fois que l'on remettait sur le tapis le fait qu'Ulfric, guerrier tout-puissant qu'il était, avait laissé sa concubine le balafrer.

Thorbrand se cala sur sa chaise, les laissa se quereller et se mit à réfléchir à la réaction d'Aelfwynn quand il lui avait annoncé qu'il avait l'intention de l'épouser.

Cela avait beaucoup ressemblé à leur première nuit dans la tente juste après qu'il l'avait enlevée. Cette nuit où elle s'était offerte, en un courageux sacrifice devant une bête affamée.

Et s'il ne se trompait pas, avait été quelque peu désappointée que ce martyre ne fût pas exigé.

Elle avait également semblé presque… outragée qu'il eût formulé le projet de l'épouser.

« Vous n'avez pas l'intention de m'épouser », avait-elle dit d'une voix haute et choquée dans la salle vide.

« Pourtant je le ferai, quand bien même », avait-il répliqué.

Elle avait froncé les sourcils, et sa douceur parfaite et immuable avait disparu, comme si elle n'avait jamais existé. Le masque qu'elle portait pour traiter aussi bien avec les rois qu'avec les étrangers s'était effacé telle la fumée s'échappant par le trou du toit au-dessus d'eux.

Thorbrand réalisa qu'il aimait beaucoup mieux qu'elle ne portât aucun masque. Ainsi qu'aucun vêtement d'ailleurs, s'il était franc avec lui-même.

« Je ne suis pas le caillou dans la chaussure que votre roi s'imagine. Mon oncle voulait me tuer. Ou du moins me reléguer dans un monastère, liée par des vœux indéfectibles à notre Dieu. Je ne suis une menace pour personne », lui avait-elle expliqué.

Thorbrand l'avait longuement dévisagée. Et s'était demandé ce qui lui était arrivé, tandis qu'il assouvissait son désir d'elle dans la chaumière, pour trouver à présent un apaisement différent en la touchant, tout simplement, en tenant par exemple son visage entre ses mains comme en cet instant.

Ou en caressant la soie de ses tresses.

« La question n'est pas que vous êtes une menace, ma

douce », lui avait-il dit en posant une de ses mains sur sa poitrine, comme si c'était à l'endroit d'une blessure. « Mais que vous pourriez servir de moyen de pression. Vous le comprenez, n'est-ce pas ? »

Elle avait froncé les sourcils plus encore.

« Je ne me souviens pas d'avoir accepté d'épouser quiconque, encore moins l'homme qui m'a enlevée sur une route obscure. »

« Vous ne pouvez quand même pas croire que vous auriez jamais pu choisir, Aelfwynn. Que ce soit sur une route obscure ou dans un château brillamment éclairé. »

Elle avait serré les poings. Il aurait bien ri, ne fût-ce que pour voir si elle s'en serait servie pour le frapper, mais le sujet ne prêtait pas à rire. Il s'agissait de leur mariage, et Thorbrand trouvait désormais que ce qu'il avait considéré comme un service devant être rendu à son roi, avant de la rencontrer, était désormais…

Une tout autre chanson.

« J'ignore comment vous conduisez vos affaires, vous les Vikings, s'était-elle emportée, mais là d'où je viens, on force rarement les femmes à épouser un homme contre leur gré. Nous ne sommes pas dénués de civilisation comme certains que je ne nommerai pas ici. »

Thorbrand aurait voulu la faire taire à cet instant. Et la savourer ainsi, avec ses yeux d'or liquide qui n'étaient soudain plus modestement baissés. La colère lui empourprant les joues. Et ces petits poings ! Comme si elle était sa minuscule Valkyrie saxonne personnelle ! Il avait senti sa virilité se réveiller, et son cœur battre plus fort.

Mais Ragnall voulait un mariage pour lier Aelfwynn

et la garder sous son contrôle, afin de se servir d'elle contre son oncle dans l'avenir.

Et il s'avérait que Thorbrand voulait lui-même se marier avec elle, pour des raisons qu'il n'avait jusque-là pas désiré explorer.

« Ce n'est pas une question de civilisation », lui avait-il expliqué. « Il s'agit de royaumes, pas de manières ou de coutumes. Vous êtes la petite-fille d'Alfred. On sait donc quel sang court dans vos veines. »

« Souvenez-vous donc de ma mère, je vous en prie. »

« Je m'en souviens », lui avait-il assuré. « Même si ce n'est peut-être pas votre cas. Elle vous chérissait, je n'en ai pas le moindre doute, mais vous savez certainement que lorsqu'il faut choisir entre amour et pouvoir… Elle aurait toujours choisi ce qui était le mieux pour la Mercie. Ou peut-être pour son frère. »

« Elle ne m'aurait jamais forcée », avait protesté Aelfwynn.

« J'imagine qu'elle ne vous aurait pas demandé votre avis. »

Aelfwynn n'avait visiblement pas apprécié son ton sec à cet instant.

« Si un homme m'avait répugnée, elle n'aurait jamais insisté pour que je l'épouse », avait-elle répliqué.

« Dans un bonheur partagé, ce n'est pas là notre situation », avait rétorqué Thorbrand, peut-être sur un ton plus sinistre qu'auparavant.

Car il avait commencé à penser que la résistance d'Aelfwynn à l'idée de l'épouser lui déplaisait terriblement.

« Et je suis bien conscient que vous le savez. »

« Alors que voulez-vous faire ? » avait-elle demandé,

parfaitement impassible, bien trop à son goût. « Vous m'épousez à la requête de votre roi, mais ensuite ? Nous marchons vers la Mercie aussitôt après pour vous y couronner roi ? »

Thorbrand l'avait étudiée un long moment, pendant qu'il s'efforçait de garder son calme.

« Ragnall doit consolider sa position en tant que roi de Jorvik. Et seulement après cela, une fois qu'il aura ouvert et sécurisé les voies commerciales vers nos frères de Dublin, nous pourrons avancer. Vous aurez alors votre rôle à jouer, en tant que mon épouse. »

Il n'avait pas choisi de préciser qu'il n'aurait jamais décidé de discuter de ce genre de choses avec elle s'il avait été certain sans le moindre doute qu'elle l'épouserait.

Et il s'en voulait de désirer que ce fût son souhait.

Même s'il aurait préféré mourir plutôt que l'admettre.

« Je ne ferai jamais partie d'un complot qui menacerait la Mercie. Jamais ! », lui avait-elle asséné.

« Alors dites-vous qu'il vous faudra vous accommoder de ce qui doit arriver ici et maintenant, avait-il répliqué d'un ton sans appel. Car c'est ainsi que va le monde, Aelfwynn. Et vous le savez. La Mercie tombera. Que ce soit dans les mains de Ragnall, de votre oncle ou de quiconque se présentera lorsque nous serons tous morts. Si Ragnall est vainqueur, ce sera mon honneur de diriger la Mercie selon ses souhaits, avec la fille d'Aethelflaed à mes côtés. Et vous pouvez vous leurrer si cela vous plaît, mais nous savons tous deux que prendre votre place aux côtés de l'homme qui sans cela serait votre ennemi a toujours été votre but. »

Mais Thorbrand n'en avait pas terminé.

« Vous savez aussi fort bien que m'épouser ne sera pas le sacrifice que l'on aurait exigé de vous si votre époux avait été choisi par votre mère. »

Aelfwynn avait détourné la tête à cet instant, mais il avait vu son regard enfiévré puis ses efforts pour ne rien laisser transparaître de ses émotions. Il lui avait alors saisi le menton pour l'obliger à le regarder.

« Nous avons déjà vécu ensemble comme mari et épouse », avait-il grommelé. « Vous portez peut-être même déjà mon enfant. Et je n'ai pas la moindre intention que celui-ci soit illégitime. »

Pas seulement parce qu'il pensait qu'Edward de Wessex ne paierait jamais l'éducation d'un enfant qu'il n'avait pas reconnu, ou une partie si Thorbrand le reconnaissait, comme le voulait la coutume de son peuple.

« C'est une proposition très convaincante », avait-elle commencé avec des éclats dans ses yeux d'or aussi étincelants que s'ils s'étaient trouvés dans une forge.

« Ce n'est pas une proposition, ma douce. Ce sont de simples vérités. »

Il avait scruté son visage, en la tenant toujours, mais plus doucement cette fois. Cependant il savait que son regard passionné le trahissait.

« Il s'agit de nous », avait-il ajouté.

« Et de quelle utilité sera-ce pour nous lorsque vous serez agonisant sur un champ de bataille ? » avait-elle violemment rétorqué. « À courir après la gloire alors que les femmes que vous laisserez derrière vous devront pleurer votre mort et s'occuper de vos funérailles ? »

« C'est ce que les hommes doivent faire. »

« Ah oui, bien sûr, c'est ce qu'ils font ! » s'était-elle

emportée. « Mais qu'ils doivent le faire, c'est autre chose. Je serai veuve en moins d'un an, et après ? Votre roi me donnera-t-il ensuite à votre frère ? Votre cousin ? Quoique, quelle importance pour vous, puisque vous ne serez plus là ! »

Rien de tout cela n'avait plu à Thorbrand. Il s'était alors rendu compte qu'il n'avait jamais songé à la peine de sa mère. Et n'avait pensé qu'à son courage. Mais il aurait dû être plus avisé. Personne ne s'intéressait au courage sans la joie qui lui était associée. Et quelle était la vie qu'il désirait pour cette femme en or ? La passer à attendre, à s'inquiéter et se ronger les sangs ?

Élever des fils pour le pleurer ?

Puis les envoyer à la mort sur ses traces.

Osait-il s'imaginer qu'il existait autre chose pour un homme autant marqué par la guerre que lui ?

Ou était-ce un peu plus que la trahison envers ceux qu'il aurait dû sauver ?

« Ni vous ni moi ne mourrons près d'un champ de bataille, Aelfwynn. Je ne peux pas risquer une nouvelle expédition pareille à la précédente, afin que nous puissions nous servir de vous. »

Il n'avait pas souhaité se demander si c'était à Ragnall qu'il pensait en cet instant, ou à lui seulement.

« Je veux que vous soyez mon arme, celle de personne d'autre. Il existe une nouvelle terre à l'ouest. Une île nouvelle. J'y suis allé, et je vous y emmènerai. Nous y vivrons comme nous avons déjà vécu. Jusqu'à ce que le moment vienne », dit-il après avoir eu besoin d'une pause dans son discours pour se reprendre.

« Vous, Thorbrand ? » s'était-elle enquise tout bas,

même s'il avait distinctement perçu le trouble dans sa voix. « Vous avez l'intention de vivre en paix, loin du sang et de la gloire ? Je n'y crois pas. »

Il n'y croyait pas non plus. Mais ce désir le taraudait.

Puis les villageois étaient venus reprendre possession de leur salle qui avait été selon toute vraisemblance provisoirement vidée des animaux qui y vivaient pendant la saison froide, et il n'avait pas revu Aelfwynn en tête à tête ensuite, jusqu'à l'heure de rejoindre leur tente.

Car elle s'était jointe aux femmes pour les aider à préparer la nourriture sortie des réserves en l'honneur de Ragnall, et la viande apportée par celui-ci pour montrer sa générosité d'hôte. Il y avait eu de larges quantités de boisson, et de nombreux chants d'allégresse.

Dans leur tente il faisait sombre, et ils avaient été serrés l'un contre l'autre. Il l'avait prise par-derrière, cramponné à sa chevelure, avec une passion muette, lui prouvant qu'il en serait toujours ainsi entre eux.

Et il l'avait embrassée à loisir, car la saveur de sa bouche était bien plus douce et sucrée que l'hydromel qu'il avait bu.

Il s'était réveillé dans la nuit et l'avait trouvée blottie sur lui comme à son habitude, une jambe passée sur ses cuisses. Il s'était tourné et s'était introduit en elle, sachant qu'elle aimait à se réveiller en le sentant déjà en elle.

Il n'avait pas plus parlé à ce moment-là.

Et ce fut seulement en cet instant, alors qu'il échangeait des piques avec son frère et son cousin au milieu des hommes de son roi qu'il se rendit compte qu'elle ne lui avait pas donné de réponse. Elle avait réussi d'une manière ou d'une autre à ne pas lui dire si elle allait l'épouser, même avec réticence, ou si elle avait prévu de causer des difficultés.

Thorbrand avait pensé que la douce reddition de son corps était sa réponse… Mais Aelfwynn ne ressemblait en rien aux femmes qu'il avait connues. Il voulait entendre les mots de sa bouche. Entendre un vœu.

Il voulait quelque chose qui n'appartiendrait qu'à lui.

Même si c'était pour peu de temps, au-delà des mers, avant que le monde les engloutisse de nouveau.

Elle n'était pas dans la grande salle. Il partit à sa recherche dans le village mais ne la trouva pas parmi les divers groupes de femmes qui vaquaient à leurs tâches habituelles. Il parcourut le village deux fois, pour finir devant la vague clôture censée garder les bêtes à l'intérieur et les animaux sauvages à l'extérieur.

— Je n'ai pas vu ta femme ce matin, s'entendit-il dire. C'était la voix de son roi derrière lui.

Thorbrand se retourna pour le saluer d'un signe de tête.

— Elle pourrait bien se cacher quelque part, répondit-il, même s'il savait que cela ne ressemblait pas à l'Aelfwynn qu'il connaissait. Elle s'est résignée à l'esclavage, voyez-vous. La perspective d'être élevée au rang d'épouse l'a offensée.

Ragnall éclata de rire. Il était encore de belle prestance, même s'il était maintenant bien plus grisonnant que dans les souvenirs de Thorbrand. Mais seul un inconscient, ou quelqu'un désireux de mourir, passerait outre les dégâts qu'il pouvait encore infliger avec son épée. Il avait toujours la prestance du roi qu'il était.

Mais pour Thorbrand il avait toujours représenté bien plus que cela.

Il était le père qui avait vécu.

Et plus encore, le père qui ne l'avait jamais jugé.

— Tu me rends un grand service, Thorbrand, lui avoua Ragnall après un moment, le regard fixé sur les champs. Il ne reste plus personne à qui j'aurais pu faire confiance pour mener cette tâche à bien, comme je te l'ai dit.

— J'en suis honoré, grommela Thorbrand, vous le savez bien.

— Ce que je sais, c'est que tu t'imagines que le seul honneur que l'on peut récolter dans cette vie brutale est celui gagné au combat. Et les dieux savent que tu t'y es grandement distingué, sois-en assuré. On entonnera bien des chants te louant, mais aucun je pense aussi glorieux que celui contant la tâche que tu vas entreprendre.

— Un homme enlève une femme et se rend dans une île lointaine, où il cherche un cousin éloigné qui s'y est établi pour qu'il lui attribue les terres qui lui reviennent en récompense, devient un petit chef local et se met à cultiver cette même terre, résuma Thorbrand d'un ton sec. Je crains que ce ne soit pas la plus grande saga de notre époque.

— Mais tu dois préserver la sécurité de cette femme, quoi qu'il arrive, rétorqua Ragnall avec véhémence. On ne doit plus jamais prononcer son nom dans les grandes salles où sont pointées de nombreuses oreilles indiscrètes, de crainte que nos ennemis ne la retrouvent et l'utilisent à leurs propres fins. Tu pourras labourer un champ si ça te chante, mais cela ne viendra qu'après ton réel devoir. Et je sais que tu t'y tiendras. Tu ne vas pas me jeter cette princesse par-dessus bord et me dire ensuite que c'était un accident, afin de retourner aux batailles pour y cueillir la gloire que d'autres y cherchent. Tu ne la violenteras pas. Tu la garderas dans ton île, pour moi, jusqu'à ce que j'aie besoin d'elle ici dans ce pays.

Thorbrand acquiesça d'un signe de tête, car qu'aurait-il pu faire d'autre ? Il obéirait à Ragnall, parce que Ragnall le demandait. Uniquement pour cela, pas parce qu'il était roi, mais parce que Thorbrand lui devait la vie. Ses années auprès de Ragnall l'avaient aidé non pas à se pardonner de ses manquements, mais à trouver un certain apaisement après ce qu'il avait vécu trop jeune.

Et en raison de cela, ce que Ragnall décidait de faire de la vie de Thorbrand serait fait. Il y veillerait.

Ils restèrent un moment ensemble en silence, à contempler le paysage dans cet après-midi glacial. Le ciel était clair, et la lumière qui insistait pour percer à la fin de l'hiver éclairait les champs d'une lueur soudain moins lugubre.

Et Thorbrand sut qu'il devait offrir à son roi tout ce contre quoi il se rebellait intérieurement.

Même si cela remettait en cause une loyauté à son égard qu'il considérait aussi solide qu'une montagne.

— Vous pourriez la prendre pour vous-même, s'obligea-t-il à dire, totalement déchiré. Au lieu de manigancer tous ces complots.

Ragnall lui lança un coup d'œil amusé.

— Ah, je le pourrais donc ? Et tu me l'abandonnerais de bon cœur, n'est-ce pas ?

— Vous êtes mon roi, grommela Thorbrand les dents serrées.

Ragnall éclata de rire et lui asséna une bourrade sur l'épaule.

— C'est pour cela que je t'ai choisi, Thorbrand. Ta loyauté va si loin que tu me donnerais ta femme, qui porte peut-être déjà même ton enfant. Mais je ne te demande pas cela.

Thorbrand avait fait cette proposition parce qu'il s'y sentait obligé. Parce que Ragnall devait être le premier à choisir, même s'il s'agissait d'Aelfwynn. Et même si ces paroles avaient eu un goût amer dans sa gorge, il s'était forcé à les prononcer.

Mais Ragnall ayant refusé, quelque chose en lui… le fit frissonner.

Le soulagement, c'était cela, évidemment.

Parce qu'il n'était pas aussi loyal que le croyait son roi. Car il savait la vérité, même lorsqu'il avait prononcé ces terribles mots.

Il n'aurait pas abandonné Aelfwynn sans combattre. Et aurait même affronté son roi si nécessaire.

L'homme qu'il considérait comme son père.

— Il serait impossible de la cacher jusqu'au bon moment si elle était avec moi, expliqua Ragnall. On connaîtrait enfin son sort, son peuple le saurait vite. Cela donnerait à Edward un prétexte pour se soulever contre moi avant que je ne le souhaite. Et de plus, j'ai toutes les concubines qu'il me faut. Je n'ai pas besoin d'en avoir une de plus, qui se considère comme une princesse.

Il s'esclaffa à cette réflexion, qui fit sourire Thorbrand, car il ne connaissait que trop bien certaines des concubines de Ragnall, qu'il avait séparées plus d'une fois lorsqu'elles en venaient aux mains lors de querelles mémorables.

— Elles se disputent déjà bien assez comme ça, approuva Thorbrand.

— J'ai toujours admiré ceux qui aspirent à une vie paisible. Mais les dieux m'ont placé sur un chemin différent. Le labourage n'est pas pour moi. Non, je dois brandir mon épée en attendant le prochain combat qui m'appelle, jusqu'à la fin, et j'espère voyager jusqu'au Valhalla. Nous devons tous jouer notre rôle. Et bienheureux est celui qui peut en jouer plusieurs.

— Et que feriez-vous s'il n'y avait pas de fin ? lui demanda Thorbrand. Si vous vous appropriiez toute cette île, et la considériez comme la vôtre ? Si le monde était à vos pieds ? Où iriez-vous donc combattre ?

Son roi le dévisagea un long moment.

— Les Vikings prendront ces îles. C'est inéluctable. Si ce n'est pas de mon vivant, ce seront ceux qui viendront après moi qui le feront.

— En effet, je le crois, acquiesça Thorbrand.

— Et il y a toujours un combat quelque part, Thorbrand, continua Ragnall avec un petit sourire. Toujours, et partout, il y a des rois qui possèdent trop de terres. Tout ce que je cherche, c'est à leur en prendre. Je suis un homme simple.

Thorbrand réfléchissait sans cesse à cette conversation alors qu'il cherchait Aelfwynn.

Car il avait aussi découvert qu'il était un homme simple. Il voulait des terres, comme n'importe qui. Assez de richesses pour les garder, et plus d'amis que d'ennemis.

Mais avant tout, il voulait Aelfwynn.

Car il n'avait jamais envisagé qu'elle ne désire pas l'épouser.

Et cette pensée le troublait fortement. Il lui fallut un temps infini pour comprendre, alors qu'elle était introuvable, que c'était ainsi qu'elle lui avait donné sa réponse.

Elle s'était enfuie.

Chapitre 12

Leorna a hwæthwugu ;
ðeah ðe Þine gesaælða forlætan,
ne forlætt Þe no Þin cræft.
« Apprends toujours quelque chose ;
même si ta bonne étoile semble t'abandonner,
crois en ton talent. »

Anciens dictons anglais de *Cato*,
traduits par Eleanor Parker

Aelfwynn n'avait que vaguement reconnu le Viking revêche en faction lorsqu'elle sortit de sa tente ce matin-là. Quand elle s'était réveillée elle avait constaté que Thorbrand était déjà parti, mais alors qu'elle reposait encore enveloppée de son odeur dans la chaleur de ses fourrures, elle avait vite compris où il s'était rendu. Elle entendait les cris des hommes, et le fracas des épées qui lui rappelèrent aussitôt où elle se trouvait.

Ce n'était plus dans la chaumière isolée qu'elle avait fini par considérer comme son foyer. Ni même dans les forêts glaciales de Mercie et du Danelaw lors de ses premiers jours avec Thorbrand et sa famille renfrognée.

Elle était dans un petit village assez à l'écart pour que Ragnall n'eût pas à se soucier qu'on reconnût Aelfwynn, ou son nom, et que soit ensuite racontée partout l'histoire de la fille de la dame des Merciens prisonnière des griffes des Vikings.

Elle avait compris tout cela la veille, alors qu'elle avait aidé les femmes du village à servir les hommes, aussi bien les villageois de souche que les guerriers venus avec le roi.

« Un honneur que cette visite, vraiment ? » avait marmonné l'une des femmes d'un certain âge, qui avait de toute évidence la mainmise sur tout ce qui se passait autour du foyer de la grande salle. « Nous ne savons plus que faire de tous ces rois, c'est sûr. »

Toutes les femmes s'étaient tues, en jetant des regards de biais à Aelfwynn, car ces paroles auraient pu être considérées comme de la trahison alors qu'il n'y avait qu'un seul roi ici présent, auquel le village avait prêté allégeance.

« Les rois ne sont que des hommes, n'est-ce pas ? » avait dit doucement Aelfwynn tout en remuant le ragoût dans la marmite.

Elle n'avait regardé personne, comme si elle n'avait pas remarqué la portée éventuelle des paroles de la vieille femme.

« Et quel homme ne s'imagine-t-il pas qu'il est le seul au monde ? » avait-elle ajouté.

Les autres femmes s'étaient esclaffées à cette repartie, et étaient aussitôt devenues plus chaleureuses. Laissant

Aelfwynn se demander comment elle avait fait pour se passer de cela toutes ces années. Car il avait toujours existé une séparation entre elle et les autres femmes. Comment aurait-il pu en être autrement, qu'importait la grâce de ses manières ou son désir de se rendre utile ? Elle était comme elles, et cependant ne l'était pas. Elle aidait comme elle le pouvait, comme doivent le faire toutes les femmes, mais toutes ne savaient que trop bien qu'elle risquait d'être appelée à tout moment auprès de sa mère. Ou être absente comme ces six derniers mois, trop occupée à repousser de pseudo-conseillers et des soupirants insistants.

Mais ici elle n'était rien d'autre que deux bras supplémentaires.

Ce fut dans cet esprit, encore réjouie de cet heureux anonymat auquel elle n'avait encore jamais goûté, qu'elle sourit poliment à l'homme qui l'attendait devant la tente.

— Venez, lui ordonna-t-il avec sévérité.

Aelfwynn le reconnut comme étant l'un des hommes de Ragnall. Il était là lorsque Thorbrand l'avait menée devant son roi. Il se tenait à côté de la chaise haute de Ragnall et l'avait regardée avec une hostilité évidente. Mais cela le distinguait à peine des autres. Elle l'avait effacé de ses pensées, comme tous les autres, un simple Viking de plus, et ce n'était pas celui qu'elle craignait le plus de toute façon.

Parce qu'elle en craignait réellement un seul, et en dépit de toute son autorité et son pouvoir, ce n'était pas Ragnall. C'était celui qui venait de déclarer qu'il allait l'épouser. Ce jour même.

Et c'était comme si, après toute une vie passée à

apprendre à respecter le décorum et les apparences par-dessus tout le reste, Aelfwynn avait complètement oublié comment elle avait jamais pu s'y conformer. Comment elle pouvait réprimer ses sentiments alors qu'il semblait plus que probable qu'ils allaient l'engloutir, tel un monstre terrifiant tout droit sorti des anciens contes que racontaient les skalds lors des soirées d'hiver dans les grandes salles de sa mère.

Il aurait été plus facile de combattre un monstre. Car Aelfwynn ignorait comment se battre contre elle-même.

Elle suivit l'homme sans rechigner. Il la fit s'éloigner du champ où résonnait le fracas des armes de l'entraînement, cette musique rude qui évoquait les chants funèbres psalmodiés autour des foyers endeuillés, et l'évoquerait toujours.

Ils se dirigèrent vers les limites du village, puis empruntèrent un champ désolé, en direction de la forêt.

Les arbres se dressaient tels des fantômes, leurs branches nues se dressant vers le ciel matinal aux lueurs encore pâles.

— Où m'emmenez-vous ? demanda-t-elle à son compagnon muet qui marchait d'un pas déterminé dans le froid de l'aube.

— Thorbrand vous invite peut-être à parler, pas moi, grogna-t-il en guise de réponse.

Aelfwynn se demanda alors si elle avait commis quelque impair. Cela devait certainement avoir un rapport avec le roi de Thorbrand. Peut-être n'avait-elle pas bien interprété l'attitude de Ragnall la veille. Ou sous-estimé sa susceptibilité. Il était possible qu'il souhaitât revenir sur la façon dont elle lui avait parlé…

Mais qu'il choisisse de le faire seul plutôt que de lui faire honte devant ses hommes était inquiétant.

Lorsqu'ils entrèrent dans les bois, dessinant des empreintes nouvelles sur la terre glacée vierge jusque-là, les interrogations d'Aelfwynn se muèrent en tout autre chose. Quelque chose de bien plus vif.

— Nous sommes certainement partis trop loin du village…, commença-t-elle avant de s'arrêter net.

Mais c'était trop tard. Le Viking lui tordit le bras, la maintint fermement et la poussa devant lui, lui faisant comprendre sans ambiguïté qu'il la traînerait dans cette forêt s'il le fallait.

Aelfwynn ne lui redemanda pas où il l'emmenait, et réfléchit à toute vitesse. Car elle se retrouvait dans la position de comparer deux enlèvements et leurs différences.

Il y avait eu Thorbrand, campé calmement au milieu de la route, entouré de neige, qui lui avait posément exposé les options qui s'offraient à elle.

Toutes aussi déplaisantes les unes que les autres. Elle en frissonna en se les remémorant, même si ce n'était pas de peur, d'ailleurs.

Et voilà qu'il y avait cet homme, aux joues pâles et bouffies, avec une mauvaise haleine. À la différence des autres Vikings présents ici, il avait l'air de ne pas passer beaucoup de temps à se baigner comme ils le faisaient tous. Sa tunique semblait avoir servi à rattraper tout ce qu'il avait absorbé pendant son souper, et pire, on aurait dit qu'il avait dormi avec pendant des semaines.

Pourquoi l'un des hommes de Ragnall l'emmenait-il ainsi ?

Son homme le plus crasseux, apparemment ?

Mais plus ils s'éloignaient du village à travers ces bois sinistres, plus son ravisseur devenait loquace.

— Ragnall est un inconscient, éructa-t-il en lui serrant le bras de plus belle. Vous expédier au loin, alors qu'il serait bien plus efficace de vous utiliser tout de suite, pendant que le souvenir de votre mère brille encore au firmament de la Mercie.

Aelfwynn n'avait nul besoin de répondre à cela, et elle pensa que cela valait mieux. Car que dire alors qu'il la malmenait de la sorte ? Il continuait d'avancer, agile et furieux, aussi était-elle obligée de courir pour se maintenir à son allure.

— Votre oncle a un problème avec les Vikings, et pour longtemps. Nous n'allons pas repartir, continua l'homme.

Mais il parlait peut-être aux arbres. Plus vraisemblablement se parlait-il à lui-même, car il ne semblait attendre aucune réponse de sa part.

— Jamais de la vie, nous resterons ici ! Alors pourquoi seul Thorbrand devrait-il récolter la gloire, un royaume et une épouse saxonne arrogante pour lui donner des fils ? Qu'a-t-il fait de plus que moi ? Quoi, bon sang ?

Et lorsque Aelfwynn ne répondit pas non plus à cela il serra encore, si fort qu'elle ne put retenir un cri de douleur. Puis, et ce fut atroce, il la secoua, si violemment qu'elle crut que sa tête allait se détacher de son cou. Elle se mordit la langue. La douleur remonta de sa nuque jusqu'en haut de son crâne. Et il lui fallut toutes ses ressources pour garder une expression suffisamment impassible lorsque l'homme lui fit faire volte-face pour la dévisager, son haleine fétide lui levant aussitôt le cœur.

— Répondez à cela, femme ! hurla-t-il.

— Je ne peux pas, dit-elle avec calme.

Et ô combien ce fut difficile de le rester ! Elle se servit de sa douleur. Elle le regarda comme s'ils étaient plongés dans une conversation tranquille, dans une grande salle bien chauffée, avec des amis et des protecteurs de tous côtés.

— Car je ne vous connais pas. Dites-moi votre nom, et ce que vous voulez, afin que je sache que vous dire.

Aelfwynn comprit alors quelque chose, ici dans un autre bois sombre et inhospitalier, retenue par un nouvel homme. Elle avait été préparée toute sa vie à cela. Mildrithe et sa mère y avaient parfaitement veillé.

L'homme qui la toisait en cet instant n'était pas différent de tous ceux qui avaient afflué à Tamworth après la mort de sa mère au mois de juin précédent. Ces hommes qui lui avaient fait des avances insistantes, ou pire, ceux qui prétendaient la soutenir en public pour qu'elle baisse sa garde au moment où ils la croiseraient dans un recoin sombre.

En toutes ces circonstances, elle avait parfaitement réussi à conserver son statut, quels que fussent les espoirs des Merciens à son égard qu'elle avait détruits. Elle avait été l'image du calme, avait continué à prier, sans relâche, jusqu'à ce que la menace s'éloigne.

Cependant Thorbrand avait été différent. Parce qu'il ne lui avait jamais donné envie de hurler. Il avait lu à travers elle, quelles qu'aient été ses visées. Il lui avait parlé, sans tempêter sur ses propres rêves de dominer la

Mercie ou ses projets vis-à-vis de son oncle. Il ne l'avait que trop bien percée, ce premier soir dans le froid, et l'avait forcée à choisir.

Elle avait été bien trop éprise de lui, depuis le tout début.

Elle n'avait eu nul besoin de tisser la paix alors qu'elle ne voulait rien d'autre que se perdre dans son regard bleu nuit, s'abandonner à ses mains rudes et tendres, et ses merveilleux baisers.

Avec ce nouveau Viking il lui était plus facile de reprendre son ancienne attitude familière. Mi-pénitente, mi-sainte. Aelfwynn croisa les mains, peu importait comment il la tenait, afin qu'il ne se méprenne pas sur l'évidence de sa piété sereine, même s'il préférait révérer ses dieux païens. Elle osa même le regarder dans les yeux, avec une expression apaisante, et observa son calme impavide faire son œuvre.

Elle savait trop bien que les larmes féminines ne faisaient pas toujours ressortir le meilleur chez les hommes. Ils s'en repaissaient volontiers. Et certains étaient trop heureux de les utiliser comme prétexte pour bien pire.

— Je m'appelle Bjørn, lui dit l'homme d'un ton où se mêlaient orgueil et rage, tout comme dans le regard féroce qu'il lui lançait. J'ai combattu avec Ragnall à Waterford. Ne l'ai-je pas suivi depuis ? N'ai-je pas exécuté ses ennemis ? Mon nom ne doit-il pas être loué dans les chants ? J'ai tant brillé à Corbridge l'année dernière que certains ont dit que c'est grâce à moi que nous avons été victorieux.

Aelfwynn se souvenait très bien que personne ne

savait exactement ce qui s'était passé à la bataille de Corbridge l'année précédente. Sa mère avait revendiqué la victoire. Mais aussi tous les autres, Ragnall y compris.

— Pourquoi Thorbrand devrait-il avoir tous les privilèges, simplement parce qu'il connaît Ragnall depuis plus longtemps que tous les autres ? s'indigna Bjørn.

— Ne sont-ils pas apparentés ?

C'était visiblement la question à ne pas poser.

Bjørn la foudroya du regard en fronçant ses sourcils épais.

— Le père de Thorbrand est mort. Il n'a pas de fils. S'il tombait demain au champ de bataille, qui chanterait ses louanges si ce n'était pour obtenir la faveur de Ragnall ? Qui donc ?

Aelfwynn découvrit alors autre chose. Elle ne voulait pas que Thorbrand succombe quelque part. Ni qu'il lui arrivât le moindre mal. Et l'évoquer à peine la pétrifiait, alors qu'elle savait qu'un guerrier tel que lui ne la remercierait pas pour ce genre de considération, tant que le combat vivait dans son sang.

Et parce qu'il l'avait construit tel qu'il était devenu aujourd'hui.

Éprise, lui chuchota encore sa petite voix. *Tu es éprise et n'as plus les idées claires.*

Aelfwynn tenta de prendre la réelle mesure de la menace devant elle.

— Je vais vous dire, Bjørn, ce que j'ai déjà dit à Thorbrand. Et même à votre roi. Mon oncle ne me considère pas comme un trésor, vous pouvez en être assuré. En dépit de toutes les raisons pour lesquelles votre roi me veut entre ses mains, mon oncle souhaite être débarrassé de moi, soyez-en certain, et il a tout organisé pour que cela arrive. Ma résurrection ne va pas l'enchanter.

Elle dévisagea l'homme devant elle, au visage chiffonné et à la barbe emmêlée.

— Je ne crois pas que je souhaiterais être l'homme qui va lui rapporter ce message malvenu, conclut-elle.

— Vous parlez de politique, railla Bjørn. Mais ce qui compte, c'est le sang. Votre sang. Et je pense qu'il est plus que probable qu'Edward de Wessex serait contrarié si sa nièce était exhibée à travers la Mercie au bout d'une chaîne. Nue et battue jusqu'au sang à la vue de tous. Qu'en dites-vous, princesse ?

Il n'avait pas prononcé le mot « princesse » de la même façon que Thorbrand. Aelfwynn s'en moquait bien, d'autant plus qu'elle n'avait jamais été une princesse. N'était-il pas amusant que la pertinence de ce mot ne l'eût pas plus concernée lorsqu'il était dans la bouche de Thorbrand ?

Mais il valait mieux ne pas penser à sa bouche. Pas ici dans ces bois sinistres, où elle était loin d'apprécier la façon dont Bjørn la dévorait des yeux.

— Il en serait fort contrarié, évidemment, réussit-elle à répondre, toujours aussi calmement, alors que son sang pulsait à ses oreilles. Tout comme n'importe quel homme de bonne volonté qui verrait une femme traitée de la sorte, je l'espère.

Son ravisseur se contenta de la foudroyer du regard, les commissures de ses lèvres soudain plus humides, ce qui ne plut pas du tout à Aelfwynn. Elle baissa la tête.

— Prions, Bjørn. C'est la seule chose qui me fait tenir en ces jours sombres.

Bjørn choisit de ne pas prier avec elle, ce qui n'était nullement étonnant. Il reprit sa marche en la poussant devant lui. Heureusement cela signifiait qu'il avait cessé de lui serrer méchamment le bras. Aelfwynn se dit qu'elle devait au moins être reconnaissante de cela.

Et elle n'aurait su dire combien de temps dura leur périple. Lorsque son allure n'était pas au goût de Bjørn il la poussait, et sans ménagement. Comme s'il avait envie qu'elle tombe sur la terre glacée, pour des raisons qu'Aelfwynn préférait ne pas envisager.

Au lieu de cela, elle prit sur elle de prier, à très haute voix.

Cependant son latin mélodieux semblait rendre les marmonnements de Bjørn de plus en plus incohérents au fur et à mesure qu'ils s'éloignaient du village.

Le soleil froid se leva lentement. Il brilla d'abord à travers les arbres, puis monta et fit scintiller les branches dénudées. Et Aelfwynn ne pouvait se laisser aller à penser à ce que faisait Thorbrand en cet instant. Il la cherchait… peut-être, espéra-t-elle.

Mais en dépit de leurs unions de la nuit précédente, elle ne lui avait toujours pas dit qu'elle l'épouserait, si elle était honnête avec elle-même. Elle n'avait pas bien réagi du tout à cette annonce.

Il lui avait demandé sa main, encore et encore, dans leur tente pendant la nuit. Même si ce n'avait pas été une demande réellement formulée de vive voix. C'était plus la façon dont il avait plongé en elle, la bouleversant avant de la jeter dans un brasier plus incandescent que jamais.

Encore et encore, jusqu'à ce que tous deux fussent épuisés de plaisir…

Aelfwynn ne supportait pas l'idée qu'il pût croire qu'elle l'avait quitté de sa propre volonté. Mais elle chassa aussitôt cette pensée de son esprit. Parce qu'il le croyait peut-être. Mais pourquoi cela changerait-il quoi que ce soit pour lui ? Thorbrand l'avait traitée comme il l'avait fait non parce qu'il avait l'intention de faire d'elle une esclave, comme elle l'avait cru.

Mais parce que c'était ainsi qu'il entendait la prendre pour femme.

Aelfwynn ignorait depuis combien de temps elle marchait, à éviter les bourrades sournoises de Bjørn, alors qu'elle essayait de comprendre le sens de tout cela.

Elle avait été surprise la veille de découvrir que Thorbrand souhaitait l'épouser. Et c'était d'ailleurs plus qu'une surprise, elle en avait presque eu le vertige. Cependant elle avait bien vu qu'il ne disait pas cela sur un coup de tête. Il le savait depuis le début. Il avait prévu de l'épouser.

Et soudain tout prit un sens différent.

La façon dont Thorbrand l'avait traitée depuis leur première rencontre. Comment il l'avait habituée à ses caresses, nuit après nuit sur la route. Tout d'abord, la façon dont il l'avait massée lorsqu'elle était rompue de leurs chevauchées, puis comment il l'avait embrassée. Comment il l'avait couchée contre sa poitrine et l'y avait laissée dormir. Et ne l'avait jamais prise sous lui, jusqu'à tout récemment, comme il aurait pu le faire si facilement à tout moment, car elle s'y opposait farouchement. Aelfwynn repensa à la source chaude où elle lui avait offert sa virginité. Et plus encore, au fait qu'il se fût déjà rendu dans la chaumière avant de l'enlever sur cette vieille route au sud de Tamworth. Savait-il déjà qu'une source se trouvait là ? Et avait-il attendu d'y arriver pour lui ravir son innocence ?

Aelfwynn n'était ni stupide ni innocente désormais.

Ainsi savait-elle à présent qu'il aurait pu la posséder à n'importe quel moment, sans se soucier de son plaisir tandis qu'il prenait le sien.

Car elle comprenait enfin tous les bavardages des femmes qu'elle avait surpris auparavant. Les mots qu'elle avait entendus, sans les prendre en compte, qui signifiaient des choses différentes pour elle maintenant qu'elle était une pécheresse invétérée comme toutes les autres.

Elle se rappelait comment, au début, elle redoutait que Thorbrand ne prenne que son plaisir. Elle s'était inquiétée qu'il ne se repaisse d'elle puis ne l'offre ensuite à son frère et son cousin. Et elle n'aurait pu dire à quel moment elle avait cessé de s'angoisser, mais cela était arrivé, bien avant qu'ils atteignent la chaumière d'ailleurs.

Parce que durant tout leur voyage Thorbrand avait assuré sa sécurité. Il lui avait donné à manger. L'avait réchauffée. Avait pris soin d'elle, quand il l'avait massée, tout cela pour ne réclamer que des baisers en retour.

Des baisers.

Elle trébucha sur une racine proéminente sur le sol et rétablit son équilibre, en jetant un coup d'œil à Bjørn pour voir comment il se précipitait, avant de s'arrêter quand il vit qu'elle ne tombait pas.

Non, se dit-elle, *je ne tomberai pas*.

Aelfwynn continuait d'avancer, l'esprit en ébullition. Comment avait-elle pu s'imaginer que la manière dont Thorbrand l'avait traitée était celle dont un homme traitait une esclave ? Qu'il choisirait de vendre, de brutaliser, ou les deux à la fois ? Ou une concubine dont il ferait ce qu'il voudrait, jusqu'à ce qu'elle soit sacrifiée s'il mourait, si ces histoires sur les rituels des Vikings étaient vraies, bien sûr ?

Même lorsqu'il avait effrayé ses hommes et sauté derrière elle sur son pauvre vieux cheval, cela avait été bien plus respectueux que ce qui lui arrivait en cet instant.

Aelfwynn savait très bien qu'une épouse, même choisie en respectant toutes les règles, envoyée dans un nouveau foyer avec toutes les garanties remplies – depuis la dot versée à la famille de la mariée jusqu'au prix du *brýdgifu*, la somme que la femme emportait avec elle et gardait en sa propriété, même en cas de décès de son mari, tous deux calculés après maintes tractations entre les deux familles –, n'aurait peut-être pas un destin aussi favorable qu'elle.

Avec un Viking qui l'avait attendue en embuscade pour l'enlever.

Car on pouvait désapprouver bien des choses dans les murs d'une grande salle où tout était agréable et clair, mais cela ne les empêchait pas d'arriver. Parfois juste à l'extérieur de ces mêmes murs. Et parfois dans l'ombre, à l'intérieur.

Et Aelfwynn savait aussi, dans la part d'elle-même

profondément enfouie qui avait toujours désiré se battre comme sa mère, que Bjørn n'avait pas la moindre intention de la traiter d'une manière comparable à la tendresse rude dont Thorbrand avait fait preuve à son égard. C'était même le contraire, et elle était heureuse qu'il marchât derrière elle afin qu'il ne pût voir à quel point elle était troublée, inquiète et n'arrivait plus à le cacher.

Aelfwynn essaya de se calmer. Elle continuait d'avancer, que le sol fût glacé et dur dans les bois, ou boueux si le soleil l'avait atteint. Elle avait froid, son estomac criait famine, mais elle avançait.

Elle était convaincue au plus profond d'elle-même que Thorbrand allait la chercher. Ce qui ne signifiait pas pour autant qu'il allait la trouver. Et quand bien même il la retrouverait, cela ne voulait pas dire qu'elle n'aurait pas souffert auparavant des sévices de ce Bjørn.

Aelfwynn se félicita d'avoir ouvert les sacs qu'elle avait emportés de Tamworth, ce matin-là avant de sortir de la tente, et d'y avoir retrouvé la dague confisquée par Thorbrand, la première fois qu'il avait remonté sa chemise jusqu'à sa taille et posé ses mains sur elle à son gré lors de leur seconde nuit ensemble.

Elle n'aurait su dire exactement ce qui l'avait poussée à la chercher alors qu'elle n'y avait plus pensé depuis qu'il la lui avait prise. Un mélange d'incertitude et de colère, si elle était honnête avec elle-même. Incertitude quant à son avenir, que ce soit d'épouse de Viking ou même d'épouse dans ce village, où il n'y avait que des étrangers, aucune famille ni amis. Et colère, parce que la déclaration de Thorbrand de vouloir l'épouser l'avait mise en rage. Et bouleversée à la fois. Elle avait été traversée de tant de sentiments qu'elle n'avait même pas les mots pour les décrire.

Mais ce n'était pas le moment pour ce genre d'introspection.

Bjørn continuait à marmonner lors de leur progression dans les bois. Aelfwynn repensa au souffle déplaisant de son haleine sur son visage et se rendit compte qu'elle aurait dû comprendre aussitôt qu'il avait bu bien plus d'hydromel que de raison. Toute la nuit d'ailleurs, si elle y réfléchissait bien, sans dormir. Elle avait déjà vu ce genre de spécimens le matin bien trop souvent pour les compter.

Qui n'en avait été témoin en vivant dans les grandes salles, avec des hommes qui préféraient des chopes bien remplies au courage ?

Aelfwynn sentait le poids de sa dague à sa taille, bien cachée sous sa cape. Et elle y trouvait un réconfort. Il lui fallait simplement attendre le bon moment pour l'utiliser, et elle le ferait.

Elle sentait encore la douleur dans sa nuque, à l'endroit où Bjørn l'avait secouée. Elle n'hésiterait pas à brandir une lame.

La vérité était qu'elle s'était sentie plus que jamais en sécurité entre les mains de Thorbrand, et même que cela avait peut-être été la première fois de sa vie. Sa mère lui manquait terriblement. Et Aelfwynn songea que ce serait peut-être toujours ainsi, comme tous les parents manquaient à leurs enfants, quelles que fussent les circonstances de leur trépas.

Mais sa mère ne s'était jamais souciée que de la guerre. Se battre, et verser le sang sans fin.

Aelfwynn s'était trouvée soit à ses côtés, soit à l'arrière quelque part, attendant les nouvelles.

Les deux situations lui avaient déplu ; aucune n'était sûre.

La sécurité était un cadeau. Et seul Thorbrand la lui avait offerte.

Alors que la matinée avançait, Aelfwynn trouva une sorte de rythme dans leur marche.

Cela lui fit penser à la chaumière. La simplicité d'une journée qui tournait autour de la préparation de la nourriture et des heures de leurs repas. Malgré cette répétitivité, Aelfwynn n'avait jamais rechigné aux corvées qui devaient être accomplies. Les journées à la chaumière avaient un commencement lorsqu'elle s'éveillait. Et une fin, lorsque Thorbrand l'allongeait devant lui près du feu ou la bousculait dans les fourrures, jusqu'à ce qu'elle oublie toutes les tâches domestiques qui l'attendraient le lendemain.

Chaque journée était pareille à la précédente, cependant elle était différente. Il y avait un plaisir à faire les choses. Une joie et une satisfaction à préparer de la nourriture et des boissons pour les rassasier tous deux.

Et la récompense chaque fois qu'il la touchait.

Si elle l'épousait, Aelfwynn le voyait très nettement, ce serait là leur vie. Une vie partagée simple et belle, en harmonie.

Jusqu'au moment où son roi le rappellerait. Ils retourneraient alors à leurs guerres, à leurs champs de bataille ensanglantés, à ces jeux auxquels se livraient les hommes quand des royaumes étaient le trophée. La veille Aelfwynn avait pensé cela impossible. Comment pourrait-elle l'épouser et vivre avec lui comme ils l'avaient fait dans cette chaumière, avec cette échéance sans cesse dans leurs têtes ? Et à laquelle il faudrait répondre car l'honneur l'exigeait ? C'était trop cruel.

Mais ici dans ces bois, captive une fois de plus et d'une manière qui n'augurait rien de bon, Aelfwynn se dit que cela en vaudrait la peine. Quel que soit le temps que durerait son union avec Thorbrand dans la vie qu'ils se seraient choisie, cela en vaudrait la peine.

Et en réfléchissant à cela, Aelfwynn réalisa aussi autre chose. Elle ferait tout ce qui serait nécessaire pour se sauver loin de cette brute prise de boisson parce qu'elle voulait retrouver la douceur et les joies simples de cette chaumière. Même si ce n'était que pour une saison. Une simple respiration entre deux batailles. Ce serait toujours encore plus de sécurité et de bonheur qu'elle n'en avait jamais connu.

L'amour, lui susurra sa petite voix. Ce mot périlleux.

« Tu peux aimer la Mercie », lui avait dit Aethelflaed lorsque Aelfwynn avait un jour rassemblé son courage, alors qu'elle n'était encore qu'une toute jeune fille, pour lui demander si elle n'envisagerait pas un mariage d'amour pour sa fille unique. « Tu aimeras la Mercie aussi profondément et aussi fort que tu pourras, ma fille. Tu n'auras besoin d'aucun autre amour. » Elle l'avait alors dévisagée d'un air implacable, que lui avait rendu Aelfwynn. « Car tu ne feras aucun mariage d'amour. Mais si tu as de la chance et que tu te dévoues à la tâche comme si c'était une campagne militaire, tu verras que toute union pourra te convenir. »

Sa réponse n'avait pas réellement surpris Aelfwynn.

Elle avait vu ce qu'il en était de l'union de ses parents. Et vu de ses propres yeux sa mère régner sur la Mercie après la mort de son mari.

Pourtant, il était quand même permis d'aimer pour certains. « Pourquoi n'y aurais-je pas droit ? »

« Une fille qui s'éprend des hommes qui la courtisent avec de belles paroles et des promesses mirobolantes n'est qu'une idiote », lui avait alors dit Aethelflaed d'une voix douce, étonnante pour une femme si forte. « Mais sera une épouse avisée si elle prend son temps et la mesure des affaires qui se font dans la grande salle avant d'offrir la même chose. »

Ici même, dans ces bois inhospitaliers, Aelfwynn sourit franchement, hors de la vue de Bjørn.

Je n'ai jamais voulu de vos royaumes, Mère, avait-elle répondu dans sa tête, face à une paire d'yeux dorés aussi vifs que les siens. *Mais je me battrai tout pareillement pour les simples plaisirs d'une chaumière.*

Aussi attendit-elle. Elle marcha aussi prudemment que possible, n'ayant nul désir de voir une entorse à la cheville empirer la situation. Qui était déjà bien périlleuse.

Ils marchèrent sans relâche, jusqu'à ce que le soleil fût au zénith, même s'il n'était pas très haut à cette période de l'année. Et Aelfwynn se tendit quand elle sentit l'homme ralentir derrière elle.

— Nous allons nous reposer ici, déclara-t-il. Peut-être vais-je prendre à mon tour ce que Thorbrand s'est attribué le tout premier.

Ignoble porc ! hurla Aelfwynn pour elle-même.

Elle se retourna pour le dévisager, car certes elle

n'était pas une reine guerrière comme sa mère, mais elle n'était pas non plus lâche.

— Ne craignez-vous pas que Thorbrand soit sur vos traces, même maintenant ?

— Vous avez une bien haute opinion de vous-même, persifla Bjørn.

Puis il ôta sa cape d'un geste théâtral et commença à se débattre avec les liens de ses pantalons.

— Vos charmes doivent donc être exceptionnels, railla-t-il.

Que pouvait faire Aelfwynn, si ce n'était rester immobile ? Et se préparer ?

Elle croisa les bras, espérant qu'il prendrait cela pour de la fragilité. Alors qu'elle se cramponna à la poignée de sa dague. *Du calme*, s'exhorta-t-elle. *Tu n'auras peut-être l'occasion de frapper qu'une seule fois.*

— Thorbrand se réjouit peut-être que vous soyez partie, lui dit Bjørn.

Il n'exhiba pas ses parties viriles, et Aelfwynn lui en fut reconnaissante, mais il était néanmoins trop menaçant dans cette minuscule clairière où ils avaient fait halte.

— En effet, acquiesça-t-elle aussi sereinement qu'elle le put. Mais je crois que cela ne changerait pas les ordres de son roi. Et le roi est la personne que nous servons, n'est-ce pas ?

— Pas toi, petite traîtresse ! lui cracha Bjørn au visage, en faisant un pas vers elle. Tu es la nièce d'Edward de Wessex, la fille de la dame des Merciens, et tu n'es plus rien d'autre maintenant que la traînée d'un Viking. Pourtant tu es toujours présentable. Ton oncle a voulu ta mort lorsque tu cherchais à prendre le voile pour rester irréprochable. Que te fera-t-il lorsqu'il apprendra l'étendue de tes autres talents ? Vais-je l'en informer ?

Il tituba en se rapprochant, et il avait beau sembler épuisé et pâle, c'était encore un homme avec toute sa force. Plus grand qu'elle, habitué au combat. Aelfwynn serra sa dague un peu plus fort, et ne broncha pas.

— Ce que je ne comprends pas, dit-elle posément et très intentionnellement, c'est pourquoi, parmi toutes les scènes que vous avez imaginées pour vous divertir, il y en a une où vous avez pu croire que vous, un Viking à l'air pitoyable qui sent l'alcool, pourriez vous présenter devant le roi du Wessex et engager la conversation avec lui. Où aurait lieu cette rencontre ? Quand ? Vous serez transpercé d'un millier de flèches avant même d'avoir fait une journée de marche en Mercie. Vous ne pourrez jamais vous retrouver en sa présence.

Le rictus sur le visage de Bjørn sembla se creuser, avant de se transformer en cauchemar.

— Alors je ferais mieux de me rassasier maintenant, sale chienne !

Il plongea vers elle, arborant toujours la même expression hideuse. Mais Aelfwynn était préparée. Elle n'essaya pas de le frapper ou de se lancer dans les manœuvres compliquées au couteau qu'elle avait vu les hommes exécuter lors de leurs entraînements. Elle se contenta de garder les mains devant elle comme si elle priait, mais en brandissant sa lame.

Aussi lorsque Bjørn se jeta sur elle pour la saisir, il se coupa.

Il hurla, et trébucha en arrière.

Aelfwynn tenait désormais sa dague comme elle

l'avait vu faire par les guerriers. Haut devant elle, dans l'espoir que la prochaine fois qu'il se jetterait sur elle, elle le blesserait plus efficacement.

— *Niðingr !* hurla-t-il, la traitant sûrement ainsi de moins que rien. Petite chienne !

Il plaqua sa main sur l'endroit où elle l'avait coupé au bras, et la retira couverte de sang. Et Aelfwynn vit ce qui restait d'humanité en lui disparaître.

Ses yeux désormais vides, il retroussa les lèvres.

Si elle mourait ici, se dit Aelfwynn résolument, elle le ferait avec autant de grâce que possible. Mais elle le découperait d'abord en lambeaux.

Il s'élança de nouveau sur elle, mais elle esquiva sur le côté, le couteau toujours devant elle. Elle n'osait pas quitter des yeux le visage tordu de rage du Viking, ni presque respirer. Car elle savait qu'après qu'il eut vu sa dague et ressenti sa piqûre, l'arme serait désormais son premier objectif. Et Aelfwynn comptait bien que cela lui coûtât cher.

Ils se tournaient autour dans la clairière, et Aelfwynn se sentait envahie par bien trop de sentiments qui se bousculaient soudain, et qu'elle refréna aussitôt. Si elle survivait, si elle vivait un jour encore, elle pourrait les laisser la submerger tant qu'ils le voudraient.

Bjørn cessa de se mouvoir. De toute évidence il réfléchissait à la situation. Aelfwynn s'arrêta aussi, totalement essoufflée.

Le bois était silencieux. Le soleil d'hiver peinait à éclairer le sommet des arbres. Aelfwynn continua à se cramponner à sa dague, et se prépara à se défendre, car personne n'allait venir à son secours. Elle devrait se battre seule.

Elle n'oublia pas que le sang d'Aethelflaed coulait en elle.

Elle se prépara à prendre les devants et attaquer cette fois…

— Je vois qu'il va falloir que je vous apprenne à manier une lame, ma douce.

La voix basse, rauque et merveilleusement familière provenait de la lisière de la clairière. Mais Aelfwynn n'osa pas quitter Bjørn des yeux. Pas avant de savoir si elle rêvait ou non.

— Quoique d'après ce que je vois, vous avez déjà marqué des points. Tu ne peux pas en dire autant, Bjørn, pitoyable *rassragr* !

Aelfwynn n'avait pas besoin de connaître la signification du mot pour comprendre que c'était une insulte de la pire espèce. Parce que Bjørn se recula vivement et émit une sorte de hululement. De frustration, de rage.

Mais ce ne fut que lorsqu'il se tourna pour faire face à Thorbrand qu'elle fit de même.

Elle n'avait jamais été aussi heureuse de voir quelqu'un. Et cet homme en particulier.

Thorbrand se tenait à la lisière de la clairière, l'air nonchalant, quoique vêtu de sa tenue de guerre, bouclier prêt et épée en main. Nonchalant, en effet, jusqu'à ce qu'elle le scrute plus attentivement et voie flamboyer ses yeux bleu foncé. Ils étaient incandescents et élargis d'une fureur qu'elle n'avait encore jamais vue.

Il la détailla des pieds à la tête, puis se concentra sur Bjørn, fureur décuplée.

Aelfwynn n'avait en cet instant qu'un seul désir : le dévorer des yeux.

Son guerrier viking sauvage, qui regardait son ravisseur comme s'il était une souris prise au piège qu'il exécuterait sans la moindre arrière-pensée.

— Pourquoi aurais-tu toujours tous les privilèges ? hurla Bjørn dans sa direction. Je me suis battu aux côtés de Ragnall pendant presque dix années. Pourquoi serais-tu celui qui a été choisi ?

— Je peux trouver un grand nombre de raisons à cela, lui répondit Thorbrand sur un ton d'une dureté qu'Aelfwynn n'avait encore jamais entendue.

Et elle s'étonna de sa réaction, car elle en avait été fascinée. Ce Viking était puissant au-delà de toute mesure, et il voulait l'épouser. Elle s'empourpra légèrement, et comprit que c'était de plaisir.

— Tout d'abord, je ne suis pas planté au milieu d'une forêt en plein hiver avec mes pantalons aux genoux et mes parties en plein vent.

— Je vais te tuer pour ces insultes, murmura Bjørn, pâle de fureur. Je me ferai un casque avec tes côtes.

— Je crois qu'il a trop bu, intervint Aelfwynn. Il n'est pas dans son état normal.

— Ah, mais vous ne connaissez pas notre Bjørn ! répliqua Thorbrand.

Il s'avança dans la clairière et fit face à Bjørn, avec toujours la même apparence de nonchalance. Il remit son épée dans son fourreau et jeta son bouclier par terre, comme s'il était complètement détendu. Comme s'il n'y avait aucune menace ici.

Aelfwynn fut tout d'abord perplexe, puis comprit que cela aussi était une insulte.

— Toujours le dernier à se porter volontaire, et le premier à se plaindre, continua Thorbrand. Le plus rapide à charger pendant le combat quand le roi regarde, mais bien moins prompt à affronter la mort quand il se retrouve seul. Aucune blessure n'est trop superficielle pour qu'il ne prétende pas devoir la soigner très longtemps. Vantard, ne reconnaissant jamais ses torts. Bjørn n'est pas un guerrier. C'est un petit garçon qui n'a jamais appris à devenir un homme.

— Ce garçon va te faire ravaler tes paroles ! aboya Bjørn, sortant son épée avant de charger.

Aelfwynn retint son souffle, s'attendant à ce que Thorbrand sorte aussi la sienne. Mais il n'en fit rien. Il se contenta de regarder l'attaque de Bjørn comme si elle se produisait au ralenti. Comme s'il avait tout le temps au monde. Puis, juste avant que l'épée de Bjørn ne lui fende le crâne comme elle se préparait à le faire, il fit un pas de côté et dans un mouvemetent fluide et rapide qu'Aelfwynn ne saisit pas, il désarma Bjørn et l'envoya au sol.

— J'ai une meilleure idée, reprit Thorbrand, toujours animé de la même fureur, qu'Aelfwynn ressentait aussi telle une flamme au plus profond d'elle-même. Je vais te faire avaler ton épée.

Puis il la brandit comme s'il allait transpercer l'homme là même où il était étendu.

— Thorbrand ! hoqueta Aelfwynn. Pas alors qu'il est sans défense devant vous ! Où est l'honneur dans tout cela ?

Il lui sembla qu'il fallut un très long moment à

Thorbrand pour lever les yeux vers elle. Et lorsqu'il le fit, son regard était si intense qu'Aelfwynn recula d'un pas et manqua lâcher sa dague.

— Oui, Aelfwynn, protégeons l'homme qui se repaîtrait de votre corps en cet instant si je n'étais pas arrivé.

Elle ne comprenait pas pourquoi pareille fureur subsistait en lui alors que Bjørn gisait sur le sol. Cependant son menton sembla animé d'une volonté propre et se haussa tandis qu'elle rendait un regard glacial à Thorbrand.

— Je ne vous ai pas demandé de le protéger. Je pensais simplement que vous n'alliez pas entacher votre réputation en lui infligeant une mort pareille. Alors qu'il serait certainement préférable qu'il s'explique devant son roi et accepte le jugement qu'il rendra.

Car elle était sûre que Ragnall n'accorderait pas une mort douce à une créature qui l'avait volé, puisque Aelfwynn était sa propriété. Le mot clémence devait lui être inconnu.

Thorbrand la dévisagea un moment, puis changea sa prise sur son épée et asséna violemment un coup de la poignée sur le crâne de Bjørn. Inanimé, il semblait mort, mais Aelfwynn voyait la buée de son souffle s'élever dans l'air.

— Maintenant, Aelfwynn, dit Thorbrand d'une voix agréable que démentait totalement le regard furibond qu'il lui lança, peut-être pourrez-vous m'expliquer pourquoi vous êtes partie tranquillement du village avec cet homme le jour même de notre mariage. Apparemment plus qu'heureuse de l'accompagner dans ces bois sombres. Seule, ajouta-t-il d'un ton désormais glaçant.

Chapitre 13

Det som göms i snö, kommer fram vid tö.
« Ce qui est caché par la neige se révèle au dégel. »

Ancien proverbe viking

Thorbrand avait envie de massacrer Bjørn. D'en faire un exemple, une statue de sang et de souffrance afin de rendre bien clair pour tous les hommes, partout sur Terre, qu'il ne tolérait pas que quiconque touchât sa femme, si ce n'était lui. Pour toujours.

Il n'était pas encore certain qu'il ne le ferait pas. Peut-être apaiserait-il les dieux en le faisant, pour la femme qu'il n'avait pas protégée par le passé, ainsi que pour la mémoire de son père.

Mais Aelfwynn se tenait devant lui, toujours cramponnée à sa dague. Et le cœur de Thorbrand battait si fort qu'il cognait contre ses côtes. Elle était sale, avec de la boue partout sur sa robe, les cheveux emmêlés, les joues écarlates, mais il ne décela aucun signe de maltraitance. Elle ne semblait pas blessée. Ni d'ailleurs terrifiée.

C'était l'unique raison pour laquelle Bjørn respirait encore.

Car si elle avait eu une infime trace de bleu, ou un air apeuré ou triste sur son joli visage, il aurait tué l'homme sur-le-champ. Qu'il eût été sans défense n'aurait fait aucune différence.

— Avez-vous donc prévu de me répondre ? grommela-t-il à son intention.

Bjørn était inconscient, et ne méritait donc plus son attention.

Le menton d'Aelfwynn se haussa un peu plus encore, ce qui lui échauffa les sangs. Maudite créature irrésistible !

— Je croyais qu'il me conduisait à votre roi.

— Ainsi mon roi passe ses matinées à errer dans les bois de Northumbrie ? C'est nouveau.

— J'ai entendu dire qu'il était en partie troll, répliqua-t-elle, l'air impavide tandis qu'il frémissait à cette insulte. Il a une certaine réputation, Thorbrand. Je pense que c'est lui qui l'entretient, d'ailleurs.

— Ragnall pourrait tuer un troll ou même une vingtaine d'entre eux, et considérer cela comme une matinée ennuyeuse, rétorqua Thorbrand, renfrogné, sans trop savoir pourquoi il discutait de trolls. Mais il n'enverrait jamais un dépravé amateur de boisson s'occuper d'une femme assez importante pour qu'il eût dépêché trois de ses meilleurs hommes en Mercie afin de l'enlever, pour commencer.

— Si Bjørn est un guerrier aussi pitoyable, pourquoi donc est-il venu ici avec votre roi ? Accompagner Ragnall est certainement une mission très enviée. Accordée aux plus forts, aux meilleurs, choisis pour leur honneur et leur valeur.

— Rien ne dit que l'on s'attendait à ce que Bjørn revienne de ce voyage. Les loups ont faim en hiver, et mieux vaut qu'un homme de rien leur serve de repas plutôt qu'un roi. Ou vous, ou moi, dit-il en hochant la tête. Trois villageois qui gardaient les vaches vous ont vue, Aelfwynn. Vous diriger toute guillerette vers les bois. Sans que l'on vous tienne, sans couteau pointé dans votre dos.

— J'aurais quelque mal à dire que ma démarche était guillerette, alors que j'allais vers l'inconnu. Cela ne ressemblait en rien à une agréable promenade, si vous voulez savoir.

— Nierez-vous que c'est ainsi que vous êtes partie ?

— Et comment aurais-je pu savoir ce qu'il avait en tête ? s'indigna Aelfwynn, visiblement exaspérée.

Exaspérée contre lui, si Thorbrand ne se méprenait pas. Elle exhala un soupir d'énervement.

— Autant que je sache, c'était un guerrier élu pour être au côté de Ragnall. Pourquoi n'aurais-je pas cru qu'il venait remplir une mission pour son roi ? Au cas où cela vous aurait échappé, je ne suis pas des vôtres. Rien qu'hier, votre roi a été heureux de m'informer qu'il m'exécuterait si tel était son bon plaisir. Et j'ai pris l'habitude d'être aussi conciliante que possible lorsque je suis en présence d'hommes qui ont envie de me tuer, Thorbrand. Vous devriez bien le savoir. C'est pour cela que je suis encore vivante après que deux rois ont récemment envisagé de me tuer.

Thorbrand réalisa qu'il n'aimait pas la façon dont elle avait dit cela, même s'il lui avait tenu ce même genre de propos auparavant. Et encore moins la manière dont elle le regardait.

— Peut-être devriez-vous arrêter ce genre de petits jeux, grommela-t-il entre ses dents. Il y a les bonnes manières d'un côté, et la stupidité de l'autre.

— Vraiment ? demanda-t-elle d'une voix douce.

Alors qu'il n'y avait rien de doux dans ses intentions. Elles étaient bien plus acérées que la dague encore dans sa main, et Thorbrand le sentit exactement comme s'il avait été coupé dans sa chair vive.

— Quelle idée novatrice ! Je devrais simplement arrêter de m'accommoder de cette foule d'hommes qui se précipitent sur mon chemin, et insistent pour que je me soumette à leur volonté toute-puissante. Je me demande quel aurait été mon destin si après la mort de ma mère j'avais décidé de ne flatter personne, et de ne pas me comporter comme une personne soumise ou aimable ? Si j'avais choisi un camp, sur une impulsion, un coup de tête ? Choisi le chemin que je désirais emprunter sans me soucier des désirs des autres ? Si je m'étais donnée à l'un de mes prétendants ? Ou avais fait ce qui me plaisait, pour une fois ?

Il aima entendre parler de ses prétendants encore moins que percevoir l'exaspération dans sa voix.

— Ne vous préoccupez pas tant du destin, car il vous rattrapera quoi que vous fassiez.

— Je serais morte, Thorbrand, voilà tout ! éructa-t-elle. Exécutée comme traîtresse vis-à-vis de mon oncle, ou comme une déception pour la Mercie. Exécutée parce que je ne pouvais être qu'un symbole pour tous de ce qui avait déjà été perdu. Croyez-vous sincèrement que cela eût pu être autrement ?

— Et pourtant vous ne vous inquiétiez pas de prendre soin de moi excessivement bien lorsque votre vie était entre mes mains, n'est-ce pas ?

Thorbrand avait passé tant de temps avec cette femme, même si elle était retenue contre son gré avec lui ! Et voilà qu'ils se retrouvaient de nouveau dans une forêt glaciale, à côté d'un homme, à leurs pieds, qui avait osé tenter de prendre ce qui appartenait à Thorbrand.

Elle serait sa femme avant la nuit, même si elle s'était persuadée du contraire. Il craignait que ses limites n'aient cédé. Ou peut-être la vérité était-elle qu'il ne le craignait plus du tout, alors que cela ressemblait bien plus à la liberté.

— Ou était-ce ce que vous désiriez, Aelfwynn ? Mieux vaut pour un symbole saxon mourir des mains d'un Viking sauvage. Pensez à ce que l'on dirait de vous si vous aviez été enlevée, et encore vivante pour le raconter.

Et à son étonnement, ou même, s'il ne l'admettait toutefois que dans son for intérieur, à son ravissement secret, elle brandit sa dague devant lui.

Dans le but de le frapper.

Telle une furie qui pourrait tout vaincre, même lui.

Et surtout lui.

Il y avait des cieux d'été brillants dans son regard, lui rappelant les terres où le soleil ne se couchait jamais. Une fureur magnifique sur son visage. Et Thorbrand n'avait jamais vu de femme aussi somptueuse. Ni n'avait jamais autant désiré une femme, à tel point qu'il en voulait à son roi de s'intéresser à elle.

Il aurait voulu s'arracher ces sentiments et les jeter dans un brasier.

Et à défaut, il les jetterait tous deux sur un bûcher, ce qui serait bien plus satisfaisant, mais ce ne serait jamais suffisant.

Jamais, martelait une voix en lui, comme une prophétie.

Mais Aelfwynn s'élança, la dague en avant, comme si elle voulait lui transpercer la poitrine. Et plus d'une fois.

Thorbrand aurait pu la désarmer facilement, mais il ne le fit pas. Parce qu'il aimait cet aspect de sa personnalité. Il aurait voulu pulvériser les collines ce matin-là, à l'idée de l'avoir perdue. Ce serait le moins qu'il aurait fait s'il l'avait trouvée violentée par un homme tel que Bjørn. Et sa vengeance n'aurait pu être payée à aucun prix.

Cependant il avait envie de voir jusqu'où elle irait avec cette dague et ce regard farouche.

Il en mourait d'envie, en fait.

— Toute ma vie j'ai été certaine de n'être que plaisante et arrangeante quel qu'en soit le prix ! lui lança-t-elle. Lorsque vous avez daigné vous abaisser à m'arrêter sur cette route, je m'étais déjà épuisée à être sûre que quiconque s'était aventuré auprès de moi après la mort de ma mère ne voyait que ma sérénité. Mes prières incessantes. Et mon caractère sans tache, inoffensif.

— Et grâce à cela vous êtes connue de tous, dans tout le pays. Voulez-vous que je vous complimente là-dessus ? Ou ne comprenez-vous pas qu'être connue de la sorte est une insulte ?

— Ce n'était pas par accident, Thorbrand ! cria-t-elle. Comment croyez-vous que j'aie survécu ?

— Grâce à votre lignée, répliqua-t-il en fronçant les sourcils tant la question était hors de propos. Sans cela, grâce à quoi d'autre ?

Voulait-elle vraiment entendre sa réponse ?

Elle s'approcha, sa petite lame toujours pointée vers lui. Il aurait pu facilement la lui prendre, en effet, mais où aurait été l'amusement dans tout cela ? À son avis, il valait bien mieux tenter de déceler les intentions d'Aelfwynn. Voir de quoi elle était capable quand elle ne prétendait pas rivaliser avec ses saints.

— Laissez-moi vous dire quelque chose à propos de ma lignée et de mon sang, siffla-t-elle avec un air féroce qui ne fit qu'attiser le désir de Thorbrand, même s'il avait quelque difficulté à admettre à quel point cela le rendait heureux.

Elle n'avait pas besoin de savoir combien il la désirait. Combien il désirait que sa sauvagerie s'accorde à la sienne, d'autant qu'il ne voulait rien de plus, hormis que ses futures batailles prennent place dans leur lit.

Il voulait une adversaire à sa mesure, et savait qu'Aelfwynn en était une. Il y avait goûté.

— C'est parfait de se réclamer de la descendance directe du roi Alfred, certes, loué soit son nom, mais en quoi cela m'est-il utile ? Si j'étais le fils de ma mère, qui pourrait dire ce qui serait advenu ? Ma mère n'aurait peut-être jamais régné. Mais voilà, je suis une fille. Donc tout ce que mon sang royal a fait pour moi a été de me désigner pour cible. Comme un prix à gagner. Un morceau de choix destiné à être marchandé entre les hommes qui décideraient quel genre de traité ou d'alliance je deviendrais. Tout ce que je voulais, Thorbrand, c'était me battre, et je l'ai fait, même si vous méprisez les armes que j'ai utilisées pour cela.

— Je ne méprise pas vos armes, répliqua-t-il avec impatience.

Elle brandit de nouveau la dague devant lui, et Thorbrand n'aurait su dire si elle avait l'intention de le frapper ou si elle avait même oublié ce qu'elle tenait en main.

— Même si je commence à me fatiguer de voir cette petite lame aiguisée trop proche de mon visage.

Aelfwynn fronça les sourcils en regardant son arme comme si elle ne l'avait jamais vue, mais elle leva de nouveau les yeux vers lui, l'air plus courroucé que jamais. Et Thorbrand comprit qu'elle était en proie à une puissante émotion, les joues écarlates.

Il la trouva alors d'une beauté insoutenable, aussi empourprée et furibonde. Il la voulait, sous lui. Il la voulait alors qu'elle était partie dans les bois avec un homme qui aurait pu lui faire du mal, ou la tuer. Il ne se voyait pas pardonner cela avant longtemps.

— Toute femme connaît son destin, quelles que soient ses fautes, ou l'absence de celles-ci, lança Aelfwynn.

Elle émit un petit bruit, proche d'un rire.

— Prendre le voile est un présent qui n'est accordé qu'à peu d'entre elles.

Elle frissonna légèrement à ces propos, et Thorbrand ne sut déceler si c'était parce qu'elle regrettait de ne pas prendre le voile. Ce qu'il devrait considérer comme une insulte si elle ne changeait pas d'avis, quoique cela ne pût modifier sa destinée.

Rien ne le pourrait.

Et ce n'était pas à cause des dieux, mais parce que Thorbrand n'avait aucune intention de la laisser s'échapper de nouveau. Jamais plus.

— Vous pouvez estimer qu'il est vain de vous soucier d'une destinée alors qu'elle a déjà été décidée, mais les femmes sont différentes, ne croyez-vous pas ?

Ses yeux scintillaient, et sa dague visait toujours la gorge de Thorbrand.

— Les hommes peuvent se fier au destin. Les femmes doivent se fier aux hommes, et des deux je garantis que le destin est le plus clément.

— Alors vous en savez peu.

Elle ignora sa repartie.

— Une femme peut être une épouse ou une concubine. Libre ou esclave. Mais qu'importe ce qu'elle devient, souvent sans qu'elle ait commis aucune faute ou effectué aucun choix, le résultat reste le même. Les hommes sont censés être flattés. Encouragés. Obéis, et admirés en toutes choses. J'étais encore enfant lorsque j'ai compris que ma mère a eu le droit de faire ce qu'aucune autre femme ne pouvait faire. Mais pourquoi ? Pas parce qu'elle le souhaitait personnellement. Mais parce que cela convenait à son mari de le lui permettre. Tout comme à son frère, qui la laissa faire ce qu'elle voulait. Mon père est mort avant de pouvoir me marier à un rival ou un ennemi. Mon oncle quant à lui n'a pas perdu de temps pour me mettre à ma place. Je me demande aujourd'hui si ma mère avait jamais su que son pouvoir était fragile, et cela tout au long de son règne.

— La vie est dure, et courte, ma douce, marmonna Thorbrand. J'ai passé toute ma vie dans une longue campagne militaire sans fin, dans laquelle l'histoire de celui qui a le pouvoir et de celui qui ne l'a pas se résume à qui vit et qui meurt. Qu'y a-t-il d'autre ? Les hommes doivent prendre, ou être pris, c'est le mouvement du monde. Mieux vaut apprendre à manier une épée, sans cela tu seras occis par celle d'un autre. J'ai choisi de manier la mienne, et de bien la manier, ajouta-t-il en haussant les épaules.

— Je vous félicite d'avoir au moins eu ce choix.

Thorbrand la dévisagea, alors qu'elle avait les sourcils froncés, la dague toujours brandie. Elle respirait trop vite. Pourquoi étaient-ils ainsi l'un devant l'autre, alors que cette conversation aurait été bien plus plaisante s'ils avaient été nus ?

— Qu'est-ce qui vous contrarie de la sorte ? lui demanda-t-il.

Aelfwynn le foudroya du regard et ouvrit la bouche, mais il secoua la tête.

— Je ne souhaite pas entendre une nouvelle histoire sur votre famille ou les épreuves que vous inflige votre lignée. Il n'y avait que vous et moi dans cette grande salle hier. Je vous ai dit que j'avais l'intention de vous épouser et vous avez mal réagi. Pourquoi ?

Elle avait la main tremblante sur sa dague. Mais pendant un moment tout resta silencieux, si ce n'était le léger bruit de son souffle précipité. Le vent d'hiver s'était levé et agitait les branches au-dessus d'eux. Cependant

Thorbrand sentait la terre à leurs pieds, boueuse et humide, riche de senteurs, promesse de verdure. Dans des mois certes, mais c'était là. Une promesse, quoi qu'il arrive.

— Vous auriez dû me dire que vous vouliez m'épouser depuis le début, dit-elle posément, les yeux agrandis et trop brillants. Je croyais que j'étais votre esclave.

— Et le fait que vous vous soyez trompée devrait vous remplir de joie, non ? répliqua-t-il d'un ton sec. J'aurais cru que cela ne vous aurait pas incitée à brandir une dague dans ma direction.

— Vous auriez dû me le dire, répéta-t-elle avec plus de véhémence et d'éclat rageur dans les yeux. J'imagine que vous ne le prendriez pas à la légère si vous pensiez que l'on vous a ravi votre liberté, ne croyez-vous pas ? Il vaut mieux le savoir.

— Mais quelle liberté vous ai-je donc prise ? demanda Thorbrand, et il lui avait fallu un énorme effort pour rester calme alors qu'il avait eu envie de hurler.

Hurler face à cette dague, son inconscience, et faire en sorte de mettre fin à cet affrontement afin qu'elle arrive dans ses bras, là où était sa place.

— N'avez-vous pas eu du mal à me dire à quel point peu de choix s'offraient aux femmes ? À quel point, que vous soyez épouse ou esclave, vous apparteniez à un autre ? En l'occurrence à moi, Aelfwynn. Quelle importance a le nom, si vous êtes déjà aussi contrainte que vous le proclamez ?

La dague s'approcha encore.

— Il y a une différence entre une femme et une épouse !

— Pas pour vous, répondit Thorbrand. Nous y avons déjà goûté, n'est-ce pas ? Si vous vous considériez comme une esclave, en ce cas vous n'avez pas été maltraitée. Je vous défie de proclamer le contraire.

— Et vous pensez que cela arrangera les choses ? Car je vous assure que ce n'est pas le cas.

— Je vais vous dire ce que je pense, lui asséna Thorbrand en s'approchant d'elle si près que s'il avait respiré trop fort il se serait heurté à la pointe de sa lame.

Il la foudroya du regard, s'efforçant de garder les bras le long du corps alors qu'il n'avait qu'une envie, la toucher. Et la serrer contre lui. Lui montrer combien ils étaient complémentaires, comme elle l'avait apparemment oublié.

— Vous feriez mieux d'être mon esclave.

Aelfwynn hoqueta d'indignation.

— Certainement pas ! Aucune personne née libre ne désirerait pareille honte !

Il continua, ignorant son éclat.

— De cette sorte vous pourriez passer votre vie à vous congratuler infiniment pour votre martyre. N'est-ce pas ce qui nourrit votre petite âme chrétienne si pieuse ? Votre grand sacrifice. Votre combat.

Trop d'émotions pour les énumérer se bousculaient dans les yeux d'or d'Aelfwynn. Thorbrand les nota toutes, même s'il ne pouvait les nommer.

Il se pencha vers elle, jusqu'à la pointe de la lame.

— Mais si vous êtes mon épouse, Aelfwynn, qu'en sera-t-il alors ? Si vous ne vous offrez pas en martyre à la brute viking, serait-ce donc que vous préféreriez ne pas endurer ce sacrifice, finalement ? Parce qu'en dépit de tout vous ne pouvez pas échapper à vos sentiments, n'est-ce pas ? Et pire, à ce que vous désirez.

Elle avait soudain pâli et s'était figée.

— Vous n'avez pas la moindre idée de ce que je veux.

— C'est moi que vous voulez ! rugit-il, ravi de la voir sursauter à cette réponse.

Encore mieux, elle devint écarlate, lui prouvant ainsi la réponse de son corps, même si elle la refusait.

— Mais cette idée offense votre éducation mercienne, à tel point que vous aimeriez mieux un destin funeste plutôt que m'épouser, alors que je vous protégerais et vivrais à vos côtés. Par les dieux, vous me viendriez enchaînée plutôt que de votre propre volonté !

— Je n'ai rien choisi, et je ne veux pas de chaînes, répliqua Aelfwynn, même si elle sembla soudain très affectée, la dague retombant au bout de son bras baissé. Et pourtant vous m'épouseriez, que je le choisisse ou non.

— Ne vous ai-je pas laissé le choix lors de la première soirée où nous nous sommes rencontrés ? insista Thorbrand tout en la scrutant.

— Certes, et quel choix ! Des loups, des bandits, des hommes prêts à me mettre en pièces au prochain tournant de la route… ou vous.

Il éclata de rire.

— Il y a toujours un choix. Ce que vous désirez, ce sont les choix que vous trouvez agréables, ma douce, et ce ne sont pas les cadeaux que les dieux ont tendance à accorder. Mieux vaudrait pour vous l'apprendre maintenant. Alors que cela vous plaise ou non, aucun d'entre eux ne vous tuera. Bien d'autres n'ont pas cette chance.

— J'aurais dû risquer les loups ! lui lança-t-elle. Il aurait été plus facile de les raisonner que vous !

Thorbrand se pencha vers elle, et il n'était plus hilare le moins du monde.

— Vous ne m'échapperez jamais, Aelfwynn. Les loups ne nous auront pas. Mais réfléchissez bien. Vous pouvez décider, ici et maintenant, si notre mariage sera un plaisir ou une prison.

Et il la regarda tandis qu'elle se tenait devant lui dans cette clairière glacée, tremblante de toutes les émotions qui la traversaient, telles des vagues dans une mer déchaînée. Il sentit son combat intérieur, et vit trembler la dague dans sa main, le long de son corps.

Mais il la connaissait trop bien. Sa petite martyre. Sa sainte abattue.

— Ce qui vous irrite n'est pas que j'aie voulu vous épouser depuis le début, dit-il, sans retenir son rire sombre. Mais que si vous aviez été réellement mon esclave, ce que nous avons vécu vous aurait plu tout autant.

Et peut-être aurait-il dû s'attendre à cette expression de surprise sur le visage d'Aelfwynn. Puis à la voir devenir cramoisie, bien trop pour que ce ne soit que de la contrariété. De la honte, peut-être ? Ce feu qui n'appartenait qu'à elle, et qui brûlait même maintenant.

Mais elle avait cessé de trembler.

— Vous êtes un démon sorti tout droit de l'enfer ! éructa-t-elle.

— Et c'est ainsi que je vous plais, Aelfwynn, rétorqua-t-il, sans se sentir le moins du monde insulté. En permanence. Nuit et jour.

Elle avait les yeux trop brillants, dans son joli visage.

Aucunement sereine. Thorbrand ne l'avait jamais vue ainsi, aussi furieuse et véhémente. Il croyait avoir une vision devant lui. Même lorsqu'elle attaqua avec sa dague, et le toucha.

C'était une coupure sur son avant-bras, à peine une égratignure, mais elle l'avait coupé. Elle avait fait couler son sang.

Pendant un long moment chargé de tension, ils se jaugèrent. Aelfwynn était bouche bée, sous le choc. Et Thorbrand se contracta après cette agression, aussitôt nourrie d'un besoin impérieux qui alluma une flamme à laquelle il n'était pas certain de pouvoir survivre.

Il n'était d'ailleurs même pas certain d'en avoir envie.

Et lorsque Aelfwynn fit volte-face et courut vers les arbres, il éclata de rire, haut et fort.

Puis il la poursuivit.

Chapitre 14

SoÞ hit sylf acyÞeð.
« La vérité se fera connaître d'elle-même. »

Proverbes de Durham

Aelfwynn, désespérée, se précipita au couvert des arbres, ne pensant qu'à une chose : s'enfuir.

S'échapper.

Les terribles paroles de Thorbrand l'avaient déchirée, l'horreur de ce qu'il avait dit, comme des flèches plantées en plein dans son cœur. Elle tenta de se persuader qu'il avait tort. Qu'il ne connaissait pas sa part d'ombre, ce qu'elle n'osait exprimer.

Il se trompait. Sa mère était Aethelflaed, dame des Merciens. Elle était la petite-fille du roi Alfred. Elle ne voulait pas être l'esclave d'un homme. Sa lignée le lui interdisait.

Elle courut, absolument paniquée, ne désirant rien d'autre que mettre de la distance entre elle et le Viking qui avait exprimé tout haut ce qu'elle pensait réellement tout bas. Qu'importait si les branches la fouettaient et si les racines semblaient sortir du sol tout exprès pour la faire trébucher !

Mais un bras musclé la saisit et la tira en arrière avant que la dernière racine ne la fasse tomber.

Et Aelfwynn se dit soudain qu'elle n'avait aucune raison d'être aussi conciliante. Ni arrangeante. Ni même agréable, non merci. Pas envers cet homme qui l'avait critiquée aussi ouvertement. Aussi se battit-elle.

Pour la première fois de toute sa vie, Aelfwynn ne se battit pas à coups de paroles et de silences, de prières et de piété. Elle ne souriait pas. Elle n'était pas sereine.

Enfin, elle se battit réellement.

Thorbrand la tenait contre lui, ses bras l'entourant tels des rubans d'acier. Il riait tandis que les bras et les jambes d'Aelfwynn l'abandonnaient et semblaient avoir leur volonté propre de donner des coups de pied ou des coups de poing. Il avait l'air de ne rien sentir, alors elle se débattit de plus belle, en hurlant à pleine gorge dans le ciel d'hiver gris et plombé.

— Allez-y donc, lui enjoignit-il tout près de son oreille, épuisez-vous.

Aelfwynn était exaspérée qu'il le sût, qu'il ne le sût que trop bien. Il connaissait la noirceur de son cœur et le désir lancinant dans son corps. Il savait, même avant elle, ce qu'elle désirait. Ce qu'elle désirait vraiment.

Elle s'était toujours imaginé que c'était cette bataille.

Elle lutta bravement, mais elle était déjà certaine qu'elle avait perdu. Et que se tortiller dans ses bras n'était que frustration. Car elle connaissait bien mieux un autre combat. Eux deux, bien enveloppés dans ses fourrures, à se battre pour se rapprocher, plus profondément, et se perdre dans la douce chaleur moite qui était devenue aussi indispensable à Aelfwynn que respirer.

Mais elle s'était toujours dit que si on lui en donnait l'occasion elle se battrait comme les hommes, avec ses poings, une lame et des cris sauvages. Aussi continua-t-elle, même si plus elle se débattait, plus une nouvelle vérité déplaisante se faisait jour en elle.

Je ne désire pas me battre contre lui, admit-elle en son for intérieur, même si c'était douloureux. *Je me battrais pour lui. Et avec lui.*

Cependant la toute dernière réalité qu'elle voulait affronter était ce qu'il avait dit avant qu'elle eût brandi sa dague. Elle avait cru être son esclave, et pourtant elle avait adoré le temps passé dans cette chaumière. Elle avait trouvé une joie profonde dans le rythme paisible d'une vie partagée. Il n'y avait eu aucune distance entre eux, car où auraient-ils pu aller ? Ils se livraient à des tâches différentes, mais tous deux servaient un même but. La nourriture, un abri, et un feu pour être au chaud.

Pour une fois Aelfwynn n'avait pas été mise à l'écart. Et elle avait connu une réelle intimité, dont elle n'avait qu'entendu parler auparavant. Et pas seulement dans les étreintes de Thorbrand qui la transportaient si loin tandis qu'elle criait son nom. Mais également dans la construction de leurs journées, mal cousues certes car elle n'était pas douée avec une aiguille, mais qui n'appartenaient qu'à eux. Comme un secret, se dit-elle, et pas parce qu'elle aurait voulu le cacher à d'autres. Simplement parce qu'il n'appartenait qu'à eux. Ce rythme et cette douceur. Les leurs.

Et parce qu'elle l'aimait. Esclave ou épouse. Aristocrate ou servante. Elle l'aimait, voilà tout.

Était-elle tombée amoureuse de lui au premier regard, lorsqu'elle l'avait vu sur la route, couvert de boue et de neige ?

Elle se laissa aller contre lui, défaite. Et elle suffoquait tant elle avait résisté. Elle songea qu'elle pourrait au moins être fière de cela. De s'être battue autant qu'elle le pouvait.

Thorbrand la retourna dans ses bras, en la tenant toujours loin du sol, puis il l'adossa à l'arbre le plus proche.

— Vous m'avez fait saigner, grommela-t-il, et elle ne l'avait jamais vu si sombre.

Ni aussi sinistre.

Cela aurait dû la terrifier, mais ce n'était pas le cas. Au contraire, elle n'en fut que plus enflammée. Jusqu'à avoir l'impression que son cœur s'était logé entre ses jambes et pulsait des ondes de désir dans tout son corps.

Infinies et incessantes.

— Vous ne semblez pas vous en porter plus mal, réussit-elle à articuler.

— Je ferai avec, dit-il avec son arrogance habituelle. Nous considérerons cela comme un cadeau de mariage, vous et moi. Mais si j'étais vous, Aelfwynn, j'y réfléchirais à deux fois avant de brandir une lame contre moi. Avec beaucoup, beaucoup de soin.

— Thorbrand…, commença-t-elle.

Elle était furieuse. Désespérée. Et elle l'aimait.

Et elle se languissait de quelque chose qu'elle n'osait nommer, car on lui avait enseigné à ne pas le faire. Il n'y aurait pas d'amour pour elle. Pas de mariage d'amour entre un Viking et la femme qu'il avait soustraite à l'autorité de son oncle, même si celui-ci s'en souciait peu. Elle aurait été écervelée d'imaginer le contraire.

Mais elle le faisait quand même.

Il avait déjà posé sa bouche sur la sienne, et le feu qui couvait entre eux en permanence la dévora d'un coup. Et Aelfwynn en attendait toujours plus encore.

Elle cessa de réfléchir. Elle ne se demanda plus comment faire avec lui, ne se soucia pas non plus de son expression, de son regard ou d'elle-même.

Elle se contenta d'accueillir son baiser avec toute la furie qu'elle sentait en elle. Toute la honte. Tout le besoin, la peur et la panique qu'il faisait resurgir chez elle, tout cet amour pesant qui l'engloutissait, parce qu'il la voyait telle qu'elle était.

Il l'avait vue ainsi depuis le tout début.

Il l'avait vue telle qu'elle était, alors qu'elle s'était tant habituée à disparaître pendant que les autres la regardaient qu'elle n'avait jamais imaginé que quelqu'un pourrait la voir, et voir qui elle était réellement. Pas son grand-père. Ni ses parents. Ni son oncle tout-puissant.

Ils avaient vu en elle un outil qui pourrait être utile plus tard. Une enfant privilégiée qui trouverait sa vraie vocation seulement une fois mariée avec des visées stratégiques. Ou dans le cas d'Edward, un inconvénient mineur à supprimer pour faire le ménage de son règne.

Thorbrand aurait pu vouloir utiliser son nom à son profit, mais c'était juste un nom. Et lui la voyait comme une femme. Il la traitait tout d'abord et avant tout comme une femme.

Comme sa femme.

Elle n'avait jamais été tout simplement… Aelfwynn.

Jusqu'à ce jour.

Et comme pour le prouver, Thorbrand la dévorait toute crue.

Il la hissa bien haut, et la débarrassa de sa robe et de sa chemise de dessous. Puis il descendit ses bas jusqu'à ses chevilles, et lui releva les genoux. Il se dévêtit avec la même hâte, et s'enfonça aussitôt en elle.

Aelfwynn atteignit aussitôt l'extase tant le plaisir était intense de le sentir en elle. Elle rejeta la tête en arrière et poussa un interminable cri de joie. De reddition. Et d'amour.

Thorbrand ne lui laissa pas de répit. Il plongea en elle encore et encore, comme s'il avait cru l'avoir perdue. Et en avait souffert autant qu'elle.

Comme si cette notion de séparation entre eux était devenue insupportable.

Il vint chuchoter à son oreille, alors qu'il était toujours profondément en elle :

— Si vous souhaitez me rabâcher toutes les épreuves de votre vie, vous ne pourrez le faire que lorsque nous serons unis ainsi, grogna-t-il farouchement. Si vous souhaitez essayer de me faire saigner, faites-le donc avec vos ongles plutôt qu'avec une dague. Nous avons tous un rôle à jouer dans l'avenir dessiné pour nous, certes, mais vous et moi ? Nous nous retrouverons toujours ici, Aelfwynn. Toujours.

— Thorbrand…, balbutia-t-elle.

Ce fut tout ce qu'elle réussit à articuler.

Elle sentit de nouveau l'extase l'envahir, plus sauvage et intense que jamais, et cette fois il la rejoignit.

Jusqu'à ce qu'il ne restât que leur union.

Et cette joie qui n'appartenait qu'à eux.

Thorbrand la serra contre lui très longtemps, jusqu'à ce que leurs souffles s'apaisent, et quand il la quitta, Aelfwynn lâcha un petit soupir de déception. Car ils faisaient de nouveau deux. Elle sentit la froideur du jour. Son corps rompu par leurs ébats, et douloureux aux endroits où elle avait heurté des pierres et des racines.

Pourtant elle avait toujours la sensation de fondre.

Il la reposa doucement et Aelfwynn entreprit de se vêtir. Puis elle lissa les plis de sa robe et remit sa cape du mieux qu'elle le put. Elle n'osa même pas se passer la main dans les cheveux, de crainte d'y découvrir un vrai désastre.

Peut-être une partie d'elle-même espérait-elle être aussi sauvage qu'elle en avait l'apparence.

Aussi sauvage que l'avait rendue Thorbrand.

— Vous m'épouserez aujourd'hui, lui dit-il une fois rhabillé lui aussi, sur un ton de commande. Je veux vous entendre le dire.

— Je vous épouserai, acquiesça-t-elle. Aujourd'hui.

Elle n'avait nul besoin d'y réfléchir davantage.

Le regard bleu nuit de Thorbrand lui sembla rester sur elle pendant une éternité. Et son désir pour lui ne l'avait pas quittée, en dépit de leur union de l'instant précédent.

La joie, murmura la petite voix en elle. *L'amour.*

Personne ne lui avait jamais dit qu'elle pourrait

s'attendre aux deux. On lui avait enseigné à vivre en se montrant à la hauteur de la légende familiale, et elle le ferait, mais pas comme ces gens l'avaient imaginé. Elle se battrait pour aimer un Viking sauvage et s'ils retournaient un jour en Mercie, elle ne le cacherait pas.

Aelfwynn n'avait plus l'intention de dissimuler sa vraie personnalité. Jamais plus.

— Je ne m'attendais pas à cela, dit alors Thorbrand posément, mais d'une voix rauque.

Il posa ses mains sur les épaules d'Aelfwynn, et la redressa pour qu'elle soit obligée de le regarder dans les yeux. Et de se perdre dans ce bleu sombre. Même si, en ayant eu le choix, elle eût fait exactement la même chose.

— Je ne m'attendais pas à vous, Aelfwynn.

Ce fut douloureux, comme s'il l'avait blessée avec sa dague lui aussi, et elle n'eut pas la force de le cacher, comme elle l'aurait dû.

En baissant les yeux et en souriant. Disparaissant ainsi de nouveau.

— Je suis désolée si je suis une déception pour vous.

Elle aurait pourtant dû être habituée à ce sentiment, après avoir passé la moitié d'une année à ne plaire à personne en tant qu'éventuelle future dame des Merciens. C'était pire en cet instant. Elle n'avait alors pensé qu'à sa survie, mais avec Thorbrand elle voulait tellement plus !

Tellement plus qu'elle en suffoquait.

Mais Aelfwynn avait appris quelque chose de très important dans ces bois ce jour-là. Elle n'était pas destinée à se battre avec ses poings. Elle disposait d'autres armes, comme elle l'avait toujours proclamé. Et elle les utiliserait ici aussi, s'il le fallait.

C'était un choix qu'elle pouvait faire, et avec joie.

— Vous me comprenez mal, affirma Thorbrand en la serrant plus fort, ce qui ne fit que l'exciter. Je considérais qu'enlever une princesse mercienne ne représentait rien de plus qu'une mission à exécuter. Une promesse faite à mon roi, aussi y avait-il un certain honneur à cette tâche, même si elle était sans gloire. Mais je lui ai juré de le faire, comme je ferais tout ce qu'il me demanderait.

— Vous êtes loyal, murmura Aelfwynn. La plupart des rois rêvent de disposer d'hommes tels que vous, et au lieu de cela se retrouvent avec le genre de ceux qui m'ont abandonnée sur la route.

Il secoua la tête, l'air grave.

— Je m'attendais à une peste. Une créature gâtée, bonne à rien. Je pensais que je conduirais cette petite chose geignarde à la chaumière que j'avais trouvée et verrais comment cela se passerait entre elle et moi, une fois que nous serions tous deux seuls là-bas. Cela n'aurait fait aucune différence à la fin, comprenez-le bien. Mais avant de partir vers l'ouest, je devais savoir si la fille d'Aethelflaed pouvait entretenir un feu. Faire cuire du pain, tout simplement. Brasser de la bière.

— Et si je n'avais pas pu le faire ? demanda-t-elle, peu convaincue de vouloir connaître la réponse.

— Si vous n'aviez pas pu effectuer ces simples tâches, je vous aurais néanmoins emmenée au-delà des mers. Mais nous nous serions installés dans un endroit différent. Si vous aviez été inutile, il aurait mieux valu que nous habitions dans un village, où notre survie n'aurait pas été dépendante de ce que vous pouviez faire ou non. Mais si vous aviez quelques rudiments concernant la survie, je pouvais vous emmener sur la terre que j'ai revendiquée comme mienne l'été dernier.

— J'espère que j'ai passé avec succès ce… cet examen d'épouse, dit Aelfwynn avec un reniflement dédaigneux.

— Aelfwynn !

Thorbrand émit un bruit qui aurait pu passer pour un rire s'il n'avait eu cette expression sérieuse dans le regard.

— Vous ne m'écoutez pas. Il m'a fallu moins d'une journée pour oublier qu'il y avait le moindre examen en jeu.

Aelfwynn soupira légèrement, et aima comme la simple chaleur de ses mains la réchauffait tout entière alors qu'elle était glacée.

— Ce n'est pas rien, j'imagine.

— Il y a plus que cela, ajouta-t-il, toujours aussi grave. Vivre avec vous de la sorte, si loin du fracas des batailles et des ordres des rois… Cela m'a rappelé que j'ai beau rêver de la gloire que je pourrais gagner avec mon épée, j'ai aussi d'autres rêves.

Il passa une main sur ses cheveux qu'elle venait de natter, comme si elle était de son peuple. Une femme de Viking. Sa femme.

— Une vie paisible. L'amour d'une femme exceptionnelle. Une terre qui nous appartienne, que nous pourrons travailler selon notre propre désir. Et tous les garçons que vous pourrez me donner.

— Thorbrand…, chuchota-t-elle.

— Je n'ai jamais connu que la honte pour avoir désiré pareilles choses, lui avoua-t-il solennellement. Car j'ai pris part à trop de batailles. Elles m'ont marqué, profondément. Le guerrier irlandais qui m'a laissé toutes mes cicatrices m'a blessé plus que dans ma chair ce jour-là.

Il lui parut plus intense que jamais. Torturé. Les doigts d'Aelfwynn la démangèrent quand elle repensa aux cicatrices en forme de griffes qu'elle avait parcourues sur son torse.

— Il a tué ma mère sous mes yeux. Je n'ai rien fait.

Aelfwynn ne put retenir un gémissement de chagrin, mais il continua.

— Et alors que j'étais au sol, perdant mon sang et inutile, il a abattu mon père aussi. J'ai vu sa déception à mon égard dans ses yeux juste avant qu'il meure.

— Je n'y crois pas, répliqua-t-elle.

Thorbrand écarquilla les yeux, sans doute stupéfait de tant de témérité. Mais Aelfwynn secoua la tête, avec autant d'assurance que si elle était reine, tout en gardant une voix douce.

— Je n'y crois pas. Sa femme était morte, son fils gravement blessé. Peut-être la vraie déception était-elle envers lui-même.

Thorbrand la dévisagea longuement, comme si elle avait réellement planté sa dague cette fois. Il semblait stupéfié.

Lorsqu'il reprit la parole, sa voix tremblait.

— J'ai toujours porté cet échec en moi depuis, Aelfwynn.

Elle posa les mains sur sa poitrine et osa plaquer une paume sur son cœur.

— Peut-être n'a-t-il jamais été le vôtre, Thorbrand.

Il semblait en proie à de vives souffrances, comme si les mains d'Aelfwynn sur lui ravivaient ses souvenirs.

— Je me suis consacré à ces guerres au nom de notre peuple, encore et encore, afin de réparer mes torts, d'une manière ou d'une autre. Et j'ai été profondément honteux de désirer autre chose que des batailles et la gloire afin d'honorer ma famille, comme je ne l'ai pas pu à l'époque.

Elle fit un nouveau signe de dénégation, mais lorsqu'elle ouvrit la bouche pour parler, il l'arrêta. Et la serra plus fort encore, avant de plonger ses yeux de nuit dans les siens.

— Et en dépit de ce que vous avez suggéré ici, que ce soit vérité ou souhait, je sais très bien que je m'en éloignerais. Je le ferais avec joie aussi longtemps que nous devrions rester au loin, et considérerais cela comme le meilleur choix, à cause de vous.

Aelfwynn avait passé de longues années solitaires à apprendre à tenir sa langue. Et à ne pas se dévoiler. Comment se dissimuler.

Mais elle avait devant elle Thorbrand, qui pensait être un raté alors que les cicatrices qu'elle avait vues sur lui suggéraient qu'il avait failli trépasser lui-même. Il lui avait offert des choix sur cette route. Pas de bons choix, comme il le lui avait expliqué, mais des choix néanmoins. Il l'avait traitée avec tendresse alors qu'il n'avait nul besoin de le faire. Il avait prévu de l'épouser. Il l'avait prise dans ses bras après qu'elle l'avait blessé avec sa dague, et l'avait laissée se débattre jusqu'à épuisement, sans jamais la serrer trop fort ni lui faire de mal.

Tout comme il avait pris sa virginité dans la source chaude, en lui donnant le sentiment que c'était elle qui s'était offerte à lui. Sans la détruire comme on le lui avait inculqué, avec sanglots, repentir et horreur de l'acte commis, mais la laissant en désirer encore.

Et à moins qu'elle ne se trompât, il venait à l'instant de lui offrir une partie secrète de lui-même qu'il n'avait jamais donnée à personne. Il s'était rendu vulnérable en la lui racontant.

Aelfwynn comprit avec toute son intuition féminine que si elle n'acceptait pas ce cadeau qu'il venait de lui faire elle ne le reverrait jamais.

C'était plus qu'elle ne pouvait en supporter.

Elle se pressa contre lui et s'ordonna une fois pour toutes de prouver qu'elle était aussi brave et courageuse que sa mère. Elle aussi l'avait été, à sa manière. Mais ceci était plus important pour Aelfwynn que des royaumes en jeu ou les caprices de son oncle. Ou de Ragnall. Là, c'était tout.

C'était le cœur de Thorbrand, et elle avait l'intention de le chérir. Et de chérir cet homme.

Elle lui passa les bras autour du cou, se haussa sur la pointe des pieds en oubliant à quel point ils la faisaient souffrir, et plongea les yeux dans les siens comme si sa vie en dépendait.

Car c'était bien le cas.

Plus encore, son cœur aussi, ainsi que toute possibilité de bonheur dans sa vie.

— Je vous ai déjà dit que je rêvais de paix, dit-elle tout bas. Loin des querelles de frontières et des citadelles fortifiées. Loin des rois et des futures reines. Où le seul sang qui compte est celui que nous partageons lorsque nous concevons nos filles.

Il sourit aussitôt.

— Nous allons donc avoir des filles ? Je peux vous l'assurer, ma douce, si les filles que nous élevons sont comme leur mère, je saurai enfin que j'ai la faveur des dieux.

Elle sourit aussi en retour.

— Je n'ai jamais désiré être reine, Thorbrand, ou même une grande dame comme ma mère. Je ne vois rien qui me plairait plus que d'être votre épouse. Et de porter vos fils et vos filles. Et…

Aelfwynn se tut un instant, scrutant le visage de son Viking, mais comment pouvait-elle garder des secrets sur elle-même alors qu'il venait de partager les siens avec elle ? Quel genre de mariage cela serait-il ? D'autres s'y résignaient peut-être. Mais Aelfwynn n'était pas les autres, et elle voulait plus. Elle voulait tout.

— Et je vous aimerai, du mieux que je peux, aussi longtemps que Dieu nous prêtera vie.

Tout devint soudain d'un calme absolu. Son cœur, son souffle. Lui. Les bois autour d'eux, même le soleil au-dessus de la clairière.

— Je m'en tiendrai aussi à cela, Aelfwynn, lui dit Thorbrand d'une voix rauque, tout en gardant des gestes très doux.

Elle sentit les larmes lui monter aux yeux en raison de la façon dont il la regardait.

— Et lorsque Ragnall nous convoquera, je lui rappellerai que nous sommes liés. Et je lui demanderai…

— Non ! objecta farouchement Aelfwynn. Cela ne vous ressemble pas. Lorsque votre roi fera appel à vous, nous ferons ce qu'il demandera. C'est la promesse que vous avez faite, et c'est donc notre honneur qui sera en jeu. Notre honneur. Et je ne vous laisserai pas le ternir, Thorbrand. Pour rien au monde.

— Vous êtes féroce, petite Saxonne, n'est-ce pas ?

Mais son ton trahissait comme de l'émerveillement.

— J'ai été élevée dans la croyance que tisser la paix est le devoir sacré d'une femme, non seulement envers sa famille, passée et à venir, mais aussi envers Dieu.

Aelfwynn repensa aux femmes qui le lui avaient enseigné, Mildrithe et Aethelflaed. Deux femmes si différentes. Deux places distinctes dans le monde, et chacune savait précisément où était la sienne. Aelfwynn leur avait toujours envié cette certitude, mais elle la ressentait aujourd'hui. Ici, dans les bras de Thorbrand, enfin.

— Comment pourrais-je me considérer comme une femme de bien, encore plus une bonne épouse, si je ne m'assurais pas de maintenir bien serrés et tissés les liens, les devoirs de mon époux envers son roi ?

— Je ne vous mérite pas, grommela Thorbrand.

Aelfwynn en eut le vertige. À l'idée que ce rude géant du Nord qu'elle avait autrefois trouvé terrifiant avait réellement foi en ses propos.

Il est vrai qu'il était convaincu d'avoir causé la perte de ses parents.

— Mais si, répliqua-t-elle vivement d'un ton toujours farouche. Car vous me l'avez proclamé au milieu d'une route perdue, et m'avez faite vôtre. Un homme mérite-t-il ce qu'il revendique ? Nos rois l'affirmeraient, je pense. Et moi aussi.

— Ma douce, murmura Thorbrand d'une voix presque

trop grave qui la bouleversa, comme si elle était une partie d'elle-même.

Comme s'il l'était lui aussi.

— Aelfwynn, je serai un bon mari pour vous, je vous le promets. Que nous cultivions la terre ou régnions sur votre pays, ce sera la même chose. Je vous le promets. Et plus encore, je vous aimerai. Avec mon corps, mon épée et mon cœur, et tous les dons que les dieux ont bien voulu m'accorder. Je le jure, ici et maintenant.

Aelfwynn prit sa dague, en souriant quand elle le vit froncer les sourcils. Mais au lieu de la brandir dans sa direction, elle remonta la manche de sa cape, et se fit une légère incision à l'intérieur du poignet. Assez profonde pour laisser perler une petite goutte de sang sur sa peau d'albâtre.

Puis, plongeant son regard dans le sien, elle l'appliqua contre la coupure qu'elle lui avait infligée.

— Les pactes de sang sont des jeux dangereux, l'avertit Thorbrand, même s'il la couvait du regard. Que diraient vos prêtres ?

— Cela m'est bien égal, répliqua-t-elle tout en maintenant leurs avant-bras collés, avant de lever à nouveau les yeux vers lui. Je ne veux pas attendre que nos filles et nos garçons soient là, Thorbrand. Le seul sang qui compte est le nôtre. Ici, maintenant, nous sommes devenus un seul être.

— Aelfwynn, je vous aime.

— Tout comme je vous aime, Thorbrand, murmura-t-elle à son tour.

Cette fois il l'entraîna avec lui sur le sol. Il y déposa

sa cape, puis positionna Aelfwynn sur lui. Et là, sur le sol glacé, l'hiver tout autour d'eux, il fit d'elle sa femme.

Il lui montra tout son amour, et elle fit de même, leurs regards braqués l'un sur l'autre comme s'ils avaient été aveugles jusqu'à cet instant.

Plus de dissimulation. Plus de combat.

Plus de guerres, de rois ou de jeux. Seuls tous les deux, unis pour ne faire qu'un, enfin.

Ils se murmurèrent des serments éternels tandis qu'Aelfwynn accueillait de nouveau Thorbrand en elle. Puis, lentement, leurs doigts entrelacés, les yeux emplis l'un de l'autre, elle l'épousa, sur le sol de la forêt.

Avec le seul hiver pour témoin.

Et un amour si lumineux qu'ils eurent la sensation d'être au printemps.

Chapitre 15

Ful oft wit beotedan Þæt unc ne gedælde nemne
deað ana, owiht elle.
« Nous nous sommes tous deux juré bien souvent
que seule la mort nous séparerait, rien d'autre. »

D'après *La Cinquième Lamentation*,
traduit par Elenaor Parker

Mais cette magie entre eux dans les bois n'était que leur premier mariage de ce jour.

— Les mariages demandent une préparation, objecta Aelfwynn.

Ils s'étaient rhabillés, et Thorbrand prenait son temps. Il avait installé Aelfwynn devant lui et l'avait coiffée avec ses doigts. Puis il lui tressa les cheveux afin de faire disparaître toute trace de l'expédition dans les bois.

— Les négociations entre les familles prennent du temps, ajouta-t-elle.

— Ma douce, dit-il en la retournant, une franche gaieté dans le regard. Nos négociations sont déjà bel et bien conclues.

— C'est l'hiver. Personne ne se marie en hiver, car comment les familles peuvent-elles entreprendre le voyage par ce temps ?

— Aelfwynn… si votre famille venait à ce mariage, ce serait la guerre.

Aelfwynn tressaillit à ces mots, puis inspira profondément.

— En effet, oui… c'est exact.

Elle connaissait désormais aussi bien le visage de Thorbrand que s'il avait été gravé dans son cœur. Cependant elle soupira légèrement à ce qu'elle y lut, une tendresse qui n'était destinée qu'à elle seule.

À elle seule, et pour toujours.

Il laissa courir sa main sur la coiffure qu'il avait ordonnée à son goût, puis sourit.

Et les soucis d'Aelfwynn s'envolèrent.

Parce que la cérémonie de mariage de ce jour-là serait destinée aux autres. À l'intention des rois. Leur vérité était là. Dans ces bois glacés, qui ressemblaient tant à la forêt où ils s'étaient rencontrés. Où les loups pouvaient hurler et la neige menacer, mais où Thorbrand les garderait en sécurité. Et elle-même répandrait amour et rires tout autour d'eux, construisant leur bonheur commun.

Sans relâche, quoi qu'ils seraient appelés à faire.

Ils retournèrent au village alors que le soleil était encore haut. Thorbrand faisait avancer Bjørn devant lui, afin que tous soient informés de son inconduite et soient témoins de sa punition tandis qu'il le menait affronter la justice impitoyable de Ragnall.

Mais cette justice resterait l'affaire de Ragnall et de ses hommes, car Aelfwynn fut immédiatement prise en main par les femmes du village avec qui elle s'était liée d'amitié la veille.

Elles lui parlèrent de l'hydromel qu'elles avaient préparé, avec du miel offert par Ragnall, prélevé sur ses réserves personnelles, tout comme il avait aussi fourni les animaux pour le festin et le sacrifice.

Et Aelfwynn aurait voulu trouver horribles ces coutumes dont elles parlaient avec tant de légèreté, mais en fait ce ne fut pas le cas. Car n'était-elle pas allée un peu plus tôt dans les bois sans réfléchir ? N'avait-elle pas elle-même pratiqué ce que Thorbrand avait appelé un pacte de sang ?

Elle avait écouté des prêtres sévères et austères toute sa vie, et aucune de ses prières ne lui avait fait éviter le Viking qu'elle allait épouser ce jour-là. Sa piété ne l'avait aucunement sauvée, et son sacrifice, le péché dont les prêtres auraient déclaré qu'il entachait son âme, lui avait apporté plus de joie que tout ce qu'elle avait jamais connu. Et plus qu'une simple joie, il lui avait offert l'objectif qu'elle avait toujours poursuivi. Thorbrand lui était d'abord apparu comme un démon destiné à la détruire, puis lui était devenu plus cher que tout, répondant ainsi à toutes ses prières.

Comment croire que ce fût autre chose que la volonté de Dieu ?

Ses réflexions et tourments spirituels ainsi calmés, Aelfwynn laissa les femmes du village la traiter comme l'une des leurs. Elles lui préparèrent un bain, lui expliquèrent ce qui se passait entre un homme et une femme, pas seulement dans un lit, mais dans la vie.

La vieille femme de la veille répondit franchement,

droit dans les yeux, à toutes les questions d'Aelfwynn, parfois même avant qu'elle eût besoin de les poser. Les autres femmes la rincèrent avec de l'eau parfumée aux herbes aromatiques, puis l'aidèrent à revêtir une nouvelle robe qui montrerait à tous qu'elle n'était plus la même femme que celle qui était arrivée dans le village il y avait peu.

Car elle le quitterait en tant qu'épouse de Thorbrand.

— *Inn mátki munr*, marmonnaient les femmes avec approbation. La grande passion.

L'amour, songeait Aelfwynn tandis qu'elles la conduisaient dehors, où Ragnall lui-même l'attendait pour tenir le rôle de sa famille lors de la cérémonie. L'amour avait fait d'eux une seule âme. L'amour les protégerait, à jamais. L'amour, pas la guerre.

Quelle que soit la suite, Thorbrand et elle l'aborderaient ensemble.

— Êtes-vous prête, ma douce ? lui demanda Thorbrand tout bas quand elle le rejoignit, en la dévorant des yeux.

Elle lui sourit, sans honte de se montrer ainsi ouvertement éprise, et elle se moquait bien de ce que penserait l'assistance. Tout ce qui importait, c'était qu'il l'aimait, et de cela elle était certaine.

— Je suis impatiente, répondit-elle.

Après le festin et la nuit de noces, ils retournèrent à la chaumière, avec les cadeaux traditionnels qu'ils avaient échangés, des épées pour leurs fils à venir et pour leurs filles le diadème qu'Aelfwynn avait porté pendant la cérémonie, ainsi qu'une quantité d'hydromel suffisante pour un mois, durant lequel ils devraient le boire, jusqu'à la dernière goutte.

— Je ne pensais pas revoir cet endroit, dit Aelfwynn dans la chaleur de la source chaude, enveloppée par les bras de Thorbrand. Je m'étais résignée à ne plus jamais y revenir.

Thorbrand lui sourit, de ce sourire franc et ouvert qui accélérait immanquablement les battements de son cœur, car il n'était destiné qu'à elle. Il avait pris tout son temps pour la coiffer, avec ses doigts comme il aimait à le faire, en défaisant les tresses enroulées autour de sa tête qui désignaient son statut de femme mariée. Et ses longs cheveux épars n'étaient désormais que pour lui seul.

Et Aelfwynn se rendit compte qu'elle appréciait beaucoup toutes ces différentes manières de lui appartenir.

Thorbrand la tenait enlacée dans l'eau chaude. Il glissa une lourde mèche de ses cheveux derrière son oreille.

— On dit, n'est-ce pas, qu'il est bon d'aimer les petits bonheurs qui sont à notre portée.

— Si c'est ce que notre cœur désire, répliqua Aelfwynn, qui connaissait aussi cette devise.

— Vous êtes bien plus que ce que mon cœur désire, ma douce, déclara-t-il d'une voix enrouée de l'émotion dont il ne faisait preuve qu'avec elle.

Et qu'elle chérirait, tout comme lui.

— Vous êtes mon cœur même, avoua-t-il.

— Et vous le mien, Thorbrand.

Il la prit là, comme il l'avait fait la première fois. Et ses propres cris lui revinrent en écho des collines.

Thorbrand la tenait fermement dans ses bras tandis qu'il se mouvait en elle.

Jusqu'à ne plus faire qu'un, au moment exact où ils le désiraient tous deux.

Ils attendirent le printemps dans la chaumière, en sécurité, loin des manœuvres des rois et des armées.

Lorsque l'hiver relâcha son emprise sur la terre et que le dégel s'annonça, ils quittèrent la chaumière qui resterait toujours pour Aelfwynn leur premier foyer.

Cette fois ils se rendirent à Jorvik, où Ragnall régnait désormais sans partage. Un navire les attendait pour les emmener vers l'ouest.

Aelfwynn savait qu'elle était déjà enceinte lorsqu'elle monta à bord du vaisseau conçu pour transporter colons et marchandises, un secret qu'elle soupçonnait son mari d'avoir déjà percé, tant il était familier de ses moindres courbes. Elle était certaine que leur bébé arriverait après la fin de l'été, lorsque le froid s'installerait de nouveau et qu'ils deviendraient une famille, loin de tout, sur ces rivages étrangers.

Une meilleure famille que celle qu'elle laissait derrière elle, une réflexion qu'Aelfwynn ne put s'empêcher de se faire.

Car je me battrai pour toi, promit-elle à la petite vie qui grandissait en elle. *Pas pour de la terre, ni de la gloire. Je suis fille de rois et de reines. Et je te le promets, je gagnerai.*

Ils embarquèrent par une belle journée de printemps, laissant derrière eux le vacarme de Jorvik pour remonter la rivière Ouse jusqu'à la glaciale mer du Nord. Thorbrand et elle accueilleraient leur premier enfant

– un garçon, Aelfwynn en était certaine, même si elle n'aurait su expliquer pourquoi - dans un lieu inconnu. Pour y vivre une vie tout aussi inconnue, et à coup sûr complètement différente de tout ce qu'elle avait connu en Mercie et quittait sans regret.

Car elle avait Thorbrand, c'était tout ce qui importait. Et grâce à lui l'idée de cet avenir incertain ne la troublait pas. Ne la troublait plus. Elle savait que quoi qu'il arrive ils y feraient face ensemble. Les caprices des rois, les ravages des intempéries et du temps qui passe, tout cela n'était rien tant qu'ils étaient au côté l'un de l'autre.

Ainsi Aelfwynn, fille unique d'Aethelflaed, dame des Merciens, partit pour son voyage loin des terres ancestrales de son peuple, avec du sel sur le visage et le vent dans le dos.

Et elle ne regarda pas en arrière.

Chapitre 16

Gammel kjærleik rustar ikkje.
« L'amour ancien ne se corrompt pas. »

Ancien proverbe viking

Islande, 922

Trois ans plus tard, un étranger arriva à la petite colonie établie sur la côte de la grande île nommée Islande où Thorbrand et Aelfwynn s'étaient installés. Et mieux encore, commençaient à y développer leur ferme.

— Vous êtes l'homme que je cherche, déclara l'étranger lorsque Thorbrand, qui l'avait vu arriver au loin, avait invité le voyageur dans la maison longue qu'il avait construite avec l'aide de ses voisins éloignés dans l'espoir qu'un jour plus de colons viendraient les rejoindre. J'apporte des nouvelles de Ragnall.

Aelfwynn s'occupait du foyer au centre de la salle, maintenue bien chaude pour oublier le brouillard au-dehors, et Thorbrand vit aussitôt à la façon dont elle détournait modestement les yeux qu'elle était aussi frappée par ces paroles que lui.

Car ils avaient toujours su que ce jour viendrait.

Ils s'y étaient préparés, songea Thorbrand. Et cependant, il se sentait aussi peu préparé que s'il avait été tout jeune et inexpérimenté face à un guerrier irlandais qu'il ne pourrait jamais espérer vaincre. Mais il n'était plus rien de cela.

Toujours soucieux de sa place dans ce monde rude et brutal, et des promesses qu'il avait faites, Thorbrand avait continué à s'entraîner régulièrement. Il avait fait une promesse à son roi, et il la tiendrait, ce qui signifiait qu'il devait se tenir prêt à se battre quand on le lui demanderait. Il savait comment entretenir le tranchant effilé de sa lame et son instinct de combattant. Comment rester un guerrier.

Même si, saison après saison, avec l'hiver plus rude ici que dans tous les autres endroits où il avait vécu, il se considérait de moins en moins comme un guerrier. Et de plus en plus comme un homme qui labourait, plantait et récoltait grâce à la terre qu'il avait revendiquée.

Aelfwynn et lui menaient une vie très différente de tout ce qu'il avait imaginé quand il était enfant, la tête remplie des faits d'armes de son père, et avec une inclination pour les combats qui lui rapporteraient or et gloire.

Ils avaient passé leur premier été à bâtir, à se préparer pour l'hiver qui n'était jamais bien loin sur cette terre glacée.

Elle lui avait donné un fils ce premier automne, un

autre l'année suivante, et elle était de nouveau enceinte. Cela ne faisait aucun doute, ils étaient bénis des dieux, et avec générosité.

Et ici, dans ce pays aux grèves de sable noir, où les dieux rôdaient dans les montagnes, ils travaillaient ensemble, ne faisant qu'un.

Elle avait des talents de magicienne, sa princesse saxonne, qui semblait de moins en moins mercienne d'année en année. Aelfwynn éclatait de rire quand elle lui avouait combien ses points de broderie étaient lamentables lorsqu'elle était enfant à la cour, alors que ses coutures résistantes, ses tissages et tous les raccommodages qu'elle faisait convenaient parfaitement à leur vie d'ici. Simples et robustes, à son image.

Il avait mis au monde ses deux fils, de ses propres mains. Chacun d'eux avait choisi de naître en pleine tempête de neige. Thorbrand était certain que ce serait la même chose pour le prochain, avec Aelfwynn toujours aussi valeureuse lors de ses accouchements, ensuite mère attentive pour veiller sur ses enfants.

Il ne comprenait pas pourquoi il n'existait aucun chant célébrant ces combats des femmes, dangereux et magnifiques à la fois. Thorbrand aimait déjà sa femme avant cela. Mais après chaque jour, chaque saison, chaque naissance, il ne l'en aimait que davantage.

Il s'était attendu au dur labeur. Et avait rêvé de vie paisible. Il avait anticipé ses nuits magnifiques avec son épouse, tout en cherchant tous les instants où il pouvait poser ses mains sur elle pendant le jour, car son désir pour elle ne cessait jamais.

Ils étaient restés assis devant le feu plus d'une nuit,

lui jouant avec ses cheveux pendant qu'elle berçait leurs bébés pour les endormir. Ou mieux encore, quand elle y était parvenue, il jouait avec elle à ses jeux de prédilection. Après leur temps passé dans la chaumière de Northumbrie, il savait que leur vie commune était un plaisir, et leur dur labeur ne faisait que l'augmenter.

En revanche, Thorbrand ne s'était pas attendu aux rires. Ni à la voir allaiter son fils, et croiser son regard ensuite, sachant qu'en cet instant-là le monde entier, ses guerres ensanglantées et ses batailles, ses conquérants et ses rois n'étaient rien comparés à cela.

À l'amour qui l'habitait, plus puissant que toutes les mers qu'il avait traversées.

Et voilà que cet étranger se tenait devant lui, au nom de son roi.

Thorbrand n'avait nul désir de retourner à la vie qu'il avait laissée derrière lui. Tout en lui se rebellait. Il n'avait pas songé un seul instant aux querelles de territoires au-delà des mers depuis qu'il s'était établi ici. Il s'était entraîné, mais ne pensait qu'à ses terres, pour changer. Pas à celles qu'il ne pourrait conquérir que pour le bon plaisir de Ragnall.

Mais il avait donné sa promesse il y avait longtemps de cela. Et il était un homme d'honneur, sans cela il ne méritait pas d'être un homme.

Il n'y avait qu'une réponse possible.

Car peu importait ce qu'un homme renfermait dans son cœur, seuls comptaient ses actes. Comment il honorait ses promesses. Comment il servait son roi.

— Alors vous venez à moi en ami, dit Thorbrand à l'étranger. J'attends les ordres de Ragnall avec joie.

Aelfwynn releva la tête de son ouvrage, et ses mains s'arrêtèrent au-dessus de l'étoffe sur laquelle elle travaillait. Cependant Thorbrand vit l'éclat de ses yeux dorés depuis le fond de la salle. Son trophée, bien plus précieux que des pièces d'or. Son trésor, unique.

Elle n'avait pas besoin de parler. D'ailleurs elle ne le ferait pas. Mais il connaissait son cœur, aussi bien que le sien.

C'était ce qu'elle lui avait promis il y avait longtemps. Ils étaient qui ils étaient. Elle était la fille d'Aethelflaed, héritière de la Mercie, que cela plût ou non à son oncle. Et lui était dévoué à son roi, quoi qu'il arrive.

Depuis le jour dans ces bois glacés où ils avaient fait leur pacte de sang, ils avaient toujours été d'accord que lorsque le jour viendrait ils feraient leur devoir. Il n'avait pas abandonné ses parents à leur sort comme il l'avait cru toutes ces années, et il ne décevrait personne aujourd'hui non plus. L'honneur était tout, sans cela ils n'étaient rien. Comment pourrait-il en ce cas élever ses fils pour qu'ils deviennent des hommes de bien, sûrs d'eux, s'il se soustrayait à ce devoir ?

Cependant Thorbrand s'avoua qu'il aurait aimé disposer de plus de temps. Il serra les dents et se redressa.

— C'est mon triste devoir de vous informer que Ragnall, roi de Jorvik, est mort, annonça l'étranger sur un ton formel. Son cousin Sitric a pris sa succession, et en dépit des manœuvres d'Edward de Wessex, il n'est nul besoin pour vous de vous conformer à la promesse que vous aviez faite à Ragnall, vous êtes relevé de votre vœu. Telle est la volonté de Sitric.

Thorbrand fit signe à Aelfwynn d'apporter de la bière, et s'assit avec son visiteur.

Il fut ému comme toujours d'observer la grâce avec laquelle se mouvait sa femme. De la regarder remplir les gobelets, féminine et charmante, prouvant à l'évidence sans qu'il fût besoin de prononcer un mot qu'ici l'on était dans une bonne maison, et que Thorbrand était un chef puissant, sans cela comment aurait-il pu épouser une femme telle qu'Aelfwynn ?

Il était de plus en plus attentif au travail effectué par les femmes dans cet endroit reculé, où tout ce qui se faisait se voyait aussitôt. Et il se jura qu'un jour il s'assurerait que lui ou ses fils tout au moins chanteraient les louanges d'Aelfwynn, qu'elle méritait.

Des chants qui mourraient peut-être avec eux, n'appartiendraient qu'à leur famille, car certains secrets ne devaient jamais être dévoilés, et ce qu'il était advenu de la fille d'Aethelflaed était de ceux-là, pour toujours.

Thorbrand resta un moment en compagnie de son visiteur. Le messager lui raconta les derniers jours de Ragnall et sa mort, et lui rapporta le reste des nouvelles sur ces terres au-delà des mers où Thorbrand n'avait plus jamais l'intention de se rendre. Pas dans cette vie en tout cas.

Un peu plus tard, alors que l'homme était sorti se soulager, Thorbrand était assis à contempler le fond de son gobelet quand il sentit la main d'Aelfwynn sur son épaule.

— Vous l'aimiez beaucoup, dit-elle doucement à son oreille, avant de passer les bras autour de ses épaules. C'est une triste nouvelle.

Thorbrand sut qu'il ferait son deuil lentement, dans les jours et les années suivants. Ragnall avait représenté bien plus pour lui qu'un roi ou même un père de substitution. Il l'avait guidé, l'avait modelé à son image. Thorbrand raconterait ses nombreuses batailles à leurs fils. Il leur apprendrait ce qu'était un roi, en utilisant Ragnall comme exemple, car Ragnall avait fait de Thorbrand l'homme qu'il était.

Un homme qui était reconnaissant de ce qu'il avait obtenu, appréciait avec ferveur ce qui était perdu, mais ne pleurait pas les morts au préjudice des vivants.

Parce qu'un homme n'avait qu'une vie, et peu importait comment il se battait ou ce qu'il désirait, car seul le destin connaissait sa fin.

Thorbrand n'avait pas l'intention de perdre un seul instant de cette vie qu'il avait construite. Pas un seul, et encore moins maintenant que sa vie lui appartenait, à lui seul.

Il fit basculer Aelfwynn sur ses genoux et éclata de rire à son petit gloussement indigné. Puis il lui sourit, les yeux dans les siens tandis qu'il posait les mains sur sa poitrine plus arrondie et son ventre où grandissait son fils.

— Ma douce, dit-il comme dans une prière, mon amour, n'avez-vous pas entendu ? Nous sommes libres !

— Pauvre sot, répondit-elle doucement en le caressant de ses yeux d'or, comme toujours. Nous le sommes depuis l'instant où vous m'avez vue, puis m'avez prise, et avez négligé de me dire que je n'étais pas votre esclave.

— Les termes de ce mariage peuvent facilement

être modifiés, se moqua-t-il. Si vous préférez être mon esclave, cela peut s'arranger.

— Thorbrand, l'interrompit Aelfwynn en posant une main sur sa bouche, avant d'éclater de rire quand il l'embrassa. Nous avons toujours été libres. Car si nous sommes ensemble, il ne peut en être autrement.

Cela continua ainsi, comme depuis leur premier jour.

Un amour lumineux où s'entremêlaient les rires, et une flamme qui brûlait sans jamais vaciller entre eux, une saison après l'autre, jusqu'à ce que cela ressemble au destin, finalement.

Vous avez aimé ? Découvrez prochainement
le nouveau roman de Lucy Morris,
Dans les bras du Viking,
dans votre collection Les Historiques.

Les Historiques

HARLEQUIN

Retrouvez prochainement, dans votre collection

Les Historiques

Dans les bras du Viking, de Lucy Morris - N°942

Royaume de Northumbrie, Angleterre, Xe siècle

Le mariage. Une vie cousue de servitude et de misère, aux côtés d'un homme qu'elle n'aurait pas choisi. Cette perspective terrifiante tourmente sans relâche Amée. Et pour cause : après des années de souffrance et de soumission sous le joug de son père, elle croyait être enfin libre de vouer sa vie à Dieu, le seul à qui elle puisse offrir son âme et son cœur. Or la voici face à une nouvelle injonction : celle de s'unir à Jorund Jötunnson, dont le seul nom lui glace le sang… Assez, de la tyrannie des hommes ! Amée en fait le serment : ce barbare venu des lointaines provinces du Nord ne sera jamais son époux…

Sous la protection du guerrier, d'Ella Matthews - N°943

SÉRIE : LE CLAN LEOFRIC - TOME 1

Angleterre, XIVe siècle

Lady Katherine Leofric est aux abois. Depuis que son père a été accusé de trahison envers la Couronne, leur nom est traîné dans la boue. Pressée de fuir le déshonneur qu'elle subit, elle accepte d'aller s'installer chez son frère, dans la cité d'Abbotston, avec leur sœur, Linota. Mais cet espoir de vie nouvelle est bientôt terni par un cruel détail. Parmi les soldats chargés de leur protection, Jarin Ashdown, comte de Borwyn, lui manifeste d'emblée une franche hostilité. Hélas, lorsque Linota est enlevée, Katherine n'a d'autre choix que de s'en remettre à lui. Or, dans leur course effrénée pour retrouver la jeune fille, Katherine se surprend à éprouver un désir grandissant pour celui qu'elle pensait haïr de toutes ses forces…

Une passion clandestine, de Jenni Fletcher - N°944

Manoir de Vincennes, France, été 1325

Envoyée à la cour pour servir la reine Isabelle, dite « la Louve de France », la douce et modeste Mathilde Gosselin se retrouve propulsée dans une toile d'intrigues politiques et de mystères. Bien que jeune et inexpérimentée, elle tisse au fil des ans avec sa puissante souveraine un lien intense, mêlé d'admiration… Mais sa loyauté envers la Couronne est mise à l'épreuve quand elle rencontre le beau Henry Wright, qui se révèle être un espion ! Alors qu'elle devrait fuir cet homme qui lui est interdit, Mathilde cède au désir qu'il lui inspire. Et bientôt, déchirée entre sa fidélité pour la reine et son amour naissant pour Henry, elle n'a pas d'autre choix que celui du secret…

Les Historiques

HARLEQUIN

Sous le charme du capitaine, de Virginia Heath - N°945

SÉRIE : SCANDALEUSES LIAISONS - TOME 2

Manoir de Markham, Angleterre, 1814

Alors qu'il se promène près du verger familial, le capitaine James Warriner est alerté par les cris d'une femme affolée. Et quelle femme ! Miss Cassandra Reeves est une véritable beauté aux courbes voluptueuses, et la voilà coincée sur la plus haute branche d'un pommier ! James lui porte secours et tombe immédiatement sous son charme. Mais comment pourrait-il prétendre gagner son cœur, lui, le capitaine blessé, et membre de la très controversée famille Warriner ? Surtout, parce que la guerre fait resurgir son côté le plus sombre, il craint de ne représenter qu'un danger pour sa belle…

L'Esclave du harem, d'Anne Herries - N°946

Istanbul, 1530

Traqués par les espions de la reine Marie Stuart, Eleanor et les siens fuient l'Angleterre pour se réfugier à Chypre. Mais, lors de leur folle échappée, leur caravelle est abordée par des pirates ottomans qui les font prisonniers. Séparée des siens, désespérée, Eleanor est vendue sur le marché aux esclaves d'Istanbul et se retrouve enrôlée dans le harem de Soliman Bakhar, le fils préféré et omnipotent du calife…

L'Otage du Viking, de Michelle Styles - N°947

Liddy tremble de colère. Comment son père et son frère osent-ils la livrer aux Vikings en guise de tribut ? La voilà condamnée à devenir l'esclave du chef des envahisseurs. Pourtant, ce Sigurd la trouble plus qu'elle ne saurait le dire, car il n'a rien à voir avec le seigneur sanguinaire qui l'a précédé sur le trône du royaume d'Alba. Bien que Viking, il semble sincèrement guidé par l'honneur et lui témoigne plus d'égards que les hommes de sa propre famille. Mais prudence… Sigurd reste avant tout un ennemi et, si Liddy veut un jour se soustraire à son joug, elle ne doit pas se laisser amadouer !

Réveillez la lady
qui est en vous !